एक सिरफिरा खिलौना

एक सिरफिरा खिलौना

रोबेर्तो आर्ल्ट

द अर्जेंटीन रिपब्लिका के उपासना और विदेश मंत्रालय के
अनुवाद सहायता कार्यक्रम, ''सुर'', के सहयोग से प्रकाशित

Obra editada en el marco del Programa "Sur"
de Apoyo a las Traducciones del Ministerio de
Relaciones Exteriores, Comercio Internacional
y Culto de la República Argentina

राजपाल

अनुवाद
प्रगति सक्सेना

द अर्जेटीन रिपब्लिका के उपासना और विदेश मंत्रालय के अनुवाद
सहायता कार्यक्रम, ''सुर'', के सहयोग से प्रकाशित

"Obra editada en el marco del Programa "Sur" de Apoyo a las Traducciones del Ministerio de Relaciones Exteriores, Comercio Internacional y Culto de la República Argentina"

स्थापित 1912
100 वर्षों की
श्रेष्ठ प्रकाशन परम्परा
राजपाल

ISBN : 9789386534569

EK SIRPHIRA KHILONA (Novel) by Roberto Arlt
(Hindi edition of *The Mad Toy*)
मुद्रक : रेप्रो नॉलेज कास्ट लिमिटेड, ठाणे

राजपाल एण्ड सन्ज़
1590, मदरसा रोड, कश्मीरी गेट, दिल्ली-110006
फोन : 011-23869812, 23865483, 23867791
e-mail : sales@rajpalpublishing.com
www.rajpalpublishing.com
www.facebook.com/rajpalandsons

चोर

जब मैं 14 साल का था तो एक बुज़ुर्ग अंदालूसी मोची ने मेरा परिचय कानून के खिलाफ़ काम करने वाले विद्रोही नायकों पर केन्द्रित साहित्य के रोमांच और मज़े से कराया। दक्षिण अमेरिका और बोलीविया की गलियों के बीच अवेनिदा रिवादाविया में स्थित मेहराबदार रास्ते पर एक पुराने घर में इस मोची की दुकान लोहे का सामान बेचने वाले की दुकान के बगल में थी और इस दुकान के आगे का हिस्सा हरे और सफ़ेद रंग का था।

~

कभी–कभी हम पतंगों की गड्डी खरीदने उस दुकान में जाते तो वो शख़्स इस बात पर बड़बड़ाता कि उसे हमसे निपटने के लिए अपनी बैंच छोड़ कर उठना पड़ेगा। उसके कंधे झुके हुए थे और गाल भीतर धँसे हुए थे। चेहरे पर दाढ़ी थी और वह ख़ासा लँगड़ाता भी था, अजीब तरह से, उसके पैर एक खच्चर के खुरों की तरह थे, एड़ियाँ बाहर की तरफ़ निकली हुईं।

मैं जब भी उसे देखता, मुझे वो कहावत याद आ जाती जो मेरी माँ अक्सर इस्तेमाल किया करती थीं, 'भगवान ने जिन लोगों को ख़ास निशानी दी है, उनसे सावधान रहना।'

सामान्यत: वह मेरे लिए कुछ कहावतें, कुछ वाक्यांश इस्तेमाल करता और जूता बनाने के तमाम औज़ारों और चमड़े के गट्ठरों के बीच किसी ख़ास जूते का दूसरा हिस्सा ढूँढ़ते हुए वह मेरा परिचय एक जन्मजात असफल व्यक्ति

की कड़ुवाहट के साथ स्पेन के सबसे मशहूर लुटेरों की कहानियों से करवाता या फिर किसी खर्चीले ग्राहक के कसीदे पढ़ता जिसने उसे जूते पॉलिश करने के लिए बख्शीश में बीस सेन्टावोस दिए थे।

~

चूँकि वो एक लालची शख्स था, इसलिए अपने उस ग्राहक को याद करते हुए मुस्कुराता। उसकी मुस्कान उसके गालों को नहीं भर पाती और इससे उसके होंठ उसके काले दाँतों पर सिकुड़ जाते।

हालाँकि वो काफ़ी रूखा और अशिष्ट किस्म का व्यक्ति था, लेकिन मुझे पसंद करता था और करीब पाँच सेन्टावोस में मुझे वे धारावाहिक उपन्यास पढ़ने देता था जो उसने एक लम्बी अवधि में इकट्ठे किये थे।

सो, जब उसने मुझे दिएगो कोरिएंतेस की कहानी पढ़ने के लिए दी, तो कहा, 'ओह, वो शख्स, क्या बंदा था। वो एक गुलाब से भी सुन्दर था लेकिन मिलिट्री ने उसे मार डाला...'

फिर उस कारीगर की आवाज़ काँपने लगती और भर्रा जाती—

'एक गुलाब से भी सुन्दर...लेकिन वो एक अशुभ नक्षत्र में पैदा हुआ था...'

फिर वो याद करते हुए बताता—

'ज़रा सोचो...अमीरों से वो जो कुछ भी लूटता था...गरीबों में बाँट देता था...पहाड़ों में हर फ़ार्म में उसकी एक प्रेमिका थी...वो एक गुलाब से भी सुन्दर था...'

लेई और चमड़े की इस बदबू में उसकी आवाज़ हरे-भरे पहाड़ों का सपना जगा जाती। जैसे-जैसे वो अपनी बातों से माहौल बनाता, मेरी आँखों के सामने घाटियों में नाचते बंजारों और कामुकता बिखेरते पहाड़ों का नज़ारा घूम जाता।

'वो एक गुलाब से भी सुन्दर था,' और तब यह लँगड़ा शख़्स अपने घुटने

पर रखी लोहे की एक चादर पर हथौड़े से जूते की तली को हल्का-हल्का पीटता हुआ अपनी उदासी ज़ाहिर करता।

फिर, मानो किसी नाखुशगवार ख़याल को झटकते हुए वो कंधे उचकाता और अपने दाँतों के बीच से एक कोने में थूक देता।

बाद में वह आगे जोड़ता—

'तुम देखना, तुम्हें भी ऐसा ही लगेगा जब तुम डोना इनेसितता और अंकल क्लॉडफुट की किताब में सराय वाले बहुत ही रोचक हिस्से पर पहुँचोगे,' और, यह देखकर कि मैं वह किताब ले जा रहा हूँ, वो चिल्ला कर चेतावनी देता—

'सावधानी से पढ़ना बच्चे, इसमें पैसे लगते हैं,' और वापिस अपने काम में मशगूल हो जाता, अपना सिर झुकाता, उसकी चूहे जैसे रंग वाली टोपी उसके कानों तक खिंची होती और गोंद वगैरह से मैली अपनी उँगलियों से एक डिब्बे को खँगालने लगता, अपने मुँह में कुछ कीलें भर लेता और फिर अपने हथौड़े से जूते की तली को पीटने में लग जाता।

ये किताबें, जिनका वह एक-एक करके कई खेपों में मज़ा लेता था, दरअसल होसे मारिया, *द लाइटनिंग बोल्ट ऑफ़ अंडालूशिया* की कहानियाँ या डॉन हेमे द बियर्डेड के रोमांचक कारनामे या फिर ऐसे ही लुटेरों की कहानियाँ थीं, जो कमोबेश सही थीं और इनमें कहानी के अनुसार चित्र भी बने थे, जैसा कि उनके प्रिंट से साफ़ दिखाई देता था, जिनमें उन्हें कुछ इस तरह दर्शाया गया था—

विशाल घोड़ों पर सवार घुड़सवारों, जिनकी कलमें उनके लाल रौ चेहरे पर कुछ ज़्यादा ही काली लगतीं, उनकी बुलफाइटर वाली चोटी एक चमकीले हैट से ढकी होती और एक ब्लंडरबास (एक तरह की बंदूक़) घोड़े की जीन में लटकी होती। और वे बहुत उदारता से किसी विधवा को पैसों से भरा एक झोला पकड़ा रहे होते, जिसकी बाँहों में छोटा-सा बच्चा होता और वह एक हरे-भरे पहाड़ की तराई में खड़ी होती।

उस ज़माने में मैं एक लुटेरा बनने और बूढ़े, अय्याश मेजिस्ट्रेटों का गला घोंटने के सपने देखता था। मैं सपने देखता कि मैं सभी गलत कामों को ठीक

कर दूँगा, विधवाओं की हिफ़ाज़त करूँगा और अद्‌भुत व सुन्दर युवतियाँ मुझसे प्रेम करेंगी।

अपने रोमांचक कारनामों के लिये मुझे एक साथी चाहिए था, और यह साथी था एनरीक इर्जुबेता।

एनरीक एक कामचोर व्यक्ति था, जिसे हमेशा एक सुधरे हुए नाम से पुकारा जाता था—'ठग।'

उसकी कहानी यह दर्शाती है कि किस तरह आप अपनी एक साख क़ायम करते हैं ; और किस तरह अगर आप एक बार मशहूर हो गए तो यह ख्याति उन सभी को पोसती है जो अज्ञानियों और जाहिलों की अगुवाई करने का सपना देखते हैं।

एनरीक मात्र चौदह साल का था, जब उसने मिठाई बनाने वाली एक फ़ैक्ट्री के मालिक को ठगा था, यह इस बात का स्पष्ट प्रमाण है कि ईश्वर ने पहले से निश्चित कर दिया था कि हमारे मित्र एनरीक की नियति क्या होगी। लेकिन चूँकि देवता दिमाग़ से बहुत चालबाज़ होते हैं, इसलिए अपने संस्मरण लिखते हुए यह जान कर मुझे क़तई हैरानी नहीं हुई कि आजकल एनरीक को उन होटलों में से एक में रखा जा रहा है जहाँ सरकार गुंडे-मवालियों को रखती है।

सच्चाई यह है—

एक फ़ैक्ट्री के मालिक ने अपने सामान की बिक्री बढ़ाने के लिए एक प्रतियोगिता की घोषणा की, जिसमें उन लोगों को ईनाम देने की बात की जो उसकी मिठाइयों के रैपर के नीचे प्रिंट हुए झंडों को जोड़ कर दक्षिण अमेरिका के झंडों का एक पूरा सेट बना सकें।

सबसे मुश्किल था निकारागुआ के झंडे वाला रैपर ढूँढ़ना, यह झंडा मिलता ही मुश्किल से था।

जैसा कि आप जानते हैं, ये बेसिर-पैर की प्रतियोगिताएँ किशोरों को बहुत रोमांचित करती हैं, जो, समान रुचि होने के कारण हर रोज़ अपनी खोज के नतीजे और धैर्यपूर्ण जाँच-पड़ताल से हुई प्रगति को एक साथ जोड़ते जाते हैं।

इसलिए एनरीक ने अपने आसपड़ोस के दोस्तों, बढ़ई के सहायक लड़कों और डेयरीवाले के बेटों से यह वादा किया कि अगर कोई निकारागुआ के झंडे की एक कॉपी ला दे तो वह उसकी नक़ल बना सकता है।

उन लड़कों को एनरीक पर पूरा विश्वास नहीं था...वे थोड़ा हिचकिचाए क्योंकि वे इर्ज़ुबेता की साख से परिचित थे, हालाँकि एनरीक ने इसके बदले एम. गिजोट द्वारा लिखित *हिस्ट्री ऑफ़ फ्रांस* के दो संस्करण उनके हवाले कर दिए ताकि उसकी ईमानदारी पर कोई सवाल न उठे।

इस तरह एक बंद गली के फुटपाथ पर, जहाँ बहुत कम घर थे और ईंट की ऊँची दीवारें थीं, गली के नुक्कड़ पर हरे रंग से पुती स्ट्रीट लाइट्स लगी थीं, यह समझौता पक्का हो गया।

दूर जिन दीवारों के ऊपर झाड़-झंखाड़ उग आए थे, उनके ऊपर नीला आसमान एक वक्र रेखा में फैला दिखाई दे रहा था और निरंतर चल रहे आरे का मंद और नीरस स्वर, डेयरी से आती गायों के रंभाने की आवाज़ उस गली को और भी उदास बना रही थी।

बाद में मुझे मालूम हुआ कि एनरीक ने देसी स्याही और ख़ून को मिला कर निकारागुआ के झंडे की इतनी बढ़िया नक़ल बना ली थी कि मूल झंडे और नक़ल में फ़र्क़ कर पाना नामुमकिन था।

कुछ दिनों बाद इर्ज़ुबेता ने बड़े फ़ख़्र से हमें एक बिलकुल नई एयरगन दिखाई जो उसने बाद में रिकनकिस्ता स्ट्रीट पर एक सैकेंड हैंड कपड़े बेचने वाले दुकानदार को बेच दी। यह सब उस वक्त हुआ जब बहादुर बोनोट और वीर वैले पेरिस में अपना आतंक फैला रहे थे।

विस्काउंट ऑफ़ पोंसों दु टेरेल ने मदर फिपार्ट के दत्तक पुत्र रोकाम्बोले के बारे में जो लगभग चालीस किताबें लिखी थीं, मैं वो सब पढ़ चुका था, और अब एक उच्च श्रेणी का लुटेरा बनना चाहता था।

फिर, गर्मियों में एक दिन पड़ोस की एक गंदी-सी परचून की दुकान में मेरी मुलाक़ात इर्जुबेता से हुई।

दोपहर की नींद का वक्त सड़कों पर भी जैसे अपना असर दिखा रहा था और मैं येरबा चाय के स्टॉल पर बैठ कर हिपोलितो से बतिया रहा था। चूँकि हिपोलितो के पिताजी सो रहे थे तो वह इस मौक़े का फ़ायदा उठाता हुआ बाँस के हवाई जहाज़ बना रहा था। हिपोलितो पायलट बनना चाहता था, लेकिन पहले उसे 'स्वाभाविक स्थिरता की समस्या को सुलझाना था।' कई बार वह लगातार गति के मुद्दे पर सोच रहा होता और मुझसे पूछता कि उसके विचारों के क्या संभावित मायने हो सकते हैं।

हिपोलितो, चीज़ काउंटर और पैसे रखने वाली संदूकची के ऊपर रखे लाल तराज़ू के बीच चर्बी से सने अख़बार पर अपनी कोहनियाँ टिका कर मेरे सुझावों को बहुत ध्यान से सुनता—

'एक घड़ी जिस तरह चलती है, उसका प्रोपेलर बनाने से कोई फ़ायदा नहीं होगा। इसकी जगह एक छोटी-सी बिजली की मोटर लगा दो और हवाई जहाज़ के अगले हिस्से में सूखी बैट्री रख दो।'

'तुम्हारा मतलब जैसे पनडुब्बी में होती है...।'

'पनडुब्बी, कैसी पनडुब्बी? इसमें ख़तरा सिर्फ़ इतना है कि हवा के बहाव के कारण मोटर जल्दी चुक जाएगी, लेकिन बैट्री ख़त्म होने से पहले हवाई जहाज़ बहुत अच्छी तरह उड़ेगा।'

'यार, क्या हम एक वायरलेस टेलिग्राफ़ के ज़रिए मोटर को नहीं चला सकते? तुम्हें देखना पड़ेगा कि यह तरकीब कैसे काम कर सकती है। अगर ऐसा हो जाए तो मज़ा आ जाएगा, है ना?'

उसी समय एनरीक वहाँ आ गया।

'यार हिपोलितो, मेरी माँ ने कहा है कि क्या तुम आधा किलो चीनी उधार दे दोगे।'

'मैं नहीं दे सकता, यार। पिताजी ने कहा है कि जब तक तुम अपना पहला

हिसाब चुकता नहीं करते...'

एनरीक ने हल्के से अपनी त्योरियाँ चढ़ाईं।

'यह जान कर तो मुझे हैरानी हुई हिपोलितो।'

हिपोलितो ने कुछ समझौता करने वाले अंदाज़ में जोड़ा—

'अगर मेरे ऊपर होता तो, तुम जानते ही हो...लेकिन यार मामला पिताजी का है।'

फिर उसने मेरी तरफ़ इशारा किया, मानो बात बदल देने पर उसे ख़ुशी हुई हो और एनरीक से बोला—

'यार, तुम सिल्वियो को तो जानते ही होगे? इसी ने वो तोप बनाई थी।'

इर्ज़ुबेता का चेहरा आदर भाव से चमक उठा—

'ओह, तुमने बनाई थी? बहुत बढ़िया। वो लड़का जो डेयरी में गोबर वग़ैरह की सफ़ाई करता है, कह रहा था कि वह क्रप (एक तरह की तोप) की तरह गोले दाग रही थी...'

जब वह बात कर रहा था तो मैंने उसे ग़ौर से देखा।

वह लम्बा और दुबला था। उसका गोल माथा चकत्तों से भरा था और माथे पर घने काले बाल शान से लहरा रहे थे। उसकी आँखें तम्बाकू के रंग की थीं, हल्का-सा तिरछापन लिए और वह भूरे रंग का सूट पहने हुए था, जिसे कपड़े सिलने की कला में कुशल हाथों ने उसके डीलडौल के मुताबिक फ़िट कर दिया था। वह काउंटर के एक सिरे पर झुका हुआ था, अपनी हथेलियों पर ठुड्डी टिकाए। लगता था वो कुछ सोच रहा है।

तोपवाले मेरे साहसिक कारनामे की काफ़ी चर्चा हुई थी और उसे याद कर बड़ी ख़ुशी होती थी।

मैंने बिजली कंपनी के मज़दूरों से लोहे की एक ट्यूब और कई पाउंड सीसा ख़रीदा। और इनसे मैंने एक चीज़ बनाई जिसे मैं 'बड़ी तोप' या 'गोले दागने वाला' पुकारता था। इसका निर्माण कुछ इस तरह किया गया—

लकड़ी के एक षट्भुजीय ढाँचे के भीतरी हिस्से को गीली मिट्टी से पोत कर उसके अंदर एक लोहे की ट्यूब डाल दी। उसके दोनों छोरों के बीच पिघला हुआ सीसा भर दिया। उसके बाहरी कवर को तोड़ कर अंदरूनी हिस्से को एक मोटी रेती से चिकना कर दिया और फिर टीन के छल्लों का इस्तेमाल किया उस तोप को एक गाड़ी पर जोड़ने के लिए, जिसे उस लकड़ी के बक्से के सबसे मोटे वाले हिस्से से बनाया गया था, जिसका इस्तेमाल कैरोसिन रखने के लिए किया जाता था।

तोप बहुत आकर्षक थी। इसमें दो इंच की परिधि वाले गोले लोड किए जा सकते थे, जिन्हें चार्ज करने का ईंधन मैंने पाउडर से भरे सूती थैलों में रखा हुआ था।

अपने छोटे से इस राक्षस पर हल्के से हाथ फिराते हुए मैं सोचने लगा—

'यह तोप किसी को मार सकती है, चीज़ों को नष्ट कर सकती है।' और यह विश्वास कि मैंने एक ऐसी ख़तरनाक चीज़ बनाई है जो जानलेवा है और फरमाबरदार भी, मुझे एक मादक ख़ुशी से भर गया।

आस-पड़ोस के बच्चों ने बड़ी प्रशंसा से उसे देखा, परखा; उनके सामने यह तोप मेरी बौद्धिक श्रेष्ठता का प्रतीक थी, जब भी कभी हम कोई फल चुराने या माल्दोनादो के पार सुनसान इलाके में किसी दबे हुए ख़ज़ाने की तलाश में निकलते तो वे मेरी इस क़ाबिलियत से प्रभावित रहते। माल्दोनादो छोटी-सी नदी थी जो हमारे इलाके और सैन होज़े डि फ्लोरस के पेरिश के बीच बहती थी।

जिस दिन हमने वो तोप चलाई वह अपने आप में एक महत्त्वपूर्ण दिन हो गया। सैन एदुआर्दो से पहले अवेलानेदा स्ट्रीट के पास ख़ाली और बेकार पड़ी ज़मीन के एक हिस्से में जहाँ कँटीली झाड़ियों का झुरमुट था, हमने यह प्रयोग किया। उस छोटी तोप के मुँह में बारूद भरते हुए मेरी कल्पना कुलाँचे मार रही थी और सभी बच्चे मुझे घेर कर खड़े थे। फिर यह जाँचने के लिए कि इस तोप का गोला कितनी दूर तक जाता है, हमने निशाने पर रखा, पानी के एक ज़िंक टैंक को, जो नज़दीक स्थित बढ़ई के घर की दीवार पर था।

जज़्बात से भर कर मैंने माचिस की तीली फ़्यूज़ के पास जलाई; सूरज

की रोशनी में एक छोटी-सी लपट कौंधी और अचानक एक भयानक धमाका हुआ, जिसके बाद हमारे चारों तरफ़ सफ़ेद धुएँ का एक घिनौना-सा बादल फैल गया। एक पल के लिए हम हैरान हो गए—ऐसा लगा मानो उस पल में हमने एक नए महाद्वीप की खोज कर ली हो, या जादुई दुनिया हमारे क़ब्ज़े में आ गई हो। अचानक कोई चिल्लाया—

'भागो! पुलिस!'

भागने का वक्त नहीं था। दो पुलिसवाले तेज़ी से हमारी तरफ़ आ रहे थे, हम थोड़ा हिचकिचाए...फिर अचानक अपनी बमबारी को दुश्मन के लिए छोड़ कर तेज़ी से कूदते-फाँदते वहाँ से भागे।

अलग होते हुए एनरीक ने मुझसे कहा—

'यार, अगर तुम्हें विज्ञान से जुड़ा कोई भी आँकड़ा चाहिए, तो मेरे पास घर पर *अकाउंट द वर्ल्ड* पत्रिका के अंकों का संग्रह है और वो मैं तुम्हें उधार दे सकता हूँ।'

उस दिन के बाद से हमारे सबसे बड़े जोखिम वाले काम की रात तक हमारी दोस्ती ओरेस्टस और पाइलेड्स की दोस्ती जैसी गहरी रही।

इर्ज़ुबेता परिवार से मुझे अनोखी चित्रमयी दुनिया का पता चला।

उन लोगों को भुलाया नहीं जा सकता! तीन पुरुष और दो महिलाएँ, घर का संचालन माँ करती थी। एक ऐसी स्त्री जिसका रंग नमक और मिर्च जैसा था, छोटी-छोटी मछली जैसी आँखें थीं और बड़ी-सी जिज्ञासु नाक और दादी झुक कर दोहरी हो गई थी, बहरी थी और किसी बुरी तरह जले हुए पेड़ के तने सी काली।

सिर्फ़ एक शख़्स था जो पुलिस अफ़सर था और उस परिवार में गैरहाज़िर, बाक़ी सब कुछ न करते हुए उस शांत गुफ़ा में इधर-उधर बिना इस्तेमाल हुए पड़े रहते और ख़ाली समय को एलेक्जेंडर ड्यूमा के उपन्यास पढ़कर, दोपहर की आरामदेह नींद और शाम के धुँधलके को गपबाज़ी में बिताते।

उनकी परेशानियाँ महीने की शुरुआत में उठ खड़ी होतीं। इस मौके पर

उन्हें अपने लेनदारों का सामना करना पड़ता, उन्हें टालना होता, उन 'स्पैनिश हरामियों' से मीठी-मीठी बातें करनी पड़तीं, उन असभ्य लोगों की ज़्यादतियों पर उन्हें शांत करना पड़ता जो बिना सोचे-समझे सीधे उनके घर के दरवाज़े पर आकर चिल्लाने लगते और उस सामान के पैसे माँगते जो उन्होंने बिना किसी कपट के उधार में दिये थे।

~

इस घर की लड़कियाँ छब्बीस वर्ष की आयु पार कर चुकी थीं और उनका कोई बॉयफ्रेंड नहीं था, वे बीफ स्टीक का मज़ा लेतीं और लामार्टीन और चेरबुलिएज़ की रचनाओं में डूबी रहतीं। इससे उन्हें इस बात का मुग़ालता रहता कि वे एक तरह के बौद्धिक अभिजात्य वर्ग की सदस्य हैं और शायद यही वजह थी कि वे ग़रीब लोगों को बेकार और निम्न श्रेणी का मानती थीं।

जिस बनिये ने फलियों के लिये पैसे माँगे, वो बेकार और नीच था, जिस दुकानदार से उन्होंने बहुत विनती, मान-मनौव्वल करके कुछ मीटर लेस उधार ली थी, वो फ़ालतू और बेकार था और वो कसाई भी, जो अपना आपा खो बैठा था, जब उन्होंने उसकी दुकान के शटर्स में से बहुत बेमन से यह कह दिया, 'अगले महीने हम ज़रूर पैसे दे देंगे।'

उनके तीन दुबले और बहुत बालों वाले भाई थे, जो बड़ी शान से आवारागर्दी करते, दिन भर धूप का मज़ा लेते और शाम होते ही शहर के झोपड़पट्टीवाले इलाके में आवारा लड़कियों के साथ प्रेम की पींगें भरने के लिए सूट-बूट पहन कर निकल जाते।

दो ख़ुशक़िस्मत लेकिन असंतुष्ट बूढ़ी महिलाएँ किसी भी पल छोटी-छोटी बातों पर लड़ती रहतीं, या अपनी प्राचीन बैठक में अपनी बेटियों के साथ बैठ कर पर्दे के पीछे से दूसरे लोगों की जासूसी करती रहतीं या गपबाज़ी में मशगूल रहतीं। मैंने अक्सर कुछ लोगों से यह सुना था कि वे नेपोलियन प्रथम की सेना में काम करने वाले एक अधिकारी के वंशज थे। ये वो लोग थे जो इन रक्तविहीन शक्लों वाले परिवार की प्रतिछाया जैसे थे, इन्हें एक आदर्श के तौर

पर पेश करते थे। उनके सामंती मिथक की कल्पना में ख़ुश होते हुए अक्सर शाम को जब किसी सुनसान गली में सड़कों के लैंप जलाने वाला वॉयलट लपट वाली एक लम्बी छड़ी से हरे गैस लैंप जलाता तो ये बासी हो गए उस नवाबी ठाठ-बाट की बातें करते।

चूँकि वे नौकरानी नहीं रख सकते थे और कोई नौकर उन तीन दुबले और बहुत बालों वाले, फूहड़ और बकरे जैसी ताकत वाले इन गँवारों, उन चिड़चिड़ी लड़कियों के झगड़ालू स्वभाव और बड़े दाँतों वाली बूढ़ी चुड़ैलों के साथ गुज़र कर भी नहीं पाया था, इसलिए एनरीक ही वो बिचौलिया था जिसकी इस लँगड़ी अर्थव्यवस्था को ज़रूरत थी, ताकि चीज़ें सामान्य तौर पर चल सकें। और उधार माँगने की उसे इतनी ज़बरदस्त आदत पड़ गई थी कि उसकी तरह की बेशर्मी किसी ने न सुनी होगी, ऐसी ढिठाई जो मिसाल के क़ाबिल थी। उसकी प्रशंसा में यह कहा जा सकता है कि एक पीतल की मूर्ति के चेहरे पर उसके सुतवाँ नाक-नक़्श से कहीं ज़्यादा शर्मिंदगी दिखाई दे सकती थी।

इर्ज़ुबेता अपने ख़ाली समय में देर तक चित्र बनाया करता था, यह एक ऐसा हुनर था जिसमें इर्ज़ुबेता कल्पनाशील भी था और नफ़ीस भी। इस पक्ष में यह एक अच्छी दलील है कि हमेशा ऐसे निठल्ले और बेकार लोग रहे हैं, जिनका सौंदर्यबोध बहुत अच्छा होता है। चूँकि मेरे पास भी करने को कुछ नहीं था सो मैं अक्सर उसके घर चला जाता, जो उस परिवार की बुज़ुर्ग महिलाओं को रत्ती भर नहीं भाता था। लेकिन उनकी मुझे क़तई फ़िक्र नहीं थी।

एनरीक की संगत और डाकुओं और चोरों के बारे में हमारी लम्बी बातचीत की वजह से हमारे भीतर भी खुद ऐसे बदमाशी के कारनामे करने और बतौर अपराधी अमर हो जाने की तीव्र इच्छा पैदा हुई।

एक बार कुछ लुटेरों के संदर्भ में, जो फ्रांस से ब्यूनो आयर्स आए थे और सोज़िया राइली ने बड़ी अच्छी तस्वीरों के साथ उन पर एक रिपोर्ट लिखी थी, एनरीक ने मुझसे कहा 'हमारे देश के प्रेज़िडेंट के पास चार अंगरक्षक हैं।'

मैं हँसा, 'मेरी खिंचाई करना बंद करो।'

'मैं बता रहा हूँ, यह सच है और वो अंगरक्षक इस तरह दिखते हैं,' और

उसने अपनी बाँहें सूली पर चढ़े इन्सान की तरह खोल लीं ताकि वो मुझे इन अंगरक्षकों की चौड़ी छाती के बारे में बता सके।

मुझे याद नहीं कि किस तरह, किन सूक्ष्म दलीलों के ज़रिये हमने खुद को आश्वस्त कर लिया था कि डकैती और लूटपाट एक सराहनीय और अच्छा काम है, लेकिन मैं यह पक्का जानता हूँ कि हमने आम सहमति से चोरों का एक गैंग बनाने का फ़ैसला किया था। इस गैंग के शुरुआती सदस्य सिर्फ़ वो और मैं थे।

बाद में देखा जाएगा...और अपने कारनामों की उचित शुरुआत करने के लिए हमने एक ख़ाली पड़े मकान को लूटने का निश्चय किया। इस काम को हमने कुछ इस तरह अंजाम दिया—

दोपहर के बाद जब सड़कें सुनसान होंगी, हम वेश बदल कर फ्लोरस और कबालितो की गलियों का मुआयना करेंगे।

हमारे औज़ार होंगे—

एक चूड़ीदार पाना, एक पेचकस और कुछ अख़बार, जिनमें हम लूटा हुआ सामान लपेट सकें।

~

जहाँ मकान किराए पर देने का पोस्टर लगा हुआ है, हम वहाँ जाएँगे और बहुत तमीज़ और शांति से मकान के बारे में पूछताछ करेंगे। हम काकस (आग उगलने वाला राक्षस, जिसे हरक्यूलिस ने मारा था) के अनुचरों जैसे लग रहे थे।

जब हमें घर की चाभी मिल जाएगी, ज़ाहिर तौर पर यह देखने के लिये कि वह मकान रहने लायक है भी या नहीं, तब हम अपने काम में जुट जाएँगे।

आज तक मैं उस ख़ुशी को नहीं भूला हूँ जो हमें दरवाज़ा खोलने पर हुई थी। हम जल्दी से घर के भीतर दाख़िल होंगे; लूट के सामान को बटोरने के लिए उत्सुक हम हर कमरे का फुर्ती से मुआयना करके यह अंदाज़ा लगा लेंगे कि वहाँ चुराने लायक सामान कितना है।

अगर वहाँ बिजली का कनेक्शन हुआ तो हम बिजली के तार, इलेक्ट्रिक फ़िटिंग डोरबैल, स्विच, झूमर, काँच के लैंपशेड, बैट्रीज़, निकाल लेंगे, हमने गुसलखाने से नल की टोंटियाँ निकाल लीं, क्योंकि उन पर निकल की परत चढ़ी होती है, रसोई से भी नल की टोंटियाँ निकाल लीं। क्योंकि वो पीतल की थीं। हमने सिर्फ़ दरवाज़ों और खिड़कियों को छोड़ दिया ताकि हम सामान हटाने वाले कारीगरों जैसे न लगें।

हम एक अजीब-सी पीड़ादायक ख़ुशी के साथ काम करते, हमारे गले में चिंता की एक गाँठ फँसी होती और हम जितनी जल्दी हो सकता, उतनी जल्दी काम करते, बिना बात के हँसते और हल्की-सी आहट पर चौंक जाते।

हमारी हड़बड़ाहट और ज़ोरदार कोशिशों के नतीजतन बिजली के बहुत सारे तार छत से लटके रह जाते; धूल भरे फ़र्श पर प्लास्टिक और गारे के टुकड़े बिखरे रह जाते और दाग पड़ जाते; रसोई के नलों से लगातार पानी टपकना शुरू हो जाता और कुछ ही सैकेंडों में हम मकान की ऐसी हालत बना देते कि उसे सामान्य बनाने में बहुत मरम्मत की ज़रूरत पड़े ।

तब इर्ज़ुबेता और मैं चाबियों को वापस करते और तेज क़दमों से चलते हुए वहाँ से ग़ायब हो जाते।

हमारे मिलने की जगह हमेशा नलसाज (प्लम्बर)की दुकान का पिछला कमरा होता; वो नलसाज काकासेनो का जीवंत संस्करण था, जिसके कार्ड को संग्रहकर्ता जमा करते हैं। (एडिआनो बेनचिरि द्वारा लिखित 'काकासेनो' कहानी का नायक काकासेनो एक प्रसिद्ध बुद्धू है); उसका चेहरा चाँद की तरह गोल था और उम्र के साथ-साथ उसकी सहनशक्ति और सिर पर उगे सींग बढ़ते जा रहे थे, क्योंकि ये सभी जानते थे कि वो किसी फ्रान्सिस्कन (कैथोलिक ईसाइयों का एक पंथ) संन्यासी की तरह अपनी पत्नी की बेवफ़ाई को सहता था।

जब कभी उसके हालात पर अप्रत्यक्ष तौर से इशारा किया जाता तो वह एक मेमने जैसी नरमी से कहता कि उसकी बीवी घबराहट और अवसाद की मरीज़ है और इस ठोस वैज्ञानिक तर्क के सामने सिवाय चुप रहने के और कोई संभव प्रतिक्रिया नहीं दी जा सकती थी।

बहरहाल, जब उसके हितों का सवाल आता तो वह एक चील की मानिंद चौकन्ना था।

यह शख़्स, चलते वक्त जिसके घुटने एक–दूसरे से टकराते थे, हमारे लूट के सामान की ग़ौर से जाँच करता, तारों को तोलता, बल्बों को टैस्ट करता यह देखने के लिए कि उनके फ़िलामेंट ठीक हैं कि नहीं, कुछ ज़्यादा ही सब्र से पाइपों को सूँघता फिर बार–बार भुगतान की रक़म को जोड़ता और आख़िरकार हमें हमारी लूट की क़ीमत का दसवाँ हिस्सा देता।

अगर हम बहस करते या नाराज़ होते तो वह अपनी गाय जैसी आँखें उठाता, उसका चेहरा एक विडम्बनापूर्ण मुस्कुराहट से भरा होता और हमारे आगे कुछ बोलने से पहले ही हमारी पीठ पर एक दोस्ताना धौल जमाते हुए, बहुत शालीनता से बाहर का रास्ता दिखा देता और पैसे हमारे हाथ में रख कर चला जाता।

लेकिन यह मत सोचना कि हमारा काम सिर्फ़ ख़ाली पड़े मकानों को ही लूटने तक सीमित था। छोटी–छोटी निरर्थक बातों को लपक लेने में हमारी कोई बराबरी नहीं थी।

हम हमेशा दूसरों की संपत्ति को लेकर बहुत चौकस रहते। हमारे हाथों में ज़बरदस्त हुनर था और आँखें ऐसी तेज़ जैसे पक्षी की अपना शिकार पकड़ते वक्त होती हैं। जल्दबाज़ी न करते हुए लेकिन उस गिद्ध जैसी फुर्ती से, जो कबूतर पर धावा बोलता है, हम भी उन चीज़ों को हथिया लेते थे जो हमारी नहीं होती थीं।

अगर हम किसी कैफ़े में जाते और मेज़ पर कटलरी का सामान या चीनी की कटोरी दिखती, जिसे कोई वहाँ रख कर भूल गया है या वेटर का ध्यान उस तरफ़ नहीं होता, तो हम दोनों चीज़ें उठा लेते; रसोई की छोटी अलमारी, जिसमें बर्तन सजे हुए रखे होते या ऐसी ही किसी जगह पर हमें अपने फ़ायदे या इस्तेमाल की कोई–न–कोई चीज़ मिल ही जाती थी।

कप–प्लेट, चाक़ू या बिलियर्ड्स की बॉल, हम कुछ नहीं छोड़ते थे और मुझे याद है कि एक रात जब बारिश हो रही थी तो एक भीड़ भरे कैफ़े में मैंने

एक ओवरकोट लगभग चुरा ही लिया था और एक रात सुनहरी मूठ वाली एक छड़ी चुरा ली थी।

अपने फ़ायदे की चीज़ों की फ़िराक़ में हमारी आँखें गोल-गोल घूमती रहतीं या फिर तश्तरी की तरह फैल जातीं और जैसे ही हमें वो चीज़ दिख जाती जिसे हम ढूँढ़ रहे होते, तो हमारी तबियत बदल जाती, हम मुस्कुराने लगते, निश्चिंत होकर बतियाने लगते, हमारी उँगलियाँ तैयार हो जातीं और आँखें चौकन्नी, ताकि हम इस चोरी में किसी छुटभैया ठग की तरह असफल न हो जाएँ ।

दुकानों में भी हम इसी शुद्ध कला का प्रयोग करते और जब दुकान के मालिक दोपहर की नींद ले रहे होते तो काउंटर पर खड़े सेल्समैन को हम किस तरह धोखा देते, इस हुनर पर तो देख कर ही भरोसा किया जा सकता था।

किसी-न-किसी बहाने से एनरीक उस सेल्समैन को दुकान के बाहर शो विंडोज़ को देखने के लिए ले जाता, ताकि वो किसी सामान की ठीक-ठीक क़ीमत मालूम कर सके और अगर ऑफ़िस में और कोई नहीं होता तो मैं फुर्ती से डिस्प्ले शेल्फ़ खोलता और अपनी जेबों को पेंसिल बॉक्स, स्याही रखने के स्टैंड वग़ैरह से भर लेता; एक बार हम एक तिजोरी से पैसे निकालने में भी कामयाब हो गए थे क्योंकि उसमें कोई अलार्म नहीं लगा था और एक मौक़े पर एक बंदूक़ों की दुकान से हमने एक दर्जन छोटे चाकुओं का बक्सा चुराया था जिनके हत्थे में सोने की परत चढ़ी थी और मोती भी जड़े हुए थे।

और अगर किसी रोज़ हम किसी भी चीज़ पर हाथ साफ़ न कर पाते तो हतोत्साहित हो जाते, अपनी अयोग्यता पर उदास और अपने भविष्य के प्रति निराश।

हम ख़राब मूड में तब तक घूमते रहते जब तक कि हमें ख़ुश होने के लिए कोई और चीज़ न मिल जाती।

बहरहाल, जब हमारा कारोबार अच्छा चल रहा होता और सिक्के ख़ुशनुमा नोटों में बदल जाते तो हम एक बारिश वाली दोपहर का इंतज़ार करते और ड्राइवर समेत एक कार किराए पर लेते और घूमने निकल जाते। शहर की

गलियों में बारिश के बीच घूमना कितना अच्छा लगता था! हम उन कोमल कुशन्स की टेक लगा कर आराम से बैठते, सिगरेट जलाते और आस-पास के सभी लोगों को बारिश में पीछे छोड़ देते और कल्पना करते कि हम पेरिस में हैं या धुँध भरे लंदन शहर में। हमारे चेहरे पर खुद को श्रेष्ठ मानने के भाव वाली एक मुस्कुराहट होती और हम चुपचाप अपने सपनों में खोए रहते।

बाद में हम एक महँगी और हाई क्लास केक की दुकान में वनीला के साथ चॉकलेट पीते और तृप्त होकर दोपहर की ट्रेन से वापस घर लौटते। हमारे ऐशपसंद शरीर को इससे जो संतोष मिलता उससे हमारी ऊर्जा दोगुनी हो चुकी होती और उस गतिशीलता से भी जो हमारे चारों तरफ़ मौजूद चीज़ों के ज़रिए अपनी ठोस आवाज़ में हमारे कानों में चिल्लाती रहती, 'आगे बढ़ो!, आगे बढ़ो!'

एक दिन मैंने एनरीक से कहा, 'हमें एक ग्रुप बनाना चाहिए, एक सीक्रेट ग्रुप, होशियार और तेज़ बच्चों का ग्रुप।'

'लेकिन दिक़्क़त यह है कि ऐसे बच्चे ज़्यादा हैं नहीं,' एनरीक ने दलील दी।

'हाँ, कह तो तुम ठीक रहे हो, लेकिन ऐसे बच्चे हों ही न, ऐसा भी नहीं है।'

ऐसा कहने के कुछ दिनों बाद ही एनरीक की कोशिशों के नतीजतन एक लुसियो नाम का लड़का नमूदार हुआ जो हमारे ग्रुप में शामिल हो गया। वो मूर्ख था, क़द-काठी में ठिगना था, बहुत ज़्यादा हस्तमैथुन करने से चेहरा जर्द पड़ गया था, उसके चेहरे से बेशर्मी इस हद तक झलकती थी कि कोई भी उसे देख कर हँस पड़े । वो किसी धार्मिक महिला के संरक्षण में रहता था जिसे उसकी कोई परवाह नहीं थी। इस बेवक़ूफ़ का एक प्रिय काम था, लोगों को बहुत साधारण-सी बातों और चीज़ों के बारे में इस अंदाज़ से बताना मानो वो बेहद राज़ की बात हो। वह लगातार चारों तरफ़ देखते हुए और अपने हाथों को इस तरह घुमाते हुए ऐसा करता जैसे कुछ ख़ास फ़िल्म अभिनेता छोटे-मोटे ठग की भूमिका निभाते हुए करते हैं।

'यह बेवक़ूफ़ हमारे किसी काम का नहीं,' मैंने एनरीक से कहा; लेकिन चूँकि वह हमारे हाल में ही बने गैंग में एक नए सदस्य का उत्साह लाया था, उसकी एक ख़ास दृढ़ता, बाजुओं की ख़ास हरकत ने हममें कुछ उम्मीद जगा दी थी।

मिलने के लिए एक जगह मुक़र्रर किए बग़ैर यह सब करना नामुमकिन था और लूसियो के सुझाव पर सर्वसम्मति से इस ग्रुप का नाम रखा, 'द क्लब ऑफ़ द मिडनाइट्स जेंटलमैन।'

यह क्लब अपनी मीटिंग्स एनरीक के घर के पीछे एक तंग से लकड़ी के धूल भरे कमरे में करता। इस कमरे की शहतीर से बड़े-बड़े मकड़ी के जाले लटक रहे थे और यह कमरा एक बेहद गंदी और पुरानी दीवारों वाले शौचालय के सामने था। कोनों में बहुत-सी टूटी हुई पुरानी-धुरानी कठपुतलियाँ पड़ी थीं, जो इर्ज़ुबेता परिवार के मित्र एक असफल कठपुतलीवाले की धरोहर थीं। साथ ही, टूटे-फूटे सिपाहियों के पुतले, गंदे कपड़ों के बंडल और पुराने अख़बारों और पत्रिकाओं से ठुँसे हुए बक्से पड़े थे।

इस झोंपड़ी का दरवाज़ा एक अंधेरे आँगन में खुलता था, जो टूटी हुईं ईंटों से भरा था। ये ईंटें बारिश के दिनों में कीचड़ से भर जाती थीं।

'यहाँ कोई नहीं है, यार?'

एनरीक ने टूटी-फूटी खिड़की को बंद कर दिया, जिसके टूटे काँच से टीन के रंग के बादल घुमड़ते हुए दिखाई दे रहे थे।

'मेरे घर के लोगों की बातचीत की आवाज़ आ रही है।'

हम वहाँ जितना आराम से रह सकते थे उतना हमने वहाँ खुद को व्यवस्थित कर लिया। लुसियो ने इजिप्शियन सिगरेट्स की पेशकश की, जो हमारे लिए बिलकुल नई थीं और फिर अपने जूते के सोल से आराम से माचिस की तीली जलाते हुए बोला—

'अब हम मीटिंग के मिनट्स पढ़ेंगे।'

सो जिस क्लब का पहले ज़िक्र किया गया, उसमें किसी बात की कमी

नहीं छूटनी चाहिए थी, इसलिए 'मिनट्स की एक पुस्तिका' तैयार की गई थी, जिसमें सभी साथियों की योजनाएँ लिखी जाएँगी और एक स्टैंप भी तैयार की गई थी, एक आयताकार स्टैम्प जिसे एनरीक ने एक बोतल के डॉट से बनाया था और जिस पर तीन कटारों से भिदे एक दिल की भावपूर्ण तस्वीर थी।

मीटिंग का यह विवरण हम सभी के पास रहता था और हर मीटिंग के विवरण के आखिर में हम अपने दस्तखत करते थे। हर नए विषय पर स्टैम्प लगायी जाती थी।

मीटिंग के विवरण में निम्नलिखित चीज़ें दर्ज की जाती थीं—

लुसियो का प्रस्ताव—भविष्य में ताला बनाने वाले की मदद लिए बगैर घर लूटने के लिए, हम जिन भी घरों में जाते हैं, उन सभी की चाबियों का मोम पर अंकित एक नमूना हमें रखना चाहिए।

एनरीक का प्रस्ताव—जिस भी घर की चाबी हमें मिलती है, हर उस घर के लिए एक योजना हमें बना लेनी चाहिए। इन योजनाओं को इस समाज के अन्य दस्तावेज़ों के साथ गुप्त रखा जाना चाहिए और इस योजना में हर छोटी बात का ज़िक्र होना चाहिए ताकि जिस व्यक्ति को वहाँ काम करने के लिए भेजा जाए उसे सुविधा हो।

इस समाज की आम सहमति—साथी एनरीक को इस क्लब का आधिकारिक जालसाज़ और नक्शानवीस घोषित किया जाता है।

सिल्वियो का प्रस्ताव—एक मज़बूत और सुरक्षित क्षेत्र में नाइट्रो-ग्लिसरीन रखने के लिए, एक अंडा लें, इसके अन्दर का पीला और सफ़ेद भाग निकाल दें और एक सिरींज के ज़रिये इसमें यह विस्फोटक डाल दें।

अगर नाइट्रो ग्लिसरीन का एसिड अंडे के छिलके को नष्ट कर दे तो कपास का एक आवरण बनाएँ। किसी को शक नहीं होगा कि इस सीधे-सादे से दिखने वाले एक कपास के टुकड़े में विस्फोटक छुपा है।

एनरीक का प्रस्ताव—क्लब के पास विज्ञान की किताबों का एक पुस्तकालय होना चाहिए ताकि सभी सदस्यों को यह पूरा विश्वास हो कि वे

सर्वाधिक आधुनिक औद्योगिक प्रक्रियाओं के ज़रिये लोगों को लूट रहे हैं, मार रहे हैं। साथ ही, तीन महीने तक इस क्लब का सदस्य रहने के बाद, इस सदस्य के पास एक ब्राउनिंग पिस्तौल, रबर के दस्तानों का एक जोड़ा और सौ ग्राम क्लोरोफ़ॉर्म होना चाहिए। साथी सिल्वियो इस क्लब के आधिकारिक केमिस्ट होंगे।

लुसियो का प्रस्ताव—बन्दूक की सभी गोलियाँ प्रुसिक एसिड से बुझी होनी चाहिए और इसके ज़हर का परीक्षण किसी कुत्ते की दुम पर गोली दाग कर किया जाना चाहिए। उस कुत्ते को गोली लगने के दस मिनट बाद मर जाना चाहिए।

'यार, सिल्वियो,' एनरीक बोला।

'क्या?'

'मैं सोच रहा था कि हमें अपने क्लब का गठन देश के हर शहर में करना चाहिए।'

'नहीं, अहम बात यह है,' मैंने बात बीच में काट कर कहा, 'कि जो हम कल करने जा रहे हैं, आज उसका अभ्यास करें। फ़िलहाल हमें छोटी-छोटी बातों पर ध्यान नहीं देना चाहिए।'

लुसियो ने गंदे कपड़ों का एक बंडल निकाला, जिसे वह मसनद की तरह इस्तेमाल कर रहा था। मैंने बोलना जारी रखा—

'चोरी के प्रशिक्षण का एक फ़ायदा है; यह आपको क्रूर बनाता है, जो कि इस काम के लिए सबसे ज़रूरी बात है। और, खतरे का अनुभव करने से आदमी समझदार बनता है।'

एनरीक ने कहा, 'अब यह सब भाषणबाज़ी बंद करो और कुछ दिलचस्प बात करो। यहाँ कसाई की दुकान के पीछे वाली गली में—इर्ज़ुबेता परिवार का घर इसी गली में है—एक फिरंगी अपनी कार यहीं गली में पार्क करता है और फिर ज़मुदियो स्ट्रीट पर उन बड़े और पुराने मकानों में सोने चला जाता है जहाँ उसने एक कमरा किराये पर लिया हुआ है। सिल्वियो, तुम्हारा क्या कहना है,

अगर हम उसकी गाड़ी के हॉर्न और मैग्नेटो गायब कर दें तो... ?'

'तुम जानते हो ना यह बड़ा संगीन काम है?'

'यार इसमें कोई खतरा नहीं। हम दीवार से कूद कर वहाँ जायेंगे। कसाई तो बहुत गहरी नींद में सोता है। हाँ, हमें दस्ताने पहनने पड़ेंगे।'

'और वो कुत्ता?'

'मुझे उसकी कोई परवाह नहीं। कुत्ते से तो मेरी दोस्ती है।'

'मुझे बस ऐसा लगता है कि वो हममें से किसी एक पर हमला कर सकता है।'

'तुम्हारा क्या ख़याल है, सिल्वियो?'

'और यह मत भूलो कि मैग्नेटो के लिए हमें करीब सौ सेन्टावोस मिल सकते हैं।'

'यह काम तो फ़ायदेमंद है लेकिन ज़रा टेढ़ा है।'

'लुसियो, क्या तुम इसके लिए राज़ी हो?'

'तुम मुझे डरा रहे हो?...बेशक...मैं अपनी पुरानी पैंट पहन लूँगा, ताकि रविवार को पहनने के लिए मेरी सबसे अच्छी पैंट को फटने से बचा सकूँ।'

'और सिल्वियो, तुम?'

'जैसे ही मेरी माँ सो जाएँगी, मैं बाहर निकल आऊँगा।'

'हमें कब मिलना चाहिए?'

'देखो, यार, एनरीक, मुझे यह काम पसंद नहीं आ रहा।'

'क्यों?'

'मुझे यह काम ठीक नहीं लग रहा, क्योंकि उन्हें हम पर शक हो जायेगा। वो गली...और वो कुत्ता, जो सारी रात नहीं भौंका...अगर हम वहाँ इतनी आसानी से पहुँच सकते हैं...तो हम ज़रूर वहाँ अपने निशान छोड़ने वाले हैं...मुझे यह ठीक नहीं लग रहा। तुम जानते हो कि मैं किसी भी चीज़ के लिए

तैयार रहता हूँ। लेकिन यह काम कुछ ठीक नहीं लग रहा। एक तो यह घर के बहुत नज़दीक है और फिर सूअर बहुत बदबूदार होते हैं।'

'ठीक है तब। हम यह काम नहीं करेंगे।'

हम ऐसे मुस्कुराये मानो किसी खतरे से बच निकले हैं।'

और इस तरह हम इन लाजवाब भावनाओं के साथ दिन गुज़ार रहे थे, अपनी लूट और चोरी से जो पैसे पाए थे उसके मज़े ले रहे थे, यह पैसा हमारे लिए ख़ास मायने रखता था और यहाँ तक कि हमें ऐसा लगता था, मानो यह पैसा अपने ही एक जीवंत मुहावरे के ज़रिये हमसे बात करता हो।

रंगीन तस्वीरों वाले नोट हमें सबसे सार्थक लगते थे, निकल से बने सिक्कों को अपनी हथेलियों पर रखकर जब हम जादूगर की तरह हिलाते थे तो वे ख़ुशी से खनखनाने लगते थे।

हाँ, अपनी लूट से जो पैसा हम पाते थे वो हमें कहीं अधिक कीमती और विलक्षण लगता, ऐसा लगता कि वह पैसा सबसे ज़्यादा कीमती है, मानो वो पैसा मुस्कुराहट ला देने वाली प्रशंसा के शब्द हमारे कानों में फुसफुसा रहा है, और ललचाने वाली शैतानियों को बता रहा है। वो नीचतापूर्ण तरीके से कमाया गया निंदनीय पैसा नहीं था जिससे नफ़रत की जाती है, क्योंकि पैसा अपनी मेहनत से कमाया जाना चाहिए। और यह एक नरम और लचीला पैसा था, वेताल जैसे दो पैरों और एक बौने जैसी दाढ़ी वाला चांदी का गोला, खुशमिज़ाज पैसा, नाचने वाला पैसा, जिसकी खुशबू, एक अच्छी वाइन की तरह हममें एक ख़ास नशा ला देती थी।

हमारी आँखें कष्ट विहीन थीं और मैं वाकई यह कह सकता हूँ कि हमारे माथे पर गर्व और साहस का आभामंडल आलोकित था। हमें इस जानकारी पर भी गर्व था कि अगर हमारी हरकतों के बारे में सबको पता चल गया तो हमें जज के सामने ले जाया जायेगा।

कैफ़े में एक मेज़ के चारों तरफ़ बैठकर कभी-कभी हम इस बारे में बात किया करते थे।

'आपराधिक मामलों की अदालत में तुम जज के सामने क्या करोगे?'

'मैं,' एनरीक ने जवाब दिया, 'उससे डार्विन और लि दांते के बारे में बात करूँगा।' (एनरीक नास्तिक था।)

'और तुम, सिल्वियो?'

'मैं उन्हें कुछ नहीं बताऊँगा, चाहे वो मेरी गरदन ही क्यों न काट दें।'

'और रबर का क्या?'

हम एक दूसरे की तरफ़ डर से देखते। हम 'रबर' से बहुत डरते थे, जो पीड़ित के मांस पर कोई साफ़ मार के निशान भी नहीं छोड़ती थी; यह वो रबर की छड़ी थी, जिसका प्रयोग पुलिस विभाग में चोरों को सज़ा देने के लिए किया जाता था अगर वे अपना अपराध कबूल करने में देरी करते।

अपने गुस्से को ज़रा-सा भी न छुपाते हुए मैंने जवाब दिया—

'वो मुझे तोड़ नहीं पायेंगे। उनको मुझे मारना ही पड़ेगा।'

जब भी हममें से एक 'मारना' शब्द का इस्तेमाल करता तो हमारे चेहरों की नसें फड़कने लगतीं, हमारी आँखें निश्चल और खुली हुई रहतीं मानो दूर इस यातना देने वाले दृश्य को कल्पना में देख रहे हों और इस काल्पनिक दृश्य में बारूद और खून की गंध से हमारे नथुने फूल जाते।

'इसीलिए अपनी बन्दूक की गोलियों में ज़हर डालना ज़रूरी है,' लुसियो ने ज़िद की।

'और बम बनाना भी,' मैंने आगे कहा। 'कोई दया नहीं, हमें उनको उड़ाना ही होगा, पुलिस को आतंकित करना होगा। जैसे ही उनकी चौकसी में ज़रा-सी ढिलाई हो, गोलियाँ...जजों को तो डाक के ज़रिये बम भेज दो।'

कैफ़े टेबल के चारों तरफ़ बैठकर हम इस तरह की बातें किया करते, गंभीरता से, उस दंड मुक्ति का मज़ा लेते हुए उन सभी लोगों के सामने, जिन्हें पता नहीं था कि हम चोर हैं और एक सुखद-सा भय हमारे दिलों को घेर लेता जब हम सोचते कि हमारे सामने से गुज़रती लड़कियाँ हमें किस तरह देखेंगी

जब उन्हें यह मालूम पड़ेगा कि उम्र में इतने छोटे और इतने अच्छे कपड़े पहने हुए हम चोर हैं...चोर!

कुछ दिनों के बाद मैं एक कैफ़े में देर रात एनरीक और लुसियो से मिला। हमें उस चोरी से सम्बन्धित कुछ बातों को आख़िरी रूप देना था जो हम करने की योजना बना रहे थे।

कैफ़े का सबसे एकाकी कोना ढूँढ कर हम एक खिड़की के पास वाली मेज़ पर जा बैठे।

कैफ़े के भीतर ऑर्केस्ट्रा वाले एक जेल हाउस टैंगो का आख़िरी हिस्सा बजा रहे थे और खिड़की के काँच पर बारिश की हल्की फुहार की टप-टप हो रही थी।

'लुसियो, क्या तुम्हें पक्का पता है कि वहाँ कोई चौकीदार नहीं है?'

'पक्का। छुट्टियों का वक्त है और सभी लोग बाहर गए हुए हैं।'

'हम एक स्कूल की लायब्रेरी को निशाना बनाने पर बातचीत कर रहे थे। सोच में डूबा हुआ एनरीक अपनी ठोड़ी को एक हाथ पर टिकाये था और उसकी आँखों के ऊपर टोपी के ऊपरी हिस्से की छाया थी।'

मैं चिंतित था।

लुसियो आस-पास संतोषपूर्ण निगाहों से देख रहा था, एक ऐसे शख़्स की तरह, जिस पर ज़िन्दगी मेहरबान हो गयी हो। मुझे आश्वस्त करने के लिए कि इस काम में कोई खतरा नहीं है, अपने माथे को सिकोड़ कर वो करीब दसवीं बार मुझसे बहुत धीरे से बोला—

'मैं वो रास्ता अच्छे से जानता हूँ। तुम क्यों फ़िक्र करते हो? तुम्हें बस इतना करना है कि गली से बाड़ कूदकर आँगन में आ जाना। सारे पहरेदार तीसरी मंज़िल पर एक अलग कमरे में सोते हैं। और लायब्रेरी दूसरी मंज़िल पर है, वो भी इमारत की दूसरी तरफ़।'

'अरे, यह आसान काम है,' एनरीक बोला, 'अगर हम एन्साइक्लोपीडिक

डिक्शनरी को लेकर निकल पाए तो कमाल हो जायेगा।'

'और हम उसके 28 संस्करणों को नहीं उठा पायेंगे जब तक कि हम एक सामान ले जाने वाली गाड़ी को किराये पर नहीं लेते।'

सामने से खुली कारें गुज़रीं और पेड़ों पर पड़ती उनकी रौशनी की चमक से ज़मीन पर लम्बे, काँपते हुए धब्बे बन रहे थे। वेटर हमारे लिए कॉफ़ी ले आया। हमारे आस-पास की टेबल्स अब भी खाली थीं, ऊपर मंच पर सारे संगीतकार बातचीत में मशगूल थे और बिलियर्ड रूम से फ़र्श को जूतों से रौंदने की आवाज़ आ रही थी, जहाँ उत्साहीजन टेबल पर किसी ख़ास जटिल गेंद की बाज़ी की सराहना कर रहे थे।

'क्या हम लोग भी तीन खिलाड़ियों वाला "तूते" (ताश का एक खेल) खेलें?'

'ओह, इस "तूते" को अलग रखो, यार।'

'लग रहा है कि बाहर बारिश हो रही है।'

'और भी अच्छी बात है,' एनरीक बोला। 'इस तरह की रात मोंपर्नासे और देनार्दिएर को भी पसंद थीं।' देनार्दिएर ने कहा था, 'ज्यां जाक रूसो का हाल तो मुझसे भी बुरा था। वो रेनान कुनबे का था, "देनार्दिएर" मुझे यह जिप्सी शब्द बहुत अच्छा लगता है।'

'क्या अब भी बारिश हो रही है?'

मैंने बाहर उस छोटे से चौक की तरफ़ झाँका।

हवा से बारिश का पानी तिरछा होकर बरस रहा था और पेड़ों की दो कतारों के बीच हवा का एक झीना-सा पर्दा बन गया था। पेड़ों की शाखाओं और पत्तों को बाहर आर्क लैम्प्स (स्ट्रीट लाइट्स) की रौशनी में चमकते देखकर अचानक मेरे मन में गर्मियों की रात में किसी त्यौहार के दौरान शोर से थरथराते पार्कों और आसमान में चलते रॉकेट्स की लाल चिंगारियों का दृश्य कौंध गया। यह अचानक और अनजाने ही कौंधा दृश्य मुझे उदास कर गया।

वो पिछली ऐसी रात मुझे अच्छी तरह याद है।

मंच पर संगीतकारों ने एक नया गाना शुरू कर दिया, जिसका नाम ब्लैक बोर्ड पर अंग्रेज़ी में 'किस-मी' लिखा गया था। इस उदास माहौल में यह धुन किसी दुखद और दूर से आती लय पर लहराती महसूस हो रही थी। मैं यह कह सकता था कि यह गीत दरअसल किसी ट्रांस अटलांटिक जहाज़ की छत पर बैठे गरीब प्रवासी शाम के वक्त गा रहे थे, जब सूरज समुद्र के भारी और हरे पानी में डूब रहा था।

मुझे याद है कि किस तरह मेरा ध्यान एक वायलिनिस्ट के सिर की तरफ़ गया था, जो पूरी तरह गंजा था। उसकी नाक पर हल्के धुँधले काँच का चश्मा टिका था और जिस तरह वह गर्दन उठा कर म्यूज़िक स्टैंड को देख रहा था उससे साफ़ ज़ाहिर था कि उसकी चश्मे से ढकी आँखों को कितनी मशक्कत करनी पड़ रही थी।

लुसियो ने मुझसे पूछा—

'क्या तुम अब भी एलोनोरा के साथ हो?'

'नहीं, हमारी दोस्ती पहले ही ख़त्म हो गयी। वो मेरी गर्लफ्रेंड नहीं रहना चाहती थी।'

'क्यों नहीं?'

'बस यूँ ही'

वायलिन की लम्बी धुन के साथ उसकी छवि मुझे भीतर तक चीर गयी। मेरे भीतर की दूसरी आवाज़ ने मानो मेरा आह्वान किया कि मैं उसके शांत और प्यारे चेहरे को देखूँ। ओह, अब मुझसे दूर हो गयी उसकी मुस्कुराहट ने मुझे एक गहरी उदासी से भर दिया और अपनी मेज़ से ही, अपनी अंतरात्मा के शब्दों में मैंने उससे कुछ यूँ कहा, जबकि मैं उस कड़ुवाहट का मज़ा ले रहा था जो किसी भी दैहिक आनंद से ज़्यादा मज़ेदार थी—

'आह, काश तुम्हें बता सकता कि मैं तुमसे कितना प्यार करता हूँ, ''किस-मी'' गीत की धुन के साथ...तुम्हें रोकने के लिए इस गाने का इस्तेमाल

करके...तब शायद...लेकिन वो भी मुझसे प्यार करती थी...क्या यह सच नहीं कि तुम मुझसे प्यार करती थीं, एलोनोरा?'

'बारिश बंद हो गयी है...चलो, चलें।'

एनरीक ने कुछ सिक्के मेज़ पर फेंके। उसने मुझसे पूछा :

'क्या तुम्हारे पास रिवॉल्वर है?'

'हाँ।'

'वो अटकेगी तो नहीं?'

'अभी कुछ दिन पहले ही तो मैंने उसे चला कर देखा था। गोली इमारत बनाने में इस्तेमाल होने वाले दो तख़्तों के बीच में से निकल गयी।'

इर्ज़ुबेता बोला, 'अगर यह काम ठीक-ठाक हो जाता है तो मैं अपने लिए ब्राउनिंग रिवॉल्वर खरीदूँगा; लेकिन मैं अपने बघनखे (नक़ल डस्टर्स- हाथ की उँगलियों में पहना जाने वाला नुकीला हथियार) साथ लाया हूँ कि कहीं ज़रूरत पड़ ही जाए तो।'

'क्या उन्हें नुकीला किया है?'

'हाँ, बहुत नुकीले हैं।'

उस चौक के बीच में लॉन से गुज़रते हुए एक पुलिसवाला हमारी तरफ़ आ रहा था।

लुसियो बहुत ऊँची आवाज़ में चिल्लाया, इतनी ऊँची कि पुलिसवाले को सुनाई दे सके—

'अरे यार, भूगोल की टीचर तो मेरे पीछे पड़ी हैं, मुझसे तो उनका ख़ास लगाव है!'

चौक को तिरछे रास्ते से पार करके हम स्कूल की दीवार के सामने आ गए, और जब हम वहाँ पहुँचे तो हमें एहसास हुआ कि बारिश फिर शुरू हो गयी है।

उस इमारत के एक तरफ़ झाड़ीनुमा पेड़ों की कतार थी जिससे उस

त्रिकोण जैसी जगह में अँधेरा और भी गहरा जाता था। हरियाली पर पड़ती बारिश अपना ही संगीत तैयार कर रही थी।

स्कूल की दोनों ऊँची इमारतों को जोड़ती एक लम्बी बाड़ पर लगे काँटेदार तारों के नुकीले दाँत साफ़ दिखाई पड़ रहे थे।

धीरे-धीरे चलते हुए हमने इस अँधेरे की बारीकी से जाँच की; फिर बगैर कुछ कहे मैं उस बाढ़ पर चढ़ गया, एक पैर उस घेरे में डाला जो रेलिंग के हर जोड़ को बाँधता था और सीधे आँगन में कूद गया, कुछ देर उसी मुद्रा में स्थिर रहा जिसमें मैं वहाँ गिरा था, यानी, नीचे दुबके हुए, मेरी नज़रें स्थिर थीं और मेरी उँगलियाँ गीली टाइल्स को महसूस कर रही थीं।

'यहाँ कोई नहीं है, यार,' एनरीक फुसफुसाया जो मेरे पीछे-पीछे कूद कर आ गया था।

'ऐसा लगता तो नहीं है, लेकिन लुसियो क्यों नहीं आ रहा?'

हमें बाहर सड़क पर घोड़े की टापों की आवाज़ सुनाई दी फिर एक और घोड़ा गुज़रा और फिर धीरे-धीरे यह आवाज़ परछाइयों में गुम हो गयी।

लुसियो ने नुकीले तारों के ऊपर अपना सिर निकाला अपना पैर उस जगह पर रखा जहाँ दो तार मिल रहे थे और फिर ऐसी कुशलता से नीचे कूदा कि उसके जूतों की टाइल्स पर कोई आवाज़ तक न हुई।

'कौन था, यार?'

'पहले एक पुलिसवाला फिर एक पहरेदार। मैंने तो ऐसे बर्ताव किया मानो मैं ट्राम का इंतज़ार कर रहा हूँ।'

'चलो यार, अपने दस्ताने पहन लें।'

'हाँ बिलकुल। मैं तो जोश में भूल ही गया।'

'और अब हम कहाँ जाएँ? इतना अँधेरा है कि...'

'इस तरफ़...'

लुसियो हमारा मार्गदर्शक था; मैंने अपनी रिवॉल्वर निकाल ली और हम तीनों उस आँगन की तरफ़ बढ़ चले, जिसके ऊपर दूसरी मंज़िल की छत थी।

~

अँधेरे में सामने स्थित खम्भों की कतार ही देख पाना संभव था।

अचानक मुझे दूसरे मनुष्यों के बनिस्बत अपनी श्रेष्ठता का एक तीव्र और गहरा एहसास हुआ और मैंने एनरीक की बाजू को पकड़ा और कहा, 'हम बहुत धीरे चल रहे हैं।'

और मैंने लापरवाही से अपनी धीमी गति छोड़ कर तेज़ी से चलना शुरू किया, इतना कि मेरे क़दमों की आहट सुनाई देने लगी।

उस इमारत के दूसरे छोर से क़दमों की आहट की गूँज लौट कर हम तक आई, मानो बहुत से लोगों के चलने का शोर हो।

सज़ा से मुक्ति की निश्चितता ने मेरे साथियों को एक विशुद्ध आशावादिता से भर दिया और हम इतने ज़ोर से खिलखिला कर हँसे कि अँधेरी गली में कहीं एक आवारा कुत्ता हम पर तीन बार भौंका।

इस बात से खुश कि हम खतरे के मुँह पर इतने साहस से एक तमाचा जड़ सकते हैं, हमें उस वक्त अच्छा लगता अगर ड्रम की उत्साहपूर्ण थाप पर वहाँ खूब शोरगुल और धूमधाम होती, और हम सबको जगा देते और उन्हें दिखाते कि जब हम कानून को ताक पर रख कर पाप की तरफ़ मुस्कुराते हुए बढ़ते हैं तो आत्मा तक कितनी ख़ुशी से भर जाती है।

लुसियो जो सबसे आगे चल रहा था, मुड़ा और बोला, 'मेरा सुझाव है कि हम कुछ ही दिनों में नेशनल बैंक पर हमला करें। सिल्वियो, तुम अपनी आर्क लाइट्स से उन तिजोरियों को खोल सकते हो।'

'बोन्नो तो जहन्नुम से भी हमारी तारीफ़ कर रहा होगा,' एनरीक ने कहा।

'अपाचे लोकोम्ब और वाल्ले' (अराजकतावादी किरदार, जो लुटेरे भी थे) मैंने ज़ोर से कहा।

'मिल गया,' लुसियो चिल्लाया।

'क्या हुआ?'

'यही है...मैंने तुमसे कहा था न सिल्वियो? उन्हें तुम्हारे लिए एक मूर्ति लगानी पड़ी...यही है...जानते हो?'

हम उसके आस-पास इकट्ठा हो गए।

'क्या तुमने नोटिस किया है? एनरीक, क्या तुमने नोटिस किया कि इलेक्ट्रा सिनेमा हॉल के साथ ही एक ज़ेवरों की दुकान है? मैं सीरियस हूँ यार, हँसो मत। सिनेमा हॉल के टॉयलेट पर छत नहीं है...मुझे अच्छी तरह याद है; हम उस ज़ेवर की दुकान की छत पर वहाँ से पहुँच सकते हैं। हम सिनेमा के टिकट खरीदेंगे और अन्दर जायेंगे फिर फ़िल्म ख़त्म होने से पहले ही बाहर आ जायेंगे। हम की-होल से आँख में दवाई डालने वाले ड्रॉपर के ज़रिये क्लोरोफ़ोर्म डाल सकते हैं।'

'बिलकुल, जानते हो, लुसियो? यह हमारा बड़ा काम होगा। और बच्चों के एक झुण्ड पर शक भी किसे होगा? इस पर ज़रूर सोचना चाहिए।'

उसने सिगरेट जलाई और माचिस की तीली की चमक से संगमरमर का एक ज़ीना दिखाई दिया।

हम सीढ़ियाँ चढ़ने लगे।

जब हम दालान तक पहुँचे तो लुसियो ने वहाँ अपनी लालटेन से रौशनी कर दी। वह जगह एक समानांतर चतुर्भुज के आकार की थी, जिसमें एक तरफ़ छोटा-सा बाहर जाने का रास्ता था, जहाँ अँधेरा था। दरवाज़े की लकड़ी की चौखट पर एक तख्ती टँगी थी जिस पर बहुत सुंदर अक्षरों में लिखा था 'पुस्तकालय'।

हम उसे ठीक से देखने के लिए थोड़ा नज़दीक गए। दरवाज़ा पुराना था, इसके पेनल ऊँचे और हरे रंग से रंगे थे और फ़र्श और खम्बों के बीच करीब एक इंच की जगह खाली थी।

एक लोहे की छड़ की मदद से इस पूरे दरवाज़े को कब्ज़ों से अलग कर उठाया जा सकता था।

'चलो पहले छत पर चलें,' एनरीक ने कहा। 'वहाँ कंगनियों में लाइट बल्ब लगे हुए हैं।'

हमें गलियारे में एक दरवाज़ा दिखा जो दूसरी मंज़िल की छत पर खुलता था। हम बाहर निकले। आँगन में बारिश के पानी की बूँदें टाइल्स पर उछल रही थीं, बिजली चमकने पर हमें एक ऊँची तारकोल की दीवार के पास एक लकड़ी का छोटा-सा कमरा दिखाई दिया जिसके दरवाज़े अधखुले थे।

बार-बार बिजली चमकने से हमें दूर छतों और ऊँची मीनारों की चोटियों से भरा बैंगनी आसमान दिखाई दे जाता।

~

एक डरावने तरीके से वह ऊँची दीवार जो कुछ-कुछ जेल की दीवार की तरह दिखती थी, क्षितिज की कतरनें काट रही थी।

हम शेड के अन्दर आ गए और लुसियो ने अपनी लालटेन फिर जला ली।

उस छोटे से कमरे के एक कोने में भूसे के बोरे पड़े थे, कुछ कपड़े-लत्ते, ब्रश और नए झाड़ू थे।

कमरे के बीचोबीच एक बड़ी-सी सींक की डलिया रखी थी।

'इसमें क्या है?' लुसियो ने डलिया का ढक्कन उठाते हुए कहा।

'बल्ब हैं।'

'ज़रा देखें तो।'

हम लोग लालटेन की रौशनी के घेरे में उस तरफ़ बढ़े जहाँ लकड़ी के बुरादे के बीच सफ़ेद काँच के बल्ब रखे थे।

'इनमें हवा तो नहीं भरी ना?'

'नहीं, ऐसा होता तो वे इन्हें फेंक देते,' लेकिन फिर भी तस्दीक करने के लिए मैंने उन बल्बों के फिलामेंट्स की सेटिंग को जाँचा। वे बिलकुल ठीक थे।

हम बिलकुल चुपचाप अपनी जेबें भर रहे थे और जब वे भी पूरी नहीं पड़ीं तो हमने कपड़े का एक थैला लिया जिसमें हमने ये बल्ब भी भर लिये। बल्बों को एक-दूसरे से टकराने से बचाने के लिए लुसियो ने उनके बीच लकड़ी का बुरादा भर दिया।

'एनरीक को देखो ज़रा, वो तो लग रहा है पेट से है।'

इस टिप्पणी पर हम सब हँस पड़े।

हम सावधानी से पीछे हटे। वो क्रिस्टल के नाशपाती जैसे बल्ब हल्के से खनखनाए मानो दूर कहीं घंटियाँ बज रही हों।

जब हम लायब्रेरी के सामने रुके, तो एनरीक ने न्यौता दिया—

'हमें अंदर चल कर किताबें देखनी चाहिए।'

'और हम दरवाज़ा कैसे खोलेंगे?'

'उस छोटे से कमरे में मैंने एक लोहे की छड़ देखी थी।'

'पता है हमें क्या करना चाहिए? हमें बल्बों को पैक कर देना चाहिए और चूँकि लुसियो का घर सबसे नज़दीक है, इसलिए वो इन्हें वहाँ ले जा सकता है।'

लुसियो बड़बड़ाया—

'नहीं, मैं अकेला नहीं जाऊँगा...मैं जेल नहीं पहुँचना चाहता।'

'इस दुष्ट का रूप-रंग तो देखो!' उसके कॉलर का बटन खुल गया था, उसकी हरी टाई आगे से फटी हुई कमीज़ पर आधी नीचे लटकी थी। इसमें एक हैट और जोड़ दीजिये जिसके आगे का हिस्सा पीछे की तरफ़ मुड़ा था, चेहरा पीला और मैला था, कमीज़ की बाजू दस्तानों तक खिंची थी—और आपके सामने उस ज़िंदादिल हस्तमैथुन करने वाले की गुस्ताख छवि तैयार हो जाएगी जो घरों में चोरी करने वाले के तौर पर खुद को एक नए अंदाज़ में सामने लाना चाहता था।

एनरीक, अपने बल्बों को ठीक से रखकर लोहे की छड़ लाने चला गया।

लुसियो भुनभुनाया—

'एनरीक बहुत चालाक है, है ना? मुझे अकेले (पुलिस के लिए) चारे के तौर पर भेज रहा है।'

'बेकार की बातें मत सोचो। तुम्हारा घर यहाँ से सिर्फ़ तीन ब्लॉक्स दूर है। तुम पाँच मिनट में वहाँ जाकर वापस लौट सकते हो।'

'मुझे यह पसंद नहीं आ रहा।'

'मुझे पता है, तुम्हें क्या नहीं पसंद...यह कोई नई खबर नहीं है कि तुम बहुत जल्दी उत्तेजित हो जाते हो।'

'और मान लो कि मेरा सामना पुलिसवाले से हो ही गया तो?'

'तो तुम उसे हराओ; तुम्हारे पैर किसलिए हैं?'

खुद को एक भीगे कुत्ते की तरह झटकारते हुए एनरीक अन्दर आया, उसके हाथ में लोहे की छड़ थी।

'अब क्या करें?'

'यह छड़ मुझे दो, बताता हूँ।'

मैंने उस छड़ के एक सिरे को रुमाल से लपेटा और दरवाज़े के नीचे की दरार के अन्दर अटका दिया और फिर लगा कि उसे फ़र्श की तरफ़ धकेलने की बजाय उसे दूसरी दिशा में धकेलना चाहिए।

दरवाज़ा चरमराया और मैं रुक गया।

एनरीक ने हल्के से कहा, 'कुछ और ज़ोर से धकेलो।'

मैंने और ज़ोर लगाया और वह चरमराहट का शोर फिर हुआ।

'लाओ, मुझे करने दो।'

एनरीक ने इतनी ज़ोर से धकेला कि हल्की चरमराने की आवाज़ शोर में बदल गयी।

एनरीक रुक गया और हम सब मानो अपनी-अपनी जगह स्थिर हो गए...एकदम स्तब्ध।

'क्या निर्दयी शख्स है!' लुसियो ने विरोध में कहा।

अब हम अपनी डरी हुई साँसों की आवाज़ सुन सकते थे। लुसियो ने अनायास ही लालटेन ऑफ़ कर दी और हमारे शुरुआती भय के साथ इसकी वजह से भी हम अपनी पहले वाली अवस्था में लौट आये जब हम हर तरफ़ चौकस होकर निगरानी कर रहे थे, बिना हिले डुले। हमारे हाथ सीधे थे और काँप रहे थे।

आँखें अँधेरे को चीर रही थीं; लगता था मानो वे उस जगह घूमती सभी गैरज़रूरी आवाज़ों को सुन रही हैं। एक तीव्र संवेदनशीलता ने हमारी श्रवण शक्ति को भी बढ़ा दिया था और हम वहाँ मुँह खोले मूर्तियों की तरह इंतज़ार करते खड़े थे।

'अब क्या करना चाहिए?' लुसियो फुसफुसाया।

और भय जाता रहा।

मुझे नहीं लगा कि किस बात ने मुझे लुसियो से यह कहने के लिए प्रेरित किया—

'यह रिवॉल्वर ले जाओ और सीढ़ियों पर नज़र रखो, तब तक हम अपना काम शुरू करते हैं!'

'और इन बल्बों को कौन लपेटेगा?'

वो लुभावना लुच्चा रिवॉल्वर हवा में उछाल कर और एक फ़िल्मी विलेन की तरह उसे कैच करने के बाद वहाँ से गायब हो गया।

एनरीक ने एहतियात से लायब्रेरी का दरवाज़ा खोला।

पूरा माहौल पुराने कागज़ की गंध से भर गया और लालटेन की रौशनी में हमने एक मकड़ी को पॉलिश किये गए फ़र्श पर भागते हुए देखा।

लाल वॉर्निश किये हुए किताबों के ऊँचे शेल्फ़ छत तक पहुँच रहे थे और रौशनी का लच्छेदार घेरा अँधेरी किताबों की अलमारियों के ऊपर घूम रहा था जिससे हमें किताबों से भरे शेल्फ़ दिखाई दे रहे थे।

काँच के शानदार डिस्प्ले केस से इस पूरे माहौल की गंभीरता में एक गहन

प्रभावपूर्णता जुड़ गयी थी और इन काँच के दरवाज़ों के पीछे चमड़े, कागज़ और कपड़े की जिल्द चढ़ी किताबों पर बेलबूटेदार पोस्तीन और नामावली के सुनहरे और भव्य निशान चमक रहे थे।

इर्जुबेता इन काँच के केसों के करीब गया।

प्रतिबिंबित प्रकाश में उसका धँसे हुए गालों वाला नाक-नक्श रौशन हो रहा था मानो उसी माहौल में उसे तराशा गया हो, उसकी आँखें स्थिर थीं और काले बाल उसके सिर को बहुत ताल-मेल से घेरे हुए थे, और उसकी गर्दन की नसों के बीच खाली स्थान में आकर खो जाते थे।

जब उसने अपनी नज़रें मेरी तरफ़ कीं तो मुस्कुराते हुए बोला—

'जानते हो, इनमें कुछ अच्छी किताबें हैं।'

'हाँ, और बेचने में आसान भी।'

'हम लोगों को यहाँ कितना वक्त हो गया?'

'करीब आधा घंटा।'

दरवाज़े से कुछ कदम की दूरी पर और लायब्रेरी के बीच में रखे एक डेस्क के एक कोने पर मैं बैठ गया और एनरीक ने भी ऐसा ही किया। हम थके हुए थे। उस अँधेरे कक्ष की ख़ामोशी अनिश्चितता और स्मृति के विशाल अंतराल खोलती हुई हमारी आत्मा को चीर रही थी।

'अरे, बताओ तो, एलोनोरा से तुमने दोस्ती क्यों तोड़ी?'

'पता नहीं। तुम्हें याद है, उसने मुझे फूल दिए थे।'

'और?'

'और फिर उसने मुझे कुछ ख़त लिखे। बहुत अजीब था। जब दो लोग एक-दूसरे से प्यार करने लगते हैं तो ऐसा लगता है कि उन्हें एक-दूसरे के विचारों का अंदाज़ा होने लगा है। एक रविवार को सुबह वह अपने घर के पास ही टहलने निकली। पता नहीं मैंने ऐसा क्यों किया लेकिन मैं भी बाहर निकला, वो भी उल्टी दिशा में। और जब हम मिले, उसने मुझे देखे बगैर अपना हाथ

बढ़ाया और एक ख़त मुझे थमा दिया। वो एक गुलाबी ड्रैस पहने थी और मुझे याद है कि आस-पास की हरियाली में बहुत से पक्षी चहचहा रहे थे।'

'उसने क्या कहा?'

'सरल सी बातें...इंतज़ार करने के लिए कहा...तुम्हें समझ आया? तब तक इंतज़ार करना जब तक कि हम कुछ बड़े न हो जाएँ।'

'शर्मीली है।'

'और इतनी गंभीर, एनरीक, यार! काश कि तुम्हें पता होता! मैं वहाँ था, लोहे की बाड़ का सहारा लिए खड़ा। अँधेरा हो रहा था। उसने बात करना बंद कर दिया...कभी-कभी वो मुझे इस तरह देखती थी...और मुझे रोने का मन करता था...और हमने कुछ नहीं कहा...हम कह भी क्या सकते थे?'

'यही ज़िन्दगी है,' एनरीक बोला। 'चलो चलकर किताबों पर नज़र डालें। और इस लुसियो का क्या? कभी-कभी मुझे उससे बहुत चिढ़ मचती है, गुस्सा भी आता है। कितना बदमाश है!'

'चाबियाँ कहाँ हैं?'

'दराज़ में होंगी।'

'हमने डेस्क को खंगाल डाला, और पेंस के एक बक्से में हमें चाबियाँ मिलीं।

एक ताला चिचियाया और फिर हमने छानबीन करनी शुरू कर दी।

हर किताब को उठाकर हम उसके पन्ने भी पलटते और एनरीक जिसे किताबों की कीमतों के बारे में थोड़ी-बहुत जानकारी थी, कहता, 'यह किसी लायक नहीं' या 'इससे कुछ मिल सकता है।'

'द माउंटेन्स ऑफ़ गोल्ड।'

'अब यह किताब छपती नहीं। इसके लिए तुम्हें कहीं भी दस पेसोस मिल जायेंगे।'

'लि बॉन की द *एवोल्यूशन ऑफ़ मैटर*। इसमें तस्वीरें भी हैं।'

‘इसे मैं अपने पास रख लेता हूँ,’ एनरीक ने कहा।

‘रोक्के। *ऑर्गेनिक एंड इन-ऑर्गेनिक केमिस्ट्री*।’

‘इसे दूसरी किताबों के साथ ही रख दो।’

‘*इनफ़िनिटेसिमल कैल्कुलस*।’

‘यह तो उच्चतर गणित की किताब है। ज़रूर महँगी होगी।’

‘ये वाली?’

‘क्या नाम है इसका?’

‘चार्ल्स बॉदेलेयर : हिज़ लाइफ़।’

‘ज़रा देखें तो।’

‘लगता है जीवनी है। इसकी कोई कीमत नहीं।’

मैंने यूँही किताब के पन्ने पलटे।

‘ये तो कवितायें हैं।

‘किस बारे में हैं?’

मैंने उन्हें ज़रा ज़ोर से पढ़ा—

‘मैं तुम्हें बहुत चाहता हूँ, जितना कि मैं रात की इस खोह से प्रेम करता हूँ/ओह, दुखों की प्याली, मौन, श्वेत स्त्री!’

‘एलेनोरा,’ मैंने सोचा, ‘एलेनोरा।’

‘और चलो अब हमला बोलें, चलो।’

जैसे एक शव के सामने बंजारों का समूहगान।

‘यार, जानते हो, यह तो बहुत खूबसूरत कविता है; है ना? मैं इसे घर ले जाऊँगा।’

‘देखो, जब तक मैं किताबें सँभालता हूँ, तुम बल्बों को सँभाल लो।’

‘इस लाइट का क्या करूँ?’

'इसे यहाँ ले आओ।'

मैं उस तरफ़ गया जहाँ एनरीक ने इशारा किया था। हम चीज़ों को यहाँ से वहाँ चुपचाप लाते रहे। छत और फ़र्श पर परछाइयाँ घूमती रहीं, कमरे के कोनों में सिमटीं अन्य परछाइयों से बनती–बिगड़तीं। इसकी आदत थी सो मेरे काम पर किसी चिंता का कोई असर नहीं पड़ा।

डेस्क पर एनरीक किताबों को सँभालता, उनके पन्ने पलटता बैठा रहा। मैंने बल्बों को ठीक से लपेटने का काम अभी ख़त्म ही किया था कि हमें गलियारे से लुसियो के क़दमों की परिचित आहट सुनाई दी।

जब वह भीतर आया तो उसका चेहरा तनाव से विकृत था और उसके माथे पर पसीने की मोटी–मोटी बूँदों के मोती थे।

'एक आदमी आ रहा है...वो अभी अन्दर आया है...लाइट बंद करो...'

एनरीक ने उसकी तरफ़ दहशत में देखा और यांत्रिक तरीके से लाइट बंद कर दी; आतंकित हो, मैंने वह लोहे की छड़ उठा ली जो किसी ने, मुझे याद नहीं किसने, डेस्क के पास छोड़ दी थी। अँधेरे में एक बर्फ़ीली बालों की पट्टी मानो मेरे माथे पर कस गयी।

वह अनजान शख्स अनिश्चित से क़दमों से सीढ़ी चढ़ रहा था।

अचानक मेरा डर इस कदर बढ़ गया कि मैं बिलकुल बदल गया।

मैं एक साहसी लड़का न रहा; मेरी शिराओं, मेरी शक्ति ने खुद को तैयार कर लिया, मेरा शरीर आपराधिक प्रवृत्ति से भरी एक निर्दयी मूर्ति जैसा हो गया, खतरे के प्रति सजग, तनावग्रस्त भागने को तैयार, मूर्ति की तरह स्थिर।

'यह कौन हो सकता है?' एनरीक फुसफुसाया।

लुसियो ने उसे कोहनी मारी।

अब उसकी पदचाप हमें और करीब आती हुई सुनाई दी और उसके क़दमों की आहट मेरे कानों में बजने लगी, एक ताल जो मेरे शरीर में काँप रहे खून से मेल खा रही थी।

सीधे खड़े होकर, मैंने दोनों हाथों से वो छड़ अपने सिर के ऊपर तान ली, हर बात के लिए तैयार, हमला करने के लिए तैयार...और क़दमों की आहट सुनते हुए, मेरी इन्द्रियों ने अनोखी तत्परता से हर उस स्वर की प्रकृति को समझना शुरू कर दिया जो मैं सुन पा रहा था, फिर मैं उन आवाज़ों के मूल तक पहुँच रहा था, उस व्यक्ति की मनोवैज्ञानिक गतिविधियों को समझते हुए, जिससे ये आवाज़ें आ रही थीं।

दिमाग तेज़ी से चक्कर खा रहा था और अनजाने में मैंने उन सभी आवाज़ों का विश्लेषण कर डाला—

'वह करीब आ रहा है...। वह कुछ सोच नहीं रहा...अगर वह सोच रहा होता तो इस तरह नहीं चलता...वह अपने पैरों को घसीट रहा है...अगर उसे लगता कि कुछ गड़बड़ है तो वो अपनी एड़ी को ज़मीन पर इस तरह न घसीटता...वो अपने शरीर और विचारों में तालमेल बिठाता...वो शोर को तलाशते अपने कानों में पड़ रही आवाज़ का पीछा करता और उसकी आँखें घुसपैठियों की तलाश कर रही होतीं, वो सावधान होकर पंजों के बल चलता... वह कुछ नहीं जानता है...वह निश्चिन्त है ...'

अचानक, एक रूखी, कर्कश आवाज़ नीचे से आई, सभी शराबियों की उदासी सहेजे गीत गाते हुए—

'वो दिन अभिशप्त था जब मैं तुमसे मिला था / ऐ माकारेना, ऐ माकारेना'

~

वो उनींदा गीत अचानक बंद हो गया।

'उसे कुछ शक हो गया है...नहीं...मगर हाँ...नहीं...शायद...हो सकता है'...और मुझे लगा कि मेरा दिल मेरी नसों में खून को इतनी तेज़ी से फेंक रहा है कि वो खून कहीं से बाहर निकल पड़ेगा।

जब वह गलियारे तक पहुँचा तो वो अनजान आदमी एक बार फिर बड़बड़ाया—

'ऐ माकारेना, ऐ माकारेना...'

'एनरीक,' मैं फुसफुसाया, 'एनरीक।'

किसी ने जवाब न दिया।

शराब की खट्टी बदबू के साथ ही हवा में एक डकार की आवाज़ भी आई।

'कोई शराबी है,' एनरीक मेरे कान में बुदबुदाया। 'अगर वो यहाँ आता है तो हम उसे बंद कर देंगे।'

यह बिन बुलाया मेहमान अपने पैर घसीटता हुआ घूमता रहा और गलियारे के छोर पर जाकर गायब हो गया। जहाँ गलियारे का मोड़ था वह वहीं रुक गया और हमने सुना कि वह दरवाज़े के हैंडल को टटोल रहा था जिसे उसने खोला और अन्दर जाकर ज़ोर से बंद कर दिया।

'बाल-बाल बचे!'

'और तुम, लुसियो...तुम इतने चुप क्यों हो?'

'ख़ुशी, भाई, ख़ुशी से।'

'तुमने उसे कैसे देखा?'

'मैं, ठीक वहाँ, सीढ़ी पर बैठा था। तो, धड़ाम, मैंने कुछ शोर सुना, मैं उठा और देखा कि वो लोहे का दरवाज़ा खुल रहा है। कमोबेश ऐसा ही। फिर मैं क्यों घबराया?'

'ज़रा सोचो, अगर वो लड़ना शुरू कर देता तो?'

'मैं उसे ठंडा कर देता,' एनरीक ने कहा।

'अब हम क्या करें?'

'अब हमें क्या करना है? चलो, जाने का वक्त आ गया अब।'

हम मुस्कुराते हुए पंजों के बल चुपचाप नीचे उतरे। लुसियो ने बल्बों वाला बण्डल उठाया। एनरीक और मैंने किताबों के दो भारी पैकेट उठाये। पता नहीं क्यों लेकिन अँधेरी सीढ़ियाँ उतरते हुए मुझे ख़याल आया कि सूरज कितना

चमकदार निकला है और मैं हल्के से हँसा।

'तुम किस बात पर हँस रहे हो?' एनरीक ने चिढ़कर पूछा।

'पता नहीं।'

'अब हमें पुलिसवाले तो नहीं मिलेंगे?'

'नहीं, यहाँ से मेरे घर तक के रास्ते में तो नहीं हैं।'

'तुमने पहले भी ऐसा ही कहा था।'

'बहरहाल, ज़रा बारिश को तो देखो!'

'हे!'

'क्या हुआ यार एनरीक?'

'मैं लायब्रेरी का दरवाज़ा बंद करना भूल गया। लाओ लालटेन मुझे दो।'

मैंने उसे लालटेन दे दी और वह लम्बे डग भरता हुआ वहाँ से गायब हो गया।

उसका इंतज़ार करते हुए हम संगमरमर की एक सीढ़ी पर बैठ गये।

अँधेरे में ठंड से मैं ठिठुरने लगा। आँगन की टाइल्स पर बारिश का पानी ज़ोर से शोर मचाता हुआ गिर रहा था। अनचाहे ही मेरी पलकें मुँदने लगीं और मेरे मन के भीतर कहीं दूर से आती एक धुँधली रौशनी में मेरी प्यारी प्रेमिका का अनुनय-विनय करता चेहरा घूम गया, एक काले पॉपलर के पेड़ के करीब स्थिर। और मेरे भीतर की आवाज़ इसी ज़िद पर अड़ी रही—

'मैंने तुम्हें इतना प्यार किया है, एलोनोरा, ओह, काश तुम्हें पता होता, मैंने तुमसे कितना प्यार किया है!'

जब एनरीक वापस आया तो उसकी बगल में कुछ किताबें दबी थीं।

'यह क्या है?'

ये माल्टे-ब्रुन की भूगोल की किताबें हैं। मैं इन्हें अपने लिए रख रहा हूँ।'

'तुमने दरवाज़ा ठीक से बंद किया?'

‘किया जितना अच्छी तरह मैं कर सकता था।’

‘अब यह सुरक्षित है?’

‘कोई इसके बारे में कुछ नहीं जानता।’

‘यार, उस पियक्कड़ का क्या? क्या तुम्हें लगता है कि उसने बाहर गली वाला दरवाज़ा बंद कर लिया होगा?’

एनरीक का सवाल उचित था। मुख्य दरवाज़ा अधखुला था और हम उससे बाहर निकल गये।

पत्थर से बनी दो संकरी पटरियों के बीच पानी तेज़ी से बह रहा था। अब बारिश का प्रकोप कम हो गया था मगर फिर भी एक हठी की तरह पानी अब भी तेज़ी से बरस रहा था।

जो सब कुछ हम उठा के चल रहे थे, उसके बावजूद, भय और सावधानी ने हमारे क़दमों की गति तेज़ कर दी थी।

‘बढ़िया काम रहा।’

‘हाँ, अच्छा रहा।’

‘तुम्हें क्या लगता है, लुसियो, क्या हम ये सब तुम्हारे घर पर छोड़ दें?’

‘बेवकूफ़ मत बनो, हम ये सब कल यहाँ से दूसरी जगह ले जायेंगे।’

‘हमारे पास कितने बल्ब हैं?’

‘तीस।’

‘बढ़िया काम रहा,’ लुसियो ने दोहराया। ‘और किताबें?’

‘मेरे अंदाज़े से कम-से-कम सत्तर पेसोस।’ एनरीक ने कहा।

‘कितने बजे हैं, लुसियो?’

‘तीन तो बज ही गए होंगे।’

नहीं। बहुत देर नहीं हुई थी, लेकिन थकान, चिंता, बादलों और चुप्पी से और हमारी सर्द पीठों पर पेड़ों से गिरते पानी—इन सबसे कुल मिलाकर रात

अंतहीन लग रही थी और एनरीक ने उदासी से कहा—

'हाँ, बहुत देर हो गयी है।'

जब हम लुसियो के घर तक पहुँचे तो हम ठंड और थकान से काँप रहे थे।

'धीरे-धीरे यार। मेरे बुड्ढों को मत जगा देना।'

'और हम इसे रखें कहाँ?'

'ज़रा ठहरो।'

दरवाज़ा धीरे से अपने कब्ज़ों पर घूमा। लुसियो कमरे के अन्दर गया और बत्ती जला दी।

'आ जाओ, यार, यह मेरा कमरा है।'

एक कोने पर कपड़ों की अलमारी, एक छोटी सफ़ेद लकड़ी की मेज़, और एक पलंग। पलंग के ऊपर एक काले रंग के ईसा मसीह अपनी पवित्र बाँहें खोले थे और एक फ़ोटो फ्रेम में आसमान की तरफ़ ताकती बहुत दुखी-सी दिखती लिडा बोरेली की तस्वीर थी।

निढाल होकर हम बिस्तर पर लुढ़क गये।

नींद और थकान ने हमारी आँखों के नीचे के काले घेरों को और गहरा बना दिया था। हमारी स्थिर पुतलियाँ सफ़ेद दीवारों पर टिकी थीं, जो बुखार में होने वाले मतिभ्रम की तरह कभी करीब लग रही थीं तो कभी दूर।

लुसियो ने पैकटों को कपड़ों की अलमारी में छिपा दिया और फिर मेज़ के छोर पर दोनों हाथों से अपने घुटने दबाते हुए विचारमग्न हो बैठ गया।

'भूगोल की किताब का क्या हुआ? कहाँ है वो?'

ख़ामोशी हमारे भीगे उत्साह, फीके थके चेहरों और अधखुले, चोट खाए हाथों पर बोझिल थी।

अपनी नज़रें उस सफ़ेद दीवार से हटाये बगैर मैं चुपचाप उठा।

'मेरी रिवॉल्वर मुझे दे दो। मैं अब जाऊँगा।'

'मैं भी तुम्हारे साथ चलता हूँ,' इर्जुबेता ने पलंग पर से उठते हुए कहा और अँधेरे में हम दोनों बगैर कुछ कहे सख्त चेहरों और झुके हुए कन्धों के साथ बाहर सड़क पर निकल आये।

~

मैंने कपड़े उतारे ही थे कि बाहर दरवाज़े पर तीन बार किसी ने ज़ोर-ज़ोर से दरवाज़ा खटखटाया, तीन बार जिससे मेरे रोंगटे खड़े हो गये।

घबराहट में मैं सोचने लगा—

'ज़रूर पुलिस ने मेरा पीछा किया है...पुलिस...पुलिस...' मेरा अंतर्मन हाँफ़ने लगा।

एक बार फिर तीन बार दरवाज़े पर घूँसे जमाये गये, इस बार कुछ और परेशानी, तीव्रता और ताकीदी से।

मैंने रिवॉल्वर हाथ में ली और नंगा ही दरवाज़े की तरफ़ दौड़ा। दरवाज़ा अभी खोला ही था कि एनरीक निढाल हो मेरी बाँहों में गिर पड़ा। कुछ किताबें नीचे गिर गयीं।

'दरवाज़ा बंद करो, दरवाज़ा बंद करो, वो मेरा पीछा कर रहे हैं; सिल्वियो, दरवाज़ा बंद करो,' इर्जुबेता ने भारी और फटे स्वर में कहा।

मैंने उसे आँगन की बालकनी से नीचे खींच लिया।

'क्या हुआ सिल्वियो? क्या हो रहा है?' मेरी माँ ने अपने कमरे से घबराहट भरे स्वर में पूछा।

'कुछ नहीं...शांत हो जाओ...एक लड़ाई के चक्कर में एक पुलिसवाला एनरीक का पीछा कर रहा है बस।'

रात के सन्नाटे में जब डर भी कानून और व्यवस्था का जुर्म में साथी बन गया, पुलिसवाले की सीटी गूँजी, और घोड़ा बाहर सड़क पर तेज़ी से दौड़ा, और ये भयावह आवाज़ आस-पास के इलाके में कई जगह बार-बार सुनाई दी।

झंडों की तरह पुलिस वालों की तेज़ आवाज़ हवा को चीरने लगी।

एक पड़ोसी ने अपना दरवाज़ा खोला और हमें लोगों की बातें सुनाई दीं। एनरीक और मैं बालकनी के अँधेरे में काँपते हुए एक-दूसरे को कस कर पकड़े रहे। पुलिसवालों की डरावनी सीटी की आवाज़ हर तरफ़ से आ रही थी; इतनी सारी आवाज़ें और इस मनहूस तलाशी के दौरान हमें घोड़े को चलाने, सरपट दौड़ने और फिसलते रास्तों पर अचानक रुकने के स्वर और पुलिसवालों के लौटने की आवाज़ें भी सुनाई दीं। और उनका शिकार मेरे पास था, मेरे करीब डर से काँपता हुआ। और इस लड़के के प्रति एक अनंत सहानुभूति मुझे उसकी तरफ़ खींच रही थी।

मैंने उसे अपने कमरे की तरफ़ खींचा। उसके दाँत किटकिटा रहे थे। डर से काँपता हुआ वो निढाल होकर एक कुर्सी पर गिर पड़ा। उसकी उत्तेजित और फटी हुई आँखें गुलाबी लैम्प शेड पर टिक गयीं।

एक बार फिर एक घोड़े के सड़क से गुज़रने की आवाज़ आई, लेकिन वो इतना धीमे चल रहा था कि मुझे लगा वो मेरे घर के सामने रुक जायेगा। फिर पुलिसवाले ने घोड़े की गति बढ़ा दी—पुलिस की सीटी की आवाज़ जो धीरे-धीरे कम हो रही थी, आख़िरकार बिलकुल बंद हो गयी।

'पानी, मुझे पानी दो...'

मैंने उसे एक बोतल पकड़ाई और वो तेज़ी से पानी पी गया। उसके गले से पानी के गर्गलाने की आवाज़ आई और उसने एक लम्बी साँस ली तो लगा कि उसके सीने की हवा निकल गयी।

फिर अपनी नज़रें उस लैम्प शेड से हटाये बगैर वो मुस्कुराया, किसी शख्स के मतिभ्रम से पैदा हुए डर से जागने के बाद की एक अजीब और अनिश्चित-सी मुस्कुराहट।

उसने कहा, 'शुक्रिया सिल्वियो,' और मुस्कुराता रहा। उसकी आत्मा मुक्ति के इस अनपेक्षित चमत्कार से अनंत विस्तार पा चुकी थी।

'लेकिन ज़रा मुझे बताओ यह हुआ कैसे?'

'मैं रास्ते से गुज़र रहा था। आस-पास कोई नहीं था। मैंने साउथ अमेरिका वाला मोड़ पार किया और तभी एहसास हुआ कि स्ट्रीट लाइट के नीचे खड़ा एक पुलिसवाला मुझे देख रहा है। मैं खुद-ब-खुद रुक गया और वो चिल्लाया— "क्या है तुम्हारे पास?" '

'अब यह बताने की ज़रूरत नहीं कि मैं वहाँ से शैतान की तेज़ी से भागा। वो मेरे पीछे दौड़ा, लेकिन चूँकि वो बरसाती पहने था इसलिए ज़्यादा तेज़ी से नहीं दौड़ सका...उसको तो मैंने पीछे छोड़ दिया...और तब मैंने घोड़े पर सवार दूसरे पुलिसवाले को कुछ दूरी से आते सुना...और सीटियों की आवाज़ भी...मेरे पीछे दौड़ने वाला बन्दा भी सीटी बजा रहा था...इसलिए मैं पूरी ताकत से भागा और यहाँ आ गया।'

'देखो, यह सब इसलिए हुआ क्योंकि तुमने किताबें लुसियो के घर नहीं छोड़ीं! अगर वे तुम्हें पकड़ लेते तो?'

'वो हम सभी को बाँध कर जेल ले जाते।'

'और किताबों का क्या हुआ? तुम किताबें रास्ते में ही तो नहीं छोड़ आये?'

'नहीं, वो गलियारे में गिर गयीं।'

जब हम उन्हें ढूँढने के लिए उधर गये तो मुझे मेरी माँ को समझाना पड़ा—

'कुछ गड़बड़ नहीं हुआ है। एनरीक एक और बंदे के साथ बिलियर्ड खेल रहा था और अनजाने में बिलियर्ड टेबल का कपड़ा उससे फट गया। अब मालिक उससे हर्जाना वसूलना चाहता था और इसके पास कुछ था नहीं। इस वजह से झगड़ा बढ़ गया।'

हम एनरीक के घर में हैं। लाल रौशनी का एक तीर उस छोटी-सी झोंपड़ी की नन्ही-सी खिड़की से गुज़रता है।

एनरीक एक कोने में बैठा हुआ सोच रहा है और माथे की एक सिलवट उसकी भौंहों को अलग कर रही है। गंदे कपड़ों के ढेर का सहारा लेकर लुसियो सिगरेट पी रहा है और सिगरेट के धुएँ ने उसके पीले चेहरे को धुँधला कर दिया

है। शौचालय के उस तरफ़ पड़ोस के एक घर से पियानो पर धीमे-धीमे बजता वाल्ट्ज का स्वर आ रहा है।

मैं फ़र्श पर बैठा हूँ। लाल-हरे रंग का बिना पैरों वाला एक सिपाही अपने गुड़मुड़ी हुए गत्ते के घर से मेरी तरफ़ देख रहा है। एनरीक की बहनें अपने झगड़ालू स्वर में एक-दूसरे से बहस कर रही हैं।

'तो... ?'

एनरीक अपना सिर उठाता है और लुसियो की तरफ़ देखता है।

'तो ?'

मैं एनरीक की तरफ़ देखता हूँ।

'तुम्हारा क्या खयाल है, सिल्वियो ?' लुसियो बोलना जारी रखता है।

'हमें ऐसा करने की कोई ज़रूरत नहीं। हमें इधर-उधर के फालतू काम करने बंद कर देने चाहिए, वरना हम कभी-न-कभी पकड़े जायेंगे।'

'परसों रात हम दो बार करीब-करीब पकड़े ही गये।'

'हाँ, इससे ज़्यादा और क्या साफ़ पता चल सकता था,' और लुसियो करीब दसवीं बार किसी अखबार की रिपोर्ट का वही पैरा एक बार फिर पढ़ने लगता है—'आज सुबह तीन बजे साउथ अमेरिका और अवेलानेदा इलाके की गश्त लगाते ऑफ़िसर मनुएल कार्ल्स ने एक संदिग्ध व्यक्ति को देखा जो अपनी बगल में एक पैकेट दबाये था। जब उसे रुकने के लिए कहा गया तो वह अज्ञात व्यक्ति भाग गया और पास ही स्थित खाली पड़े मैदान के पास स्थित किसी इमारत में गायब हो गया। सेक्शन 38 के आयुक्त ने इस केस का ज़िम्मा ले लिया है।'

'तो क्या क्लब को बंद कर दिया जाए ?' एनरीक कहता है।

लुसियो जवाब देता है, 'नहीं इसकी गतिविधियों को अनिश्चितकाल के लिए रोक दिया जाये। अब चूँकि पुलिस को शक हो गया है तो ऐसे कामों को अंजाम देने का कोई मतलब नहीं।'

'हाँ, अभी कुछ भी करना बेवकूफ़ी होगी।'

'इन किताबों का क्या करें?'

'कितनी किताबें हैं?'

'सत्ताईस।'

'हममें से हरेक को 9 किताबें लेनी चाहिए और स्कूल बोर्ड की स्टाम्प अच्छे से मिटाने का ध्यान रखना होगा।'

'और लाइट बल्ब?'

लुसियो जल्दी से कहता है।

'देखो यार, मैं उन बल्बों के बारे में और कुछ नहीं सुनना चाहता। उन्हें बचा के रखने से बेहतर तो उन्हें टॉयलेट में बहा देना होगा।'

'हाँ, बेशक, अब यह खतरनाक मामला हो गया है।'

इर्ज़ुबेता चुप है।

उसका मुँह एक अजीब-सी मुस्कुराहट से टेढ़ा हो जाता है; तेज़ी से अपने कन्धे उचकाता हुआ, सीना तान कर वो कहता है—

'तुम लोग यह काम बंद कर रहे हो, ठीक, लेकिन सबके लिए यह खेल नहीं है पर मेरे लिए है। अगर मैं अकेला हो जाऊँ तो भी मैं यह काम जारी रखूँगा।'

कठपुतलियों की उस छोटी-सी झोपड़ी में लाल प्रकाश की चमक उस किशोर इर्ज़ुबेता के आकार को रोशन कर देती है।

काम और दिन

चूँकि मालिक मकान किराया बढ़ाना चाहता था, इसलिए हम उस इलाके से निकलकर फ्लोरेस्ता के काफ़ी अन्दर कुएंचा स्ट्रीट पर स्थित एक बड़े और डरावने से मकान में रहने चले गये।

लुसियो और एनरीक से मेरा मिलना बंद हो गया और दुःख और उदासी के एक कष्टकर साए ने मुझे घेर लिया।

जब मैं पन्द्रह साल का हो गया तो एक शाम मेरी माँ ने मुझसे कहा—

'सिल्वियो, अब तुम्हें काम करना चाहिए।'

मैं मेज़ पर एक किताब पढ़ रहा था और मैंने उनकी तरफ़ नाराज़गी से देखने के लिए नज़रें उठायीं। मैंने सोचा—'काम, हमेशा काम।' लेकिन जवाब कुछ नहीं दिया।

माँ खिड़की के सामने खड़ी थीं। उनके सफ़ेद बालों और पीले माथे पर शाम के धुँधलके की साफ़ रौशनी पड़ रही थी और झुर्रियों को भी उजागर कर रही थी। उन्होंने मुझे तिरछी नज़र से देखा, कुछ तरस खाते हुए और मैंने उनसे नज़रें बचा लीं।

मेरी चुप्पी की आक्रामकता को समझते हुए वो बोलती रहीं—

'तुम्हें काम करना चाहिए, समझ आया? तुम पढ़ना भी नहीं चाहते थे। अब मैं तुम्हारा खर्चा नहीं उठा सकती। तुम्हें काम करना चाहिए।' जब वो बोल रही थीं तो उनके पतली पत्तियों जैसे होंठ न के बराबर हिल रहे थे। उनके हाथ

एक काली शॉल के अन्दर दुबके हुए थे जो उनके छोटे और ढलते वक्ष पर पड़ी थी।

'तुम्हें काम करना चाहिए, सिल्वियो।'

'काम, काम, क्या करूँ? भगवान के लिए...। तुम क्या चाहती हो, मैं क्या करूँ? कोई नौकरी ईजाद कर लूँ? तुम अच्छी तरह से जानती हो कि मैंने नौकरी ढूँढने की कोशिश की है।'

मैं भावावेश में बोल रहा था और काँप रहा था; उनके सख्त शब्दों पर। मेरी नाराज़गी, दुनिया की उदासीनता के प्रति नफ़रत, मेरी रोज़ाना की ज़िन्दगी की सुन्न कर देने वाली दयनीयता, क्लेश और साथ ही एक अनाम दर्द मुझे कचोट रहा था : मेरी अपनी अनुपयोगिता, निरर्थकता की निश्चितता का एहसास।

लेकिन वे बोलती रहीं, मानो उनके पास सिर्फ़ यही शब्द बचे हों।

'कहाँ काम करूँ, बताओ मुझे, कहाँ?'

वो यंत्रवत खिड़की के नज़दीक चली गयीं और एक परेशानी भरे अंदाज़ में परदे की सिलवटें ठीक करने लगीं। मानो उनके लिए यह कहना मुश्किल हो रहा था—

'ला प्रेन्सा में वो हमेशा लोगों की तलाश कर रहे होते हैं, काम के लिए...'

'हाँ, उन्हें शराबखाने में शराब परोसने के लिए पॉट मैन चाहिए होते हैं... वही भिनभिनाते हुए आलसी...तुम चाहती हो कि मैं पॉट मैन बन जाऊँ?'

'नहीं, लेकिन तुम्हें काम करना होगा। जितना पैसा हमारे पास बचा है वो लीला के स्कूल पूरा कर लेने तक ही चलेगा। उसके बाद नहीं। तुम क्या चाहते हो, मैं क्या करूँ?'

अपनी स्कर्ट के नीचे उन्होंने अपने पुराने फटे हुए छोटे-छोटे जूते दिखाए और कहा—

'इन जूतों को देखो। लीला को हर रोज़ लायब्रेरी जाना पड़ता है ताकि उसे

किताबें खरीदनी न पड़ें। तुम क्या चाहते हो बेटा, मैं क्या करूँ?'

अब उनकी आवाज़ काँपने लगी। भौंह से लेकर बालों तक एक गहरी लकीर उनके माथे को चीर गयी और होंठ लगभग काँपने लगे।

'ठीक है ममा, मैं काम करूँगा।'

इतनी नाखुशी। साफ़ नीली रौशनी ने मेरे मन को हमारी ज़िन्दगी की एकरसता दिखा दी और मेरा मन बेचैन हो गया।

बाहर बच्चे घेरा बना कर एक गीत गा रहे थे—

'मीनार के पहरेदार/मीनार के पहरेदार/ मैं इसे जीतना चाहता हूँ।' (वॉच मैन ऑन द टॉवर/ वॉच मैन ऑन द टॉवर/आई वांट टू कॉन्कर इट।)

~

मैंने एक ठंडी साँस भरी।

'काश, तुम पढ़ पाते।'

'उसकी कोई कीमत नहीं।'

'जिस दिन लीला ग्रेजुएशन करेगी...' उनकी आवाज़ बहुत कमज़ोर थी, कष्टों से बोझिल, थकी हुई।

वो सिलाई मशीन के पास बैठ गयीं। और उनके नैन-नक्श में भौंहों के नीचे उनकी आँखें किसी अँधेरी खोह की तरह लग रही थीं, जिनमें एक उदास सफ़ेद चिंगारी थी। उनकी झुकी हुई पीठ और बालों पर पड़ती साफ़ नीली रौशनी से उनमें एक हिमशैल जैसी शुद्धता का पुट आ गया था।

'जब मैं सोचती हूँ...' वे धीरे से बुदबुदायीं।

'क्या आप दुखी हैं, ममा?'

'नहीं,' उन्होंने जवाब दिया।

और फिर—

'क्या तुम चाहते हो कि मैं तुम्हारे लिए सिनोर नैदथ से बात करूँ? तुम वहाँ इन्टीरियर डिज़ाइनिंग सीख सकते हो। क्या तुम्हें यह काम पसंद नहीं आएगा?'

'मुझे परवाह नहीं।'

'तब तुम अच्छा पैसा भी कमा सकते हो।'

मेरा मन किया कि मैं अभी खड़ा हो जाऊँ उनके कन्धे पकड़ कर उन्हें ज़ोर से झकझोरूँ और उनके कानों में चिल्लाऊँ—

'पैसे की बात मत करो, ममा, मेहरबानी करके...! मत बोलो...चुप हो जाओ...!'

लेकिन हम वहाँ वैसे ही रहे, अपनी पीड़ा में स्थिर। बाहर बच्चे अब भी घेरा बना कर वही गीत गा रहे थे—

'मीनार के पहरेदार /मीनार के पहरेदार/ मैं इसे जीतना चाहता हूँ।' (वॉच मैन ऑन द टॉवर/ वॉच मैन ऑन द टावर/ आई वांट टू कॉन्कर इट।)

मैं सोचने लगा—

'ज़िन्दगी ऐसी ही होती है और जब मैं बड़ा हो जाऊँगा और मेरा बेटा होगा तो मैं उसे बताऊँगा, ''तुम्हें काम करना होगा। मैं तुम्हें और ऐसे नहीं रख सकता।'' ज़िन्दगी ऐसी ही है।' कुर्सी पर बैठते हुए एक ठंडी कँपकँपी मुझ पर छा गयी।

अब उन्हें देखते हुए, उनकी हमेशा से इतनी छोटी-सी काया को ध्यान से देखते हुए मेरा मन उनके प्रति सहानुभूति से भर आया।

मुझे लगा कि मैं उन्हें समय और स्थान से परे एक शुष्क परिदृश्य में देख रहा हूँ, जहाँ ज़मीन गहरे रंग की है और आसमान इतना नीला कि धातु जैसा लग रहा है। मैं इतना छोटा था कि मैं चल भी नहीं सकता था और उन पर परछाइयाँ कोड़े बरसा रही थीं, वो दुखी थीं और सड़क के एक किनारे पर चल रही थीं, मुझे अपनी बाँहों में उठाये, अपने वक्ष से मेरे घुटनों को गर्माहट पहुँचाती

हुईं, अपनी दुबली काया से चिपटा कर मेरी नन्ही-सी काया को खींचती हुईं, और मेरे लिए भीख माँगती हुईं, मुझे अपना दूध पिलाती हुईं, उनका मुँह एक गर्म सिसकी से सूख गया था और उन्होंने अपने भूखे मुँह से रोटी का निवाला निकाल कर मेरे मुँह में डाला, रात में नींद से उठ कर मेरी शिकायतों का निपटारा किया और चमकती आँखों से, अपने तन को चीथड़ों में लपेटे, इतनी छोटी और इतनी दुखी उन्होंने खुद को एक परदे की तरह खोल दिया ताकि मेरी नींद को उसमें लपेट सकें।

बेचारी माँ! मेरे जी में आया कि उन्हें गले से लगा लूँ, उनका सिर अपने सीने से टिका कर अपने कठोर शब्दों के लिए माफ़ी माँगूँ, और अचानक, उस लम्बे मौन में जो हम दोनों रख रहे थे, मेरी आवाज़ काँपी—

'हाँ, मैं काम पर जाऊँगा, ममा।'

भावशून्य स्वर—

'अच्छी बात है, बेटा, अच्छी बात है...' और फिर एक गहरा दर्द हम दोनों के होंठों पर सील लगा गया।

बाहर, गुलाबी दीवार के शिखर पर एक संगीतमय छंद से मानो नीले आसमान में चाँदी कौंध गयी।

~

लावाल्लो स्ट्रीट, नम्बर 800 पर स्थित डॉन गेतानो की किताबों की दुकान, या, पुरानी किताबों की दुकान छत तक किताबों से भरा एक बड़ा-सा कमरा था।

यह कमरा त्रोफोनियस की गुफ़ा से भी बड़ा था और इसमें घुप्प, अँधेरा था।

जहाँ भी देखें, बस किताबें ही दिखाई देती थीं—लकड़ी की तख्तियों से बने रैक पर किताबें, काँच के शेल्फ़ों में किताबें, कोनों में, मेज़ों के नीचे और बेसमेंट में भी किताबें।

एक बड़े से दरवाज़े के ज़रिये दुकान के करीब से गुज़रने वाले लोगों को दिखाई दे जाता था कि इस गुफ़ा में क्या है और बाहर गली में अश्लील कल्पना को उकसाने वाली कहानियों की किताबें लटकी थीं—*गेनेवेयर डी ब्रब्रान* और *एडवेंचर्स ऑफ़ मुसोलिनो*। सड़क के उस तरफ़, एक सिनेमा हॉल के प्रवेश द्वार पर लोग मक्खियों की तरह भिनभिनाते रहते थे और वहाँ लगातार घंटी बजती रहती थी।

दरवाज़े के साथ ही बने काउंटर पर डॉन गेतानो की पत्नी ग्राहकों से निपटती थी—वो एक मोटी लेकिन कांतिहीन महिला थी, उसके अखरोट जैसे भूरे बाल थे और आँखें अपने हरे रंग की क्रूरता के भाव के लिए तारीफ़ के लायक।

'क्या डॉन गेतानो अन्दर हैं?'

उस महिला ने आस्तीन वाली कमीज़ पहने एक बड़े से आदमी की तरफ़ इशारा किया जो दरवाज़े के पास ही बैठा था और आते-जाते लोगों को देख रहा था। उसकी नंगी गर्दन में एक काली टाई बँधी थी और उसके बाल जो बेकाबू हो उसके माथे पर लटके थे, उनके छल्लों में से उसके कान की नोक दिखाई दे रही थी। वो सुन्दर व्यक्ति था, ताकतवर और गहरे रंग की त्वचा वाला। लेकिन उसकी बड़ी-बड़ी पलकों के नीचे पनीली आँखों से आत्मविश्वास नहीं झलकता था।

उस आदमी ने मेरी सिफ़ारिशी चिट्ठी ले ली और उसे पढ़ने लगा, फिर अपनी पत्नी को चिट्ठी दे दी और मुझे ध्यान से जाँचने लगा।

उसके माथे पर एक बड़ी-सी शिकन पड़ गयी और उसके जासूसी और चाटुकारिता वाले रवैये से आप यह बता सकते थे कि वो स्वभाव से ही शक्की और धूर्त आदमी था जो ज़रूरत से ज़्यादा मधुर था, जिसकी शक्कर घुली दयालुता नकली और विनम्र हँसी भी झूठी थी।

'तो, तुमने एक किताबों की दुकान में पहले भी काम किया है?'

'हाँ, बॉस।'

'और उस दुकान का कारोबार बहुत अच्छा चलता था?'

'काफ़ी था।'

'लेकिन वहाँ इतनी किताबें नहीं होंगी जितनी यहाँ हैं?'

'इसका दसवाँ हिस्सा भी नहीं।'

फिर वह अपनी बीवी से बोला—

'तो वो जनाब अब काम पर नहीं आयेंगे?'

उसकी पत्नी कड़ुवाहट से बोली—

'ये घटिया लफंगे सब एक से होते हैं। जब उन्हें खाने को मिल जाता है, और काम सीख जाते हैं, तो फुर्र हो जाते हैं।'

ऐसा कहते हुए उसने झुककर अपनी ठोड़ी अपनी हथेलियों पर टिका दी, जिससे उसके नीले ब्लाउज़ की स्लीव के नीचे उसकी नग्न बाजू का एक हिस्सा दिखने लगा। उसकी निर्दयी आँखें बाहर भीड़ भरी सड़क पर टिकी थीं। सिनेमा की घंटी लगातार बज रही थी और दो ऊँची दीवारों के बीच से सूरज की एक किरण से दार्दो रोचा बिल्डिंग के बाहर का अंधकारमय हिस्सा रौशन हो उठा।

'तुम कितना कमाना चाहते हो?'

'पता नहीं...आप बताएँ बॉस।'

'ठीक है, देखो मैं तुम्हें डेढ़ पेसोस, एक कमरा और खाना भी दूँगा, तुम यहाँ एक राजा की तरह रहोगे, यह पक्की बात है।' उसने अपना धृष्ट सिर झुकाया। 'यहाँ कोई टाइम टेबल नहीं है...सबसे व्यस्त वक्त होता है रात में आठ बजे से ग्यारह...'

'क्या, रात के ग्यारह बजे?'

'अरे तुम्हें क्या परवाह, तुम्हारे जैसे बच्चे तो यूँही पास से गुज़रती हुई लड़कियों को देखने के लिए ग्यारह बजे तक जागे रहते हैं। और सुबह हम दस बजे जाग जाते हैं।'

यह याद करते हुए कि जिस शख़्स ने मेरी सिफ़ारिश की थी, उसके लिए डॉन गेतानो के मन में अच्छी छवि थी, मैंने कहा—

'सब ठीक है, लेकिन चूँकि मुझे पैसों की ज़रूरत है इसलिए आपको मुझे हर हफ़्ते भुगतान करना होगा।'

'क्या, तुम्हें हम पर भरोसा नहीं?'

'नहीं, लेकिन हमारे घर में कई हमारी ज़रूरतें हैं...हम गरीब हैं...आप समझती होंगी...'

उस महिला ने अपनी आक्रामक नज़र वापस बाहर सड़क पर टिका दी।

'ठीक है,' डॉन गेतानो ने बोलना जारी रखा, 'कल सुबह दस बजे मेरे घर आ जाना; हम एस्मेराल्डा स्ट्रीट पर रहते हैं।' और उसने अपना पता कागज़ के एक पुर्जे पर लिखा और मुझे दे दिया।

उस महिला ने मेरे विदा होने पर कोई प्रतिक्रिया नहीं की। बिलकुल स्थिर, अपने गाल को हथेली पर टिकाये और उसकी उघड़ी हुई बाजू कुछ किताबों की जिल्दों पर रखी थी, उसकी आँखें दार्दो रोचा के सामने की जगह को घूर रही थीं, कुल मिलाकर वो इस किताब-गुफ़ा की दुष्ट प्रतिमा लग रही थी।

~

अगली सुबह, नौ बजे मैं उस घर के सामने रुका जहाँ वो किताबें बेचने वाला रहता था। घंटी बजाने के बाद, मैं बारिश से बचने के लिए ड्योढ़ी में छिप गया।

दाढ़ी वाला एक बुज़ुर्ग, जिसकी गर्दन पर हरा स्कार्फ़ बँधा था और उसकी टोपी उसके कानों तक को ढाँप रही थी, मुझसे मिलने बाहर आया।

'क्या चाहते हो?'

'मैं नया कर्मचारी हूँ।'

'ऊपर आ जाओ।'

मैं गंदे ऊपरी हिस्सों वाला ज़ीना चढ़ गया।

जब हम गलियारे तक पहुँचे तो उस आदमी ने कहा—

'आप यहाँ इंतज़ार करें।'

बाहर बालकनी की तरफ़ खुलने वाली खिड़की की काँच से सामने की दूकान पर लगी चॉकलेटी रंग की पट्टी देखी जा सकती थी। उसके वॉर्निश किए हुए सिरों से बारिश का पानी धीरे-धीरे नीचे बह रहा था। दूर पानी की दो टंकियों के बीच...

ट्राम की घंटी का शानदार स्वर नियमित तौर पर बार-बार सुनाई दे रहा था, और ट्राली और केबल के बीच लाली लिए बैंगनी रंग की चिंगारियाँ फुदक रही थीं; न जाने कहाँ से एक मुर्गे की कुकड़ूँकू की आवाज़ आ रही थी।

इस घर और जिस उपेक्षा का ये शिकार थे, उसके बरक्स मैं अचानक उदासी से भर गया।

दरवाज़ों पर लगे काँच पर कोई रंग नहीं किया गया था और शटर बंद थे।

हॉल के एक कोने में, धूल भरे फ़र्श पर किसी ने रोटी की पपड़ी पड़ी छोड़ दी थी और हवा में खट्टे पेस्ट की गंध भरी थी : गीली पड़ी गन्दगी की बदबू।

'मिगेल,' भीतर से उस महिला की झगड़ालू आवाज़ आई।

'आता हूँ, सिनोरा।'

बूढ़े शख़्स ने अपने हाथ हवा में उठाये और मुट्ठियाँ बाँधे रसोई की तरफ़ चला गया जो गीले आँगन के दूसरी तरफ़ थी। मुझे डॉन गेतानो और उनकी बीवी की आवाज़ सुनाई दी—

'मिगेल।'

'सिनोरा।'

'वो कमीज़ें कहाँ गयीं जो यूसेबिया लाया था?'

'छोटे वाले ट्रंक में हैं, सिनोरा।'

'डॉन मिगेल,' उस व्यक्ति ने व्यंग्यात्मक स्वर में कहा।

'जी, डॉन गेतानो, मैं आपके लिए क्या कर सकता हूँ?'

वह बूढ़ा व्यक्ति अपनी खिन्न निगाहों को ऊपर की तरफ़ उठाता हुआ अपना सिर इधर से उधर घुमा रहा था।

वह लम्बा और दुबला था, उसके लटकते हुए गालों पर करीब तीन दिन की दाढ़ी थी और उसकी अस्थिर आँखों में आवारा कुत्ते की नज़रों वाला उदास भाव था।

'डॉन मिगेल।'

'जी, डॉन गेतानो।'

'जाओ, मेरे लिए एक सिगार खरीद कर लाओ।'

वो बूढ़ा व्यक्ति निकलने लगा।

'मिगेल।'

'सिनोरा।'

'आधा किलो शुगर क्यूब्स लेते आना और ध्यान रखना कि सही तरह से तौला जाए।'

एक दरवाज़ा खुला और डॉन गेतानो बाहर निकले, अपने दोनों हाथों से अपनी पतलून को पकड़े, उनके माथे पर पड़े घुँघराले बालों में टूटे हुए कंघे का एक हिस्सा फँसा हुआ था।

'क्या टाइम हुआ है?'

'मुझे नहीं पता।'

उन्होंने बाहर आँगन की तरफ़ देखा।

'क्या बकवास मौसम है,' वह बुदबुदाए और अपने बालों में कंघी करने लगे।

जब डॉन मिगेल शुगर क्यूब्स और सिगार लेकर वापस आये, डॉन गेतानो ने कहा—

'मुझे वो बास्केट पकड़ा दो और फिर कॉफ़ी दुकान पर ले आना।' और अपना मैला हैट पहन कर उन्होंने बूढ़े शख्स से बास्केट लेकर मुझे पकड़ा दी और कहा—

'चलो बाज़ार चलें।'

'बाज़ार ?'

जो मैंने कहा उसी में मीन-मेख निकालते हुए वह बोले, 'यार सिल्वियो, एक सलाह है। मुझे चीज़ों को दोहराने की आदत नहीं। बहरहाल, बाज़ार में खरीदारी करते हुए मुझे पता चलेगा कि तुम क्या खाते हो।'

बास्केट पकड़े मैं उदास मन से उनके पीछे-पीछे चलने लगा, यह बास्केट, हास्यास्पद ढंग से कुछ ज़्यादा ही बड़ी थी। मेरे घुटनों से टकरा कर चरमराने की आवाज़ करती थी और इससे गरीब होने का कलंक और भी गहरा और भद्दा महसूस हो रहा था।

'क्या बाज़ार बहुत दूर है?'

'नहीं बच्चे, यहीं कार्लोस पेलेग्रिनी में है,' और फिर मेरे चेहरे की तरफ़ देखकर बोले—

'ऐसा लग रहा है कि बास्केट उठाने पर तुम शर्मिंदा हो। एक ईमानदार आदमी को कोई भी काम करने में शर्म नहीं आनी चाहिए।'

पास से गुज़रते शानदार लाल वर्दी पहने एक दरबान को जब बास्केट से मैंने टहोका मारा तो उसने गुस्से से मुझे घूरा और एक छोटा-सा दुष्ट बच्चा जो पास से गुज़र रहा था, उसने बास्केट की तली पर ठोकर मारी, चाहे अनजाने में ही और उस गाजरी रंग की बास्केट ने, जो हास्यास्पद रूप से बड़ी थी, मुझे सारी दुनिया के उपहास का केंद्र बना दिया।

ओह, क्या विडंबना है! मैं, जो रोकाम्बोले जैसा महान लुटेरा बनना

चाहता था और बौदेलेयर जैसी प्रतिभा वाला कवि!

मैं सोच रहा था—

'क्या जीने के लिए इतना कष्ट भोगना पड़ता है... ? ये सब...सभी भव्य दुकानों के सामने से एक बास्केट लेकर गुज़रना...'

लगभग सारी सुबह मेर्कादो देल प्लाटा में घूमते हुए ही बीत गयी।

वाकई, डॉन गेतानो बढ़िया आदमी था!

एक पत्ता गोभी या कद्दू का एक टुकड़ा या मुट्ठी भर लेट्यूस खरीदने के लिए वो सभी दुकानों पर जाता, बहस करता, पाँच सेन्टावोस के लिए पंसारियों से बहुत तीखी बहस में उलझ जाता और उन सबको एक ऐसी बोली में गाली देता जो मुझे समझ नहीं आती थी।

क्या आदमी था! वह एक चालाक किसान की तरह बर्ताव करता, एक ठग की तरह, जो मूर्ख होने का बहाना करता है लेकिन जब उसे एहसास होता है कि वो किसी को धोखा नहीं दे सकता तो इसी का मज़ाक बना देता है।

अपने सौदे के संबंध में थाह लेने के लिए वो सफ़ाई करने वालों और नौकरों से बात करता और उन बातों में शामिल हो जाता जिनमें उसकी कोई दिलचस्पी नहीं होती थी। वो एक कपटी बाज़ीगर, एक दलाल की तरह बर्ताव कर रहा था और जब वो मछली की दुकान के टिन काउंटर पर पहुँचा तो हेक और अन्य मछलियों के गिलों की जाँच करने लगा, एक भी झींगा खरीदे बगैर उन्हें खाकर देखने लगा, फिर गोश्त बेचने वाले के पास गया, उसके बाद चिकन बेचने वाले के पास। कुछ भी खरीदने से पहले वो चीज़ को बहुत शक से सूँघता। अगर दुकानवाला इससे नाराज़ होता तो वो उस पर चिल्लाता कि वो नहीं चाहता कि ठगा जाए और वो अच्छी तरह जानता है कि ये लोग चोर हैं, देखने में वो एक सीधा-सा आदमी लगता है, लेकिन अगर वे ये सोचते हैं कि वो मूर्ख है तो वो बहुत गलत हैं।

उसकी सरलता एक नाटक थी, उसकी मूर्खता में एक सक्रिय दुष्टता छिपी थी।

इस तरह यह सब हुआ—

वो खिजला देने वाले सब्र के साथ एक पत्ता गोभी या फूल गोभी चुनता। दुकानदार ने जो कीमत बताई, वो चुकाने के लिए जैसे ही वो तैयार होता तो अचानक उसे एक दूसरी गोभी भा जाती, जो देखने में बड़ी या और स्वादिष्ट लगती। और दुकानदार और डॉन गेतानो के बीच बहस छिड़ने के लिए इतना ही काफ़ी था, जबकि वो दोनों ही एक-दूसरे को ठगना चाहते थे, चाहे एक सेन्टावोस के लिए ही सही।

उसका शक्की मिज़ाज हैरतंगेज़ था। वो माँगी गयी कीमत कभी नहीं देता, बस उतना देता जितने की वो पेशकश करता। एक बार अगर मैंने कोई चीज़ अपनी बास्केट में डाल ली तो डॉन गेतानो उस स्टॉल से थोड़ा दूर हट जाता, अपने हाथों के अँगूठे अपनी जैकेट की जेब में धँसा कर पैसे निकालता, गिनता, गिनता, फिर गिनता और फिर वो पैसा काउंटर पर डाल देता मानो वो उस फेरीवाले पर कोई एहसान कर रहा हो और फिर जल्दी से वहाँ से हट जाता।

अगर दुकानवाला पीछे से चिल्लाता तो वो जवाब देता—

'शांत हो जाओ।'

जिन चीज़ों को वो खरीदता था उन्हें देख कर वह एक उल्लासूर्ण स्थिति में पहुँच जाता, उस कीमत की वजह से जिस पर बहुत मोल भाव करके वह उन्हें खरीदता था।

वो पोर्क बेचने वाले के पास जाकर सॉसेज की कीमत पूछता, वो सूअर के गुलाबी सिरों को ध्यान से देखता, सफ़ेद एप्रन पहने स्थूल दुकानदारों की भावहीन निगरानी में उन्हें ध्यान से अपने हाथों में उलटता-पलटता, अपने कान खुजाता, हुक पर लटकी पसलियों, चर्बीदार बेकन के टुकड़ों को लालच से देखता और तब, मानो वो अपने मन को परेशान करने वाली समस्या का समाधान कर रहा हो, दूसरी दुकान की तरफ़ बढ़ जाता, पनीर के एक टुकड़े पर झपटने के लिए, या एक गुच्छे में कितने एस्पेरागास हैं, ये गिनने के लिए, चुकंदर और शलजम से अपने हाथ गंदे करने के लिए, कद्दू के बीज खाने या रौशनी में अंडों को ध्यान से देखने के लिए। और फिर

पीले, चिकने और ठोस मक्खन का ढेर देख खुश होता, जिसमें अब भी मट्ठे की गंध आ रही होती।

हमने दोपहर में करीब दो बजे खाना खाया। डॉन मिगेल की प्लेट कैरोसिन की कुप्पी पर टिकी थी, मैंने किताबों से भरी मेज़ के एक कोने पर खड़े होकर खाना खाया, उस मोटी महिला ने रसोई में और डॉन गेतानो ने दुकान के काउंटर पर।

~

रात ग्यारह बजे हम उस किताबों की गुफ़ा से विदा हुए।

डॉन मिगेल और वो मोटी महिला पर्याप्त रौशनी वाली सड़क के बीचोबीच चल रहे थे, वो बक्से उठाये जिनमें कॉफ़ी बनाने के यंत्र रखे थे और चलते वक्त एक-दूसरे से टकरा कर आवाज़ कर रहे थे। डॉन गेतानो अपनी जेबों में हाथ धँसाये, सिर पर हैट लगाए चल रहे थे और उनके माथे पर बालों की एक लट लटक रही थी और मैं उनके पीछे-पीछे चल रहा था, यह सोचते हुए कि मेरा काम का पहला दिन कितना लम्बा रहा।

हम घर तक पैदल चले और जब हम कॉरिडोर में पहुँचे तो डॉन गेतानो ने मुझसे पूछा—

'तुम गद्दा लाये हो क्या?'

'नहीं। क्यों?'

'एक पलंग तो है, लेकिन गद्दा नहीं है।'

'और कुछ ओढ़ने के लिए नहीं है?'

डॉन गेतानो ने चारों तरफ़ निगाह दौड़ाई, फिर बेड रूम का दरवाज़ा खोला; वहाँ मेज़ पर एक भारी फ़र वाला हरा कपड़ा पड़ा था।

डोना मारिया पहले ही बेड रूम में जा चुकी थी, जब गेतानो ने एक सिरे से वो कपड़ा पकड़ा और बदमिज़ाजी से मेरे कंधे पर डाल दिया और कहा—

'फ़िक्र मत करो, अच्छे बने रहो।' और मेरी 'शुभ रात्रि' का जवाब दिए बगैर उन्होंने मेरे मुँह पर बेड रूम का दरवाज़ा बंद कर दिया।

मैं घबराया हुआ था, उस बूढ़े आदमी के सामने खड़ा हुआ जिसने अपना रोष एक गन्दी ईश-निंदा से ज़ाहिर किया (आह, बदबूदार सड़ा हुआ भगवान!) और फिर वह चल पड़ा और उसके पीछे-पीछे मैं भी।

वह बरसाती जिसमें वो सुक्खड़ बुड्ढा, जिसे मैंने उस पल से 'बदबूदार भगवान' का नाम दे दिया था, रहता था, छत के नीचे एक अजीब-सा त्रिकोणीय कमरा था, जिसमें एक छोटी गोल-सी खिड़की थी जो एस्मेराल्डा स्ट्रीट के सामने खुलती थी। इस छोटी-सी खिड़की का काँच टूटा हुआ था और उसमें से हवा के झोंके आ रहे थे जिससे दीवार में बने आले में रखी मोमबत्ती की पीली लौ नाच रही थी।

दीवार के साथ एक कैंची-नुमा पलंग रखा था—एक-दूसरे को काटती दो छड़ियों पर लगा एक तख़्ता।

'बदबूदार भगवान' बालकनी में पेशाब करने गया, फिर एक संदूक पर बैठ गया, उसने अपने जूते और हैट उतारे, स्कार्फ़ को अपनी गर्दन में लपेटा और रात की ठंडक से निपटने के लिए तैयार हो गया, सावधानी से उस बिस्तर में घुसा और खुद को ठोड़ी तक रज़ाई, जो दरअसल और कुछ नहीं चीथड़ों से भरे थैले थे, से ढाँप लिया ।

मोमबत्ती की मंद होती रौशनी में उसके नाक-नक्श उजागर हो उठे। उसकी बड़ी लम्बी नाक, उसकी चपटी भौंहें, उसका गंजा सिर जिस पर थोड़े से सफ़ेद बाल थे और उसके कान पर भी। हवा के झोंकों से नाराज़ होकर बदबूदार भगवान ने हाथ बढ़ाया और अपना हैट लेकर उसे कानों तक खींच कर पहन लिया। फिर उसने अपनी जेब से सिगार का आखिरी टुकड़ा निकाला, उसे जलाया और मुँह भर धुआँ बाहर उड़ाने लगा। अपना सिर हाथ पर टिका कर उसने मुझे संजीदगी से देखा।

मैंने अपने बिस्तर को ध्यान से देखना शुरू किया। बहुत से लोगों ने इस पर कष्ट भुगते होंगे, उसकी अवस्था इतनी खराब थी। पलंग के स्प्रिंग गद्दों में

छेद कर चुके थे और वे हवा में अनोखे पेंचकस की तरह निकले हुए थे और पलंग के कुंडे जिनका मकसद पलंग की दोनों साइड्स को जोड़ कर रखना था, उनकी जगह तारों ने ले ली थी।

यह तो ज़ाहिर था कि मेरी रात खुशनुमा नहीं होने वाली थी और पलंग की मज़बूती जाँचते हुए मैंने भी बदबूदार भगवान की तरह अपने जूते उतारे, फिर उन्हें एक अखबार में लपेटा ताकि उन्हें तकिये की तरह इस्तेमाल कर सकूँ। फिर मैंने खुद को उस हरे कपड़े में लपेट लिया और उस जोखिम भरे पलंग पर सोने का निश्चय करके लेट गया।

निर्विवाद रूप से यह पलंग बहुत ही गरीब लोगों के लिए था, एक भद्दा मज़ाक, इससे ज़्यादा घटिया बिस्तर मैंने नहीं देखा था।

पलंग के स्प्रिंग मेरी पीठ में चुभ रहे थे : मानो उनकी नोक मेरी पसलियों के बीच के मांस को चीर देना चाहती हों; स्टील की जाली एक जगह सख्त थी तो दूसरी जगह से बिलकुल ढीली और तीसरी जगह, मानो लचीलेपन के चमत्कार स्वरूप फिर उठी हुई; हर हरकत पर वो पलंग चरमराने का ज़बरदस्त शोर करता, एक गियर बॉक्स की तरह जिसमें तेल न लगाया गया हो। और तो और, मैं एक आरामदायक अवस्था में लेट भी नहीं पाया, क्योंकि उस कपड़े के सख्त किनारे मेरे गले से रगड़ खा रहे थे और जूतों के सिरों की वजह से मेरी गर्दन सुन्न हो गयी थी, स्प्रिंग्स के घेरे मेरी त्वचा में चुभ रहे थे। सो—

'हे, बदबूदार भगवान!'

एक कछुए की तरह उस बुजुर्ग आदमी ने अपना सिर टाट के उस खोल से बाहर हवा में निकाला।

'क्या बात है, डॉन सिल्वियो?'

'यह भयानक पलंग अभी तक इन लोगों ने उठाकर फेंक क्यों नहीं दिया?'

उस आदरणीय व्यक्ति ने, अपनी आँखें घुमाते हुए, एक लम्बी साँस लेकर और मनुष्य जितनी दुष्टता कर सकता है, ईश्वर को उन सबका साक्षी मान कर जवाब दिया—

'डॉन सिल्वियो, यह घर नरक की तरह है...नरक का गहरा गढ़ा,' कहीं किसी और को सुनाई न दे जाए इसलिए अपनी आवाज़ धीमी करके बोला 'यह...उसकी बीवी की वजह से है...और खाना तो...ओह कितना बेकार घर है यह!'

बूढ़े शख़्स ने रौशनी बुझा दी और सोचा—

'मेरी हालत वाकई और खराब होती जा रही है।'

उस कोठरी की छत पर अब मैंने बारिश के शोर की आवाज़ सुनी।

अचानक मैंने घुटी हुई सिसकियों की आवाज़ सुनी। बूढ़ा शख़्स रो रहा था, भूख और गरीबी से। और यह मेरा पहला दिन था।

कभी-कभी रात में कुछ चेहरे नमूदार होते हैं, उन औरतों के चेहरे जो अपनी मधुरता की तलवार से आपको घायल कर जाती हैं। हम उनसे अलग हट जाते हैं, और हमारा मन अकेला और दुखी हो जाता है, जैसा कि किसी भी पार्टी के बाद होता है।

विचित्र परछाइयाँ...वे गायब हो जाती हैं और फिर उनके बारे में कुछ पता नहीं चलता...लेकिन फिर भी रात में वे हमारे साथ रहती हैं, उनकी स्थिर आँखें हमारी स्थिर आँखों पर टिकी हुई...और हम मधुरता की उस तलवार से घायल हो जाते हैं। और कल्पना करने लगते हैं कि इन स्त्रियों का प्रेम कैसा होगा, ये चेहरे जो आपकी अपनी देह में दाखिल हो जाते हैं। आत्मा का एक कष्टकर रेगिस्तान, एक क्षणिक सुख जो कठोर भी है और जिसकी अपेक्षाएँ भी बहुत हैं।

हम सोचते हैं कि कैसे उनमें से हरेक अपना सिर हमारी तरफ़ झुकाती है, आसमान की तरफ़ उसके अधखुले होंठ, कैसे वो हमें पाने की इच्छा में मदहोश हो जाती है, इस आदर्श क्षण में अपने चेहरे को विकृत किये बगैर; हम सोचते हैं कि कैसे वो खुद अपने हाथों से अपने ब्लाउज को खोलेगी...

चेहरे...उन नवयुवतियों के चेहरे जो इस आनंदपूर्ण कष्ट के लिए तैयार हैं, चेहरे जिनसे अचानक आँतों में एक ख़ास तरह की बेहोशी पैदा होने लगती है,

चेहरे जिनमें इच्छा उस पल के आदर्श स्वभाव को बिगाड़ती नहीं। हमारी रातों पर कब्ज़ा करने वे कैसे चले आते हैं?

अपने मन में एक उस औरत का पीछा करने में मैंने घंटों बिताये हैं जो दिन के समय मेरे भीतर प्रेम पाने की इच्छा छोड़ जाती।

मैं धीरे-धीरे उसके आकर्षण पर ध्यान देता, उसका हुस्न जो इतना प्यारा होने पर ही शर्मिंदा था : उसका मुँह जो लम्बे चुम्बनों से बना था; मैं एक-दूसरे शख्स के शरीर से लिपटी उसकी तत्पर देह की कल्पना करता, शरीर जो उसका आह्वान करता कि वह खुद को छोड़ दे, और मैं कल्पना करता कि वह ज़िद कर रही है कि खुद को इस तरह छोड़ देने में उसे मज़ा आएगा; मैं उसके शरीर के संवेदनशील अंगों की भव्य लघुता को देखता, मेरी निगाहें उसके चेहरे पर टिकी होतीं, उसकी देह इस कष्ट और मातृत्व के लिए फ़िलहाल कमसिन; मैं अपना हाथ अपने मुफलिस देह की तरफ़ बढ़ाता; और इसे सज़ा देने की प्रक्रिया में मैं इसे सुख भोगने देता।

इसी पल डॉन गेतानो बाहर से आये और सीधे रसोई की तरफ़ जाने लगे। उन्होंने मुझे भौंहें सिकोड़ कर देखा लेकिन कहा कुछ नहीं। और मैं उस पेस्ट की बोतल पर झुक गया जिसका इस्तेमाल मैं एक किताब को दुरुस्त करने के लिए कर रहा था, यह सोचते हुए कि यहाँ एक तूफ़ान आने वाला है।

दरअसल स्थिति यह थी कि कुछ ऐसे छोटे और चमकदार दौर आते थे जब इन पति-पत्नी में लड़ाई होती थी।

~

वो ज़र्द दिखने वाली औरत बिलकुल स्थिर थी, उसकी कोहनियाँ काउंटर पर टिकी थीं, हाथ हरी शॉल में लिपटे थे और वह अपने पति की गतिविधियों को निर्दयी आँखों से देख रही थी।

डॉन मिगेल, छोटी-सी रसोई के चिकने बेसिन में प्लेटें धो रहा था। उसके

स्कार्फ़ के सिरे बेसिन के किनारों को छू रहे थे और बेल्ट से बँधा लाल और नीले चेकवाला एप्रन मिगेल को पानी के छीटों से बचा रहा था।

'यह क्या घर है, बदबूदार भगवान!'

यहाँ मुझे यह बता देना चाहिए कि यह छोटी-सी रसोई जो हमारे मिलने की जगह थी, एक बदबूदार लैट्रीन के सामने थी जो इस गुफ़ा में किताबों की अलमारियों के पीछे एक कोना था।

एक गन्दी-सी मेज़ के ऊपर बची-खुची सब्ज़ियों के साथ गोश्त और आलू के छोटे-छोटे टुकड़े पड़े थे, जिनसे डॉन मिगेल हमारे लिए थोड़ा-बहुत दोपहर का खाना बनाता था और जो कुछ बच जाता था, उसे रात में फिर एक विचित्र स्ट्यू के रूप में परोस दिया जाता था। और ये बदबूदार भगवान ही इस घिनौनी खोह के प्रतिभावान जादूगर थे। हम वहाँ अपनी किस्मत को कोसने जाते और कभी-कभी डॉन गेतानो अपनी शादी की दिक्कतों और असुविधाओं पर चिंतन करने वहाँ आते।

उस महिला के सीने में सुलगती नफ़रत का अंत हमेशा एक विस्फोट में होता।

उसके लिए कोई गैरज़रूरी-सी वजह ही काफ़ी थी, कोई छोटी-सी गैर ज़रूरी बात।

अचानक एक खिन्न रोष से भर कर वह महिला काउंटर से उठती और अपनी चप्पलों को फ़र्श की टाइल्स पर घसीटती अपने स्कार्फ़ के अन्दर अपने हाथों को मसलती, स्थिर होंठ और खुली हुई आँखों से अपने पति को ढूँढने लगती।

मुझे उस दिन का वह खास वाकया याद है :

जैसी उनकी आदत थी, डॉन गेतानो ने उस सुबह ऐसा दिखावा किया कि मानो उन्होंने अपनी बीवी को देखा ही नहीं, हालाँकि वो उससे सिर्फ़ एक कदम की दूरी पर ही थे। मैंने उस शख्स को एक किताब पर झुककर उसका नाम पढ़ने का दिखावा करते हुए देखा।

जब वह रुकी, तो वो कांतिहीन औरत बिलकुल निश्चल थी, सिर्फ़ उसके

होंठ पत्तियों की तरह काँप रहे थे।

फिर वो भयानक एकरस आवाज़ में बोली—

'मैं खूबसूरत थी। जाने तुमने मेरी ज़िन्दगी का क्या हाल बना डाला?'

उसके माथे पर जो बालों की लट लटकी थी वो मानो हवा के झोंके से काँपी।

डॉन गेतानो काँप उठा।

एक निराशा के साथ, जिससे उसका गला रुँध गया था, उसने ये शब्द अपने पति की तरफ़ उछाले, वज़नदार, बारूद जैसे शब्द—

'मैंने तुम्हें ऊपर उठाया...तुम्हारी माँ क्या थी...सिर्फ़ एक बगाज्ज़ा (एक सस्ती लड़की)...जो सभी मर्दों के साथ चली जाती थी? तुमने मेरी ज़िन्दगी का क्या हाल बना डाला?'

'मारिया, चुप हो जाओ...' डॉन गेतानो ने घुटे हुए स्वर में जवाब दिया।

'हाँ, वो कौन था जिसने तुम्हें खाना खिलाया, कपड़े दिए पहनने को?...मैं, स्त्रुन्जो (घटिया आदमी)...मैंने तुम्हें पाला।'

उस औरत का हाथ उठा, मानो वो अपने पति के गाल पर चाँटा जड़ना चाहती हो।

डॉन गेतानो काँपते हुए पीछे हट गए।

एक कड़ुवाहट जो भारी बारूद जैसी सिसकियों के सिरे पर काँप रही थी, के साथ वह बोली—

'तुमने मेरी ज़िन्दगी का क्या हाल बना डाला...सूअर? मैं अपने घर में उसी तरह खुश थी जैसे फूल पौधे पर होता है और मुझे तुमसे शादी करने की ज़रूरत भी नहीं थी...स्त्रुन्जो...।'

उस औरत के होंठ तेज़ झटकों में हिल रहे थे, मानो वह किसी चिपचिपी भयानक नफ़रत को चबा रही हो।

दुकान के बाहर खड़े कुछ जिज्ञासु तमाशाइयों को हटाने के लिए मैं बाहर निकल गया।

'उन्हें खड़ा रहने दो, सिल्वियो,' उसने चिल्लाकर मुझे हुक्म दिया। 'उन्हें सुनने दो कि यह बदमाश दरअसल है क्या।' वह अपनी हरी आँखें फाड़ कर देख रही थी, जिससे ऐसा लगता था मानो एक परदे पर पृष्ठभूमि में चित्रित किया गया उसका चेहरा लगातार करीब आ रहा हो। और भी खिन्न होकर उसने बोलना जारी रखा—

'अगर मैं एक अलग किस्म की इन्सान होती, अगर मैं बाहर कुछ ज़्यादा घूमती, देखती-सुनती, तो मेरी ज़िन्दगी बेहतर होती...तब मैं तुम जैसे कमीने से तो दूर होती।'

बात करना बंद करके वह ज़रा देर आराम करने लगी।

अब डॉन गेतानो एक ओवरकोट पहने शख़्स की किताबें देखने में मदद करने में लगा था, जिसकी ठण्ड से लाल हुई नाक पर बड़ा सुनहरी फ्रेम का चश्मा चढ़ा था ।

उसकी उदासीनता से उत्तेजित होकर, क्योंकि उसका पति ऐसे नज़ारों का आदी हो चुका था और अपने मुनाफ़े और कारोबार में नुकसान की बजाय अपमानित होना बेहतर समझता था, उस औरत ने ज़ोर से उस ग्राहक को पुकारते हुए कहा—

'उसकी बातों पर ध्यान न दीजिये, जनाब। आप जानते नहीं कि वो बस नापोली से आया एक चोर है?'

उस बुज़ुर्ग सज्जन ने इस महिला को पीछे की तरफ़ घूम कर हैरानी से देखा, और वो बोलती रही—

'यह आपसे उस किताब के बीस पेसोस माँगेगा जिसकी कीमत सिर्फ़ चार पेसोस है।' चूँकि डॉन गेतानो ने पीछे मुड़ कर नहीं देखा, वो इतनी ज़ोर से चिल्लाई कि उसका चेहरा लाल हो गया—'हाँ, हाँ, तुम चोर हो, चोर!' और उसने अपनी नफ़रत और द्वेष को थूक कर निकाल दिया।

बुज़ुर्ग सज्जन ने अपनी नाक पर चश्मे को ठीक करते हुए कहा—

'मैं किसी और दिन आता हूँ।' और वो अपमानित-सा महसूस करता हुआ चला गया।

तब डोना मारिया ने एक किताब उठाई और उसे अचानक डॉन गेतानो के सिर पर फेंक कर मारा, उसके बाद दूसरी किताब, फिर एक और, उसके बाद एक और।

डॉन गेतानो अब गुस्से में लग रहा था। एकाएक उसने अपनी गर्दन को पकड़ा, काली टाई निकाली और उसे अपनी पत्नी के चेहरे पर फेंक कर मारा; फिर एक क्षण के लिए बिलकुल स्थिर खड़ा रहा, मानो किसी ने उसकी कनपटी पर ज़ोर से घूँसा मारा हो और फिर उसने दौड़ना शुरू किया और वह बाहर सड़क पर निकल गया, उसकी आँखें अपने कटोरों से बाहर निकल रही थीं, और सड़क के साथ वाली पटरी के बीचोबीच खड़े होकर अपने घुटे हुए सिर को हिलाते हुए और पागलों की तरह राहगीरों की तरफ़ हाथ हिलाते हुए वह ऐसी आवाज़ में चिल्लाने लगा जो गुस्से में अस्वाभाविक लग रही थी—

'जंगली जानवर...जानवर...जानवर!'

बड़े संतोष से अब वो मेरी तरफ़ मुड़ी—

'देखा तुमने वो कैसा है? निकम्मा...कचरा! मैं तुमसे कह रही हूँ कि कभी-कभी मुझे लगता है कि मैं इसे छोड़ दूँ।' काउंटर की तरफ़ मुड़ते हुए उसने अपनी बाजुओं को बाँधा, अब भी वह अपनी धुन में थी, उसकी बेरहम नज़रें बाहर गली पर ही टिकी थीं।

अचानक—

'सिल्वियो।'

'सिनोरा।'

'तुम्हारे कितने दिनों का बकाया उस पर बाकी है?'

'आज को मिला कर तीन दिन, सिनोरा।'

‘ये लो।’ मुझे पैसे देते हुए उसने आगे जोड़ा, ‘उस पर भरोसा मत करना, वो ठग है...उसने एक बीमा कम्पनी को धोखा दिया; अगर मैं चाहती तो उसे जेल भिजवा सकती थी।’

मैं रसोई में चला गया।

‘तुम्हारा क्या ख़याल है, मिगेल?’

‘उफ़, डॉन सिल्वियो। क्या ज़िन्दगी है!’

और उस बूढ़े आदमी ने भगवान को मुट्ठियाँ दिखाते हुए एक लम्बी साँस ली और एक बार फिर बेसिन की तरफ़ अपना मुँह झुका कर आलू छीलने लगा।

‘लेकिन इन धमाकों की वजह क्या है?’

‘मुझे नहीं पता...उनके बच्चे नहीं हैं...इसी बंदे में कमी है...’

‘मिगेल।’

‘जी, सिनोरा।’

उस कर्कश आवाज़ ने हुक्म दिया—

‘कोई खाना-वाना मत बनाओ; आज हम खाना नहीं खायेंगे। जिसे यह अच्छा न लगे वो बाहर जा सकता है।’

यह तो अन्दर तक चोट करने वाली बात थी। कुछ आँसू उस बूढ़े और भूख से बेहाल आदमी के झुर्रीदार चेहरे पर बह चले।

कुछ पल बीते।

‘सिल्वियो।’

‘सिनोरा।’

‘यह लो, पचास सेन्टावोस। तुम जाओ और आस-पास कहीं खाने की चीज़ें खरीद लेना।’ अपने हाथों को अपने स्कार्फ़ में लपेटते हुए वह फिर अपनी क्रूर अवस्था में बैठ गयी। उसके कांतिहीन गालों पर दो बूँद आँसू मुँह के कोने से नीचे बहने लगे।

द्रवित होकर, मैंने धीरे से कहा—

'सिनोरा...'

उसने मुझे देखा और अपना मुँह हिलाए बगैर एक ऐंठन भरी मुस्कुराहट के साथ बोली—

'भागो अब, और पाँच बजे तक वापस आ जाना।'

~

अपनी खाली दोपहर का फ़ायदा उठाते हुए मैंने सिनोर विसेंटे तिमोतियो सूज़ा से मिलने का फ़ैसला किया। सिनोर विसेंटे एक ऐसे शख्स थे जो रहस्यमय विद्या और ब्रह्म ज्ञान से सम्बन्धित अध्ययन के प्रति समर्पित थे और किसी तीसरे व्यक्ति ने उनसे मेरी सिफ़ारिश की थी।

मैंने घंटी बजायी और उस संगमरमर की सीढ़ी को देखता हुआ बाहर रुका रहा, जिस पर सीढ़ी की सुनहरी रेलिंग के सहारे बिछा लाल कालीन सूरज की किरणों को सोख रहा था, जो लोहे के भारी दरवाज़ों पर लगे काँच के ज़रिये उस पर पड़ रही थीं।

काली वेशभूषा पहने दरबान बहुत शांति से नीचे आया।

'क्या चाहिए?'

'क्या सिनोर सूज़ा हैं?'

'आप कौन हैं?'

'अस्तिएर।'

'...अस्तिएर कौन?'

'हाँ, अस्तिएर। सिल्वियो अस्तिएर।'

'यहीं इंतज़ार करो। मैं देखता हूँ।' मुझे सिर से पैर तक देखकर वो उस दरवाज़े से बाहरी कक्ष की तरफ़ गायब हो गया, जिसमें लम्बे, हल्के पीले परदे लटके थे।

मैं धैर्यपूर्वक, कुछ परेशानी से वहाँ खड़ा इंतज़ार करता रहा, यह जानते हुए कि जो फ़ैसला ये महान सज्जन सिनोर विसेंटे तिमोतियो सूज़ा लेंगे, वो मेरे बदकिस्मत किशोर जीवन की नियति बदल सकता था।

वह भारी लोहे का दरवाज़ा फिर आधा खुला और दरबान ने मुझसे गंभीरतापूर्वक कहा—

'सिनोर सूज़ा ने कहा है कि तुम आधे घंटे में फिर आना।'

'शुक्रिया...शुक्रिया। बाय।' मैं निरुत्साहित होकर वहाँ से चल दिया।

मैं पास के मिल्क बार में गया और एक मेज़ के पास बैठकर वेटर को कॉफ़ी लाने का ऑर्डर दिया।

'बेशक,' मैंने सोचा, 'अगर सिनोर सूज़ा मुझसे मिलने को राज़ी हो जाते हैं तो वो मुझे वह काम ज़रूर देंगे जिसका उन्होंने वायदा किया था।'

'नहीं,' मैं सोचता रहा, 'सूज़ा के बारे में बुरा सोचने की कोई वजह नहीं है...। ज़रा सोचो वो मुझसे न मिलने के कितने कारण दे सकते थे, वो कितना बिज़ी रहते हैं...'

'ओह, सिनोर तिमोतियो सूज़ा!'

सर्दियों की एक सुबह थिओसोफ़िस्ट (ब्रह्मज्ञानवादी) देमेत्रियो ने मुझे उनसे मिलवाया था, जो मेरे हालात सुधारने की कोशिश कर रहे थे। एक कक्ष में एक घुमावदार नक्काशी वाली मेज़ पर सिनोर सूज़ा बैठे थे, उनके अच्छी तरह से शेव किये हुए गाल और गोल चश्मे से झाँकतीं आँखों की पुतलियाँ चमक रही थीं। बातचीत उन्होंने ही शुरू की। मुझे याद है कि वो मखमल की देशाबिले (कोट जैसी पोशाक) पहने थे जिसमें मोती के बटन और बीवर कफ़ थे। उनमें वो सारे गुण थे जो उन्हें एक ऐसे शख्स की भूमिका में रखते थे जो महज़ अपने मनोरंजन के लिए किसी गरीब बंदे से बात कर सकता था।

हम लोग बात कर रहे थे और उन्होंने मेरे स्वभाव का पता लगाते हुए कहा, 'दोहरा दाँत...तुनक मिज़ाज...। पीछे की तरफ़ सिर चपटा...तर्कसंगत स्वभाव...तेज़ नब्ज़। रोमांटिक प्रवृत्ति...'

भावशून्य थिओसोफ़िस्ट देमेत्रियों की तरफ़ मुड़ते हुए सिनोर सूज़ा बोले—

'मैं इस चूज़े से औषधि विज्ञान की पढ़ाई करवाऊँगा। आपका क्या ख़याल है, देमेत्रियो?'

इस पर बगैर प्रतिक्रिया किये थिओसोफ़िस्ट ने कहा—

'बहुत अच्छा...हालाँकि कोई भी मनुष्य...पूरी मनुष्यता के लिए फ़ायदेमंद साबित हो सकता है, चाहे उसकी सामाजिक स्थिति कितनी भी तुच्छ हो।'

'हा, हा,; तुम हमेशा एक दार्शनिक की तरह ही बात करते हो,' सिनोर सूज़ा ने मेरी तरफ़ मुखातिब होते हुए कहा—

'ठीक है अस्तिएर, मेरे दोस्त, इस पल तुम्हारे मन में जो आये उसे लिख लो।'

मैं ज़रा सकुचाया फिर उस कीमती पेन्सिल से, जो इस शख्स ने मुझे लिखने के लिए दी, मैंने लगभग सम्मानपूर्वक लिखा—

'लाइमस्टोन पानी डाले जाने पर उबलता है।'

'बागी। अपने दिमाग का ख़याल रखो, मेरे दोस्त। इसका अच्छी तरह से ध्यान रखो, क्योंकि बीस-बाईस की उम्र के बीच किसी भी पल तुम्हें बौद्धिक थकान का सामना करना पड़ सकता है।'

क्योंकि मुझे पता नहीं था कि उनका क्या मतलब है, मैंने पूछा—

'बौद्धिक थकान क्या होती है?'

वो थोड़े खिन्न हो गये। मैं अब भी उस पल को याद कर शर्मिंदा हो जाता हूँ।

'यह बस कहने का एक तरीका है,' उन्होंने कहा। 'अपनी सारी भावनाओं पर काबू रखना हम सभी के लिए बहुत ज़रूरी है।' और फिर वो बोलते रहे—

'हमारे दोस्त देमेत्रियो का कहना है कि तुमने बहुत सारी चीज़ें ईजाद की हैं, खुद बनायी हैं।'

खिड़कियों से बहुत तेज़ धूप अन्दर आ रही थी और अचानक अपनी

गरीबी और दुर्दशा को याद कर मैं इतना उदास हो गया कि मुझे जवाब देने में थोड़ा वक्त लगा, लेकिन आखिरकार मैंने कड़ुवे स्वर में जवाब दिया—

'हाँ, कुछ चीज़ें, एक सिग्नल की लाइट, एक ऑटोमेटिक स्टार काउंटर...'

'सिद्धांत...सपना...।' उन्होंने अपने हाथ मसलते हुए कहा। 'मैं रिकाल्डोनी को जानता हूँ और इतने आविष्कार कर लेने के बाद भी वो भौतिक विज्ञान के एक सरल से शिक्षक हैं। एक व्यक्ति जो अमीर होना चाहता है, उसे व्यावहारिक और सरल चीज़ें ईजाद करनी चाहिए।'

मुझे ऐसा लगा मानो मैं दयनीयता के एक आवरण से ढक गया हूँ।

उन्होंने बोलना जारी रखा—

'जिस शख्स ने डायाबोलो खेल को ईजाद किया, जानते हो वो कौन था?...एक स्विस छात्र जो सर्दी के एक दिन अपने कमरे में बैठा बोर हो रहा था। उसने खूब पैसा कमाया, बिलकुल उत्तरी अमेरिका के उस बंदे की तरह जिसने सबसे पहले वो पेन्सिल बनायी जिसके सिरे पर रबर लगा था।'

उन्होंने बोलना बंद कर दिया और सिगरेट का एक सुनहरी केस निकाला जिसके पीछे मणियों का एक गुच्छा लगा था और हमें भूरी तम्बाकू वाली सिगरेट की पेशकश की।

आध्यात्मिक्तावादी देमेत्रियो ने सिर को हल्के से हिला कर सिगरेट के लिए मना कर दिया, लेकिन मैंने ले ली।

'और मुद्दों पर ध्यान देते हैं, जो कुछ भी हमारे दोस्त ने बताया है, मुझे लगता है कि तुम्हें एक नौकरी की ज़रूरत है।'

'हाँ, सिनोर। जिससे मैं वहाँ से आगे बढ़ सकूँ, फ़िलहाल जहाँ मैं हूँ...'

'हाँ, हाँ...मैं जानता हूँ...नेपोलितान के साथ...मैं जानता हूँ...वो भी एक नमूना है। बहुत अच्छे, बहुत अच्छे...। मुझे नहीं लगता कि तुम्हें इसमें कोई दिक्कत होनी चाहिए। मुझे एक चिट्ठी लिखो जिसमें तुम बहुत ईमानदारी से और खुलकर अपने व्यक्तित्व की कुछ ख़ास बातों का ब्यौरा दो और मुझे यकीन

है कि मैं तुम्हारी मदद कर पाऊँगा। और जब मैं कोई वादा करता हूँ तो उसे निभाता भी हूँ।'

और अब वो लापरवाही से अपनी कुर्सी से उठने लगे।

'देमेत्रियो, मेरे दोस्त...मिलकर बहुत ख़ुशी हुई...तुम जल्द ही मिलने आना...मैं तुम्हें कुछ पेंटिंग्स दिखाना चाहता हूँ। अस्तिएर, प्यारे नौजवान, मुझे तुम्हारे ख़त का इंतज़ार रहेगा...' और फिर एक मुस्कुराहट के साथ आगे जोड़ा—

'ध्यान रहे, मुझे बेवक़ूफ़ बनाने की कोशिश मत करना।'

जब हम बाहर सड़क पर आये तो मैंने बहुत उत्साह से उस आध्यात्मिक्तावादी देमेत्रियो से कहा—

'सिनोर सूज़ा कितने अच्छे इन्सान हैं...और ये सब आपकी वजह से हो सका...आपका बहुत शुक्रिया।'

'देखते हैं, देखते हैं।'

मैंने दिन में सपने देखना बंद किया और वेटर को रोककर पूछा कितने बजे हैं।

'दो बजने में दस मिनट।'

~

सिनोर सूज़ा ने क्या फ़ैसला किया होगा? पिछले दो महीनों में मैंने उन्हें कई बार चिट्ठी लिखी थी और अपनी अस्थिर और खराब हालत का बार-बार ज़िक्र किया था और लम्बी चुप्पी और कुछ बगैर दस्तखत के टाइप किये हुए छोटे नोट्स के बाद इन अमीर सज्जन ने मुझसे मिलने की मेहरबानी की थी।

'हाँ, उन्होंने ज़रूर मुझे नौकरी देने के लिए ही बुलाया होगा या तो नगर निगम प्रशासन या फिर सरकार में। अगर ऐसा होता है, तो माँ के लिए कितनी हैरानी की बात होगी!' और जब उस मिल्क बार में दूध से बनी चीज़ों पर भिनभिनाती मक्खियों के बीच मुझे उनकी याद आई तो एकाएक एक

स्नेहशीलता से मेरी आँखें भर आईं।

मैंने अपनी सिगरेट बुझाई और वेटर को पैसे चुकता करके मैं सिनोर सूज़ा के घर की तरफ़ चल पड़ा।

जब मैंने उनके घर की घंटी बजायी तो मेरा दिल ज़ोर से धड़क रहा था।

'उम्मीद है कि उन्हें यह नहीं लगेगा कि मैं बेसब्र हूँ और उन्हें यह बात कहीं परेशान न कर दे,' यह सोचते हुए मैंने तुरंत अपना हाथ घंटी से हटा लिया।

उस घंटी को एक बार बजाने में कितनी कातरता थी! मानो घंटी बजा कर मैं यह कहना चाहता था—

'परेशान करने के लिए माफ़ी चाहता हूँ सिनोर सूज़ा, लेकिन मुझे नौकरी की ज़रूरत है...।'

दरवाज़ा खुला।

'मैं आ गया हूँ...मालिक ने...।' मैं बुदबुदाया।

'अन्दर आ जाओ।'

नौकर के पीछे-पीछे मैं पंजों के बल सीढ़ियाँ चढ़ने लगा। हालाँकि सड़क सूखी थी, फिर भी अन्दर आने से पहले मैंने अपने पैर दरवाज़े पर पड़े फ़ुटमैट पर साफ़ कर लिए थे ताकि मैं अन्दर कोई चीज़ गन्दी न कर दूँ।

हम गलियारे में रुक गए। वहाँ अँधेरा था।

मेज़ के पास खड़े होकर, नौकर ने क्रिस्टल गुलदान में सजे फूलों को ठीक किया।

एक दरवाज़ा खुला और सिनोर सूज़ा कहीं जाने के लिए तैयार होकर बाहर निकले, उनके छोटे गोल चश्मे से उनकी आँखें चमक रही थीं।

'तुम कौन हो?' उन्होंने मुझसे कठोरता से पूछा।

घबराते हुए और परेशान होकर मैंने जवाब दिया—

'सिनोर, मैं अस्तिएर हूँ...।'

'जनाब, मैं आपको नहीं जानता; मुझे अपनी धृष्ट चिट्ठियों से और परेशान न करें। हुआन, इन सज्जन को बाहर का रास्ता दिखा दो।'

फिर, जाने के लिए मुड़ते हुए, उन्होंने मेरी पीठ के पीछे दरवाज़े को मज़बूती से बंद कर दिया।

और एक बार फिर, सूरज की रौशनी में, पहले से ज़्यादा उदास मैं वापस उस गुफ़ा में जाने के रास्ते पर चल पड़ा।

~

एक दोपहर, एक-दूसरे को इतना अपमानित करने के बाद कि उनके गले बैठ गये, डॉन गेतानो की पत्नी को यह एहसास हुआ कि उसका पति दुकान से बाहर नहीं निकलेगा जैसा कि वो पहले ऐसे मौकों पर करता रहा था। सो, उसने खुद वहाँ से निकलने का फ़ैसला कर लिया।

वह एस्मेराल्डा स्ट्रीट तक गयी और वहाँ से एक सफ़ेद बंडल लेकर लौटी। फिर, अपने पति को अपमानित करने के लिए, जो गुफ़ा के दरवाज़े पर अपमानपूर्वक खड़ा गीत गा रहा था, वो रसोई में गयी और मुझे और बदबूदार भगवान को अन्दर बुलाया। गुस्से से ज़र्द पड़ते हुए उसने मुझे हुक्म दिया—

'यह मेज़ बाहर ले जाओ, सिल्वियो।' उसकी आँखें पहले से ज़्यादा हरी लग रही थीं और उसके गालों पर दो लाल चकत्ते पड़ गये थे।

यह परवाह किये बगैर कि उस गीली और चिपचिपी रसोई में उसकी स्कर्ट की किनारी खराब हो जाएगी, वह झुकी और जो चीज़ें उठाना चाहती थी, उठा लीं।

खुद को तेल और चिकनाई के दागों से बचाते हुए मैं उस मेज़ को कमरे से बाहर ले गया। यह वो जगह थी जहाँ बदबूदार भगवान सारी बची-खुची चीज़ों से डायनों वाला खाना बनाता था।

वो औरत बोली—

'मेज़ को उल्टा रखो, ताकि इसकी टाँगें ऊपर की तरफ़ हों।'

मैं समझ गया कि वो क्या सोच रही थी। वो इसे एक ठेले में बदल देना चाहती थी।

मैं गलत नहीं था।

मेज़ के नीचे से मकड़ी के ढेर सारे जाले साफ़ करने के लिए बदबूदार भगवान ने झाड़ू का इस्तेमाल किया। मेज़ को एक कपड़े से साफ़ करने के बाद उस महिला ने उस पर वह सफ़ेद बंडल, प्लेटें, काँटे-छुरी से भरी हंडिया रख दी। प्राइमस स्टोव को मेज़ की एक टाँग से एक तार के साथ बाँध दिया, इस मेहनत से उसका मुँह लाल हो गया। लगभग पूरे हो गए इस काम का मुआयना करते हुए वो बोली—

'वह कुत्ता किसी नशे के अड्डे पर जाकर खाना खा सकता है।'

सारे सामान को लगा लेने के बाद बदबूदार भगवान टोपी पहने मेज़ पर झुका हुआ एक चौपाया जानवर-सा दिख रहा था और मैं, अपने नितम्बों पर हाथ रखे यह सोच रहा था कि डॉन गेतानो हमारे बहुत ही थोड़े मेहनताने का इन्तज़ाम कैसे करेगा।

'तुम आगे से सँभालो।'

शांत बदबूदार भगवान ने मेज़ को पकड़ा और मैंने भी।

'धीरे-धीरे,' वो औरत क्रूरतापूर्वक चिल्लाई।

डॉन गेतानो के पास से गुज़रते हुए हमने किताबों के एक ढेर को गिरा दिया।

'जाओ, जाओ, सूअर,' उसने कहा।

उस औरत ने अपने दाँत गुस्से में किटकिटाए।

'चोर!...कल जज आयेंगे।' दो धमकी भरी भाव मुद्राओं के बीच के विराम में हम लोग वहाँ से निकल लिए।

शाम के सात बजे थे और लावाल्लो स्ट्रीट अपनी बेबीलोन जैसी भव्यता का प्रदर्शन कर रही थी। खिड़कियों की काँच से देखा जा सकता था कि कैफ़े ग्राहकों से भरे हुए थे; थिएटर के प्रवेश द्वार पर बेफ़िक्र फ़ैशनेबल पुरुष इकट्ठे

थे; और कपड़ों की दुकानों की खिड़कियाँ—जिनमें से गिल्ट चढ़ी छड़ों पर लटकी स्टॉकिंग्स दिखाई दे रही थीं—और जेवरों की दुकानें, ऑर्थपेडिक स्टोर्स की खिड़कियाँ, सभी अपनी चमक-दमक से उन व्यापारियों की चालाकी दिखा रही थीं जो अपनी आकर्षक चीज़ों का दौलतमंदों की लोलुपता को आकर्षित करने के लिए इस्तेमाल करते हैं।

जहाँ से हम गुज़रते भीड़ किनारे हो जाती, क्योंकि वो उस गन्दगी से मैले नहीं होना चाहते थे, जिसे हम उठाये हुए थे।

शर्मिंदा होकर सोचने लगा कि मैं कितना हास्यास्पद लग रहा होऊँगा; इस बदकिस्मत स्थिति पर चाँद लगाने के लिए जो प्लेट्स और कटलरी हम ले जा रहे थे, वो खूब खड़क रही थीं, मानो मेरे अपमान की घोषणा कर रही हों। हमें देखने के लिए लोग रुक रहे थे और इस दृश्य का मज़ा ले रहे थे। मैंने किसी की तरफ़ नहीं देखा, मुझे बहुत अपमानित महसूस हो रहा था, उस मोटी महिला की तरह, जो हमारे आगे चल रही थी और हमारी गति को धीमा कर रही थी, मैं भी उन फब्तियों को झेल रहा था जो हमारी हालत पर की जा ही थीं।

बहुत-सी टैक्सियाँ हमारे साथ चल रही थीं, जिनके ड्राइवर अपनी सेवाएँ देने की पेशकश कर रहे थे, लेकिन सिनोरा, सबको अनसुना करके इस मेज़ के आगे-आगे आगे चल रही थी जिसके पैरों पर दुकानों की खिड़कियों से आने वाली रौशनी पड़ रही थी। आख़िरकार, उन ड्राइवरों ने हमारा पीछा करना बंद कर दिया।

कभी-कभी बदबूदार भगवान हरे स्कार्फ़ से अपना दाढ़ी वाला चेहरा उठा कर मेरी तरफ़ देखता। उसके गंदे गालों पर से पसीने की मोटी-मोटी बूँदें टपक रही थीं और उसकी उदास आँखों में कुत्तों जैसी हताशा नज़र आ रही थी।

हमने लावाल्ले प्लाज़ा में आराम किया। सिनोरा ने हमसे वो ठेला नीचे ज़मीन पर रखवाया और बहुत होशियारी से इसके भार को जाँचा, बंडल को दोबारा व्यवस्थित किया और उस हंडिया को भी अच्छे से बैठा दिया, उसके ढक्कन को बर्तन पोंछने वाले कपड़े के चार कोनों से अच्छी तरह बंद करके।

जूता पॉलिश करने वालों और अखबार बाँटने वाले लड़कों ने हमें घेर

लिया। एक पुलिसवाले की समझदार मौजूदगी ने हमें संभावित जटिलताओं से बचने में मदद की और हम फिर अपने रास्ते चल पड़े। डोना मारिया अपनी बहनों में से एक के घर जा रही थी, जो काल्लाओ और विअमोंते में रहती थी।

कभी-कभी वो अपना ज़र्द चेहरा घुमाती, मेरी तरफ़ देखती और बेरंग होंठों को एक हल्की मुस्कुराहट में घुमाते हुए कहती—

'सिल्वियो, क्या तुम थक गये हो?' उसकी मुस्कुराहट मेरी शर्मिंदगी को कम कर देती; उसकी निर्दयता के नज़ारे के बाद यह मुस्कुराहट लगभग दुलार के स्पर्श की तरह थी, जो मेरे दिल को खुश कर देती। 'क्या तुम थक गये हो, सिल्वियो?'

'नहीं, सिनोरा।' वो महिला उस मुस्कुराहट के साथ वापस मुँह घुमा लेती जो मुझे एनरीक इर्ज़ुबेता की मुस्कान याद दिला गयी, जब वह पुलिसवालों से बच गया था। वह फिर गुस्से में चलना जारी रखती।

अब हम सुनसान सड़कों से गुज़र रहे थे, जिनमें रौशनी भी ठीक से नहीं थी और सड़कों के किनारे पेड़-पौधे उगे हुए थे, ऊँची-ऊँची इमारतें थीं जिनका आगे का हिस्सा बहुत सुन्दर था और खिड़कियों पर भव्य परदे पड़े थे।

हम एक खुले कॉरिडोर से गुज़रे।

अँधेरे में एक युवक और युवती बात कर रहे थे; नारंगी रौशनी से भरे कमरे से पियानो का स्वर आ रहा था।

मेरा दिल ईर्ष्या और उदासी से संकुचित हो गया।

मैं सोचने लगा कि मैं कभी भी उन लोगों की तरह नहीं बन पाऊँगा... कभी भी एक खूबसूरत घर में नहीं रह पाऊँगा और न ही कभी मेरी एक अभिजातीय गर्लफ्रेंड होगी।

मेरा दिल जलन और उदासी से सिकुड़ सा गया।

'बस अब हम लगभग पहुँच ही गये हैं,' उस महिला ने कहा।

एक लम्बी साँस से हमारा सीना फूल गया।

जब डॉन गेतानो ने हमें वापस गुफ़ा में आते देखा तो अपनी बाँहें ऊपर आसमान की तरफ़ उठा कर ख़ुशी से चिल्लाया—

'चलो, होटल में खाना खाते हैं!...हे, डॉन मिगेल...तुम्हें अच्छा लगेगा क्या? हम बाद में वहाँ चलेंगे। दरवाज़ा बंद करो, दरवाज़ा बंद करो, गधे।'

एक शानदार बचकाना मुस्कुराहट से बदबूदार भगवान का चेहरा बदल सा गया।

कभी-कभी रात में मैं उस खूबसूरती के बारे में सोचता जिससे कवि दुनिया को हिला कर रख देते हैं और मेरा दिल दर्द से भर आता।

मैं उन पार्टियों के बारे में सोचता जिनमें वे जाते, शहर की पार्टियाँ, शहर के मशालों से रौशन पार्कों में पार्टियाँ, जिन मशालों की रौशनी एक बगीचे पर पड़ती सूरज की किरणों जितनी चमकदार होती और मेरी गरीबी मेरे हाथों से फिसल जाती।

मेरे पास दया, क्षमा माँगने के लिए शब्द नही हैं, मुझे मिल ही नहीं पाते।

एक उघड़े हुए घुटने की तरह मेरी आत्मा सुनसान और बदसूरत है। मैं एक ऐसी कविता की तलाश में हूँ जिसे मैं ढूँढ नहीं पाता, कविता, जो ऐसी देह ने गायी हो जिसमें अचानक हताशा घर कर गयी हो, जिसे हज़ारों विशाल मुँह मिल गये हों, हज़ारों चिल्लाते हुए होंठ।

बहुत दूर से आती आवाज़ें मेरे कानों तक पहुँचती हैं, चमकदार आतिशबाज़ी, लेकिन मैं यहाँ अकेला हूँ, मानो नौ खूँटियों ने मुझे मेरी दयनीय दुनिया से बाँध रखा हो।

~

तीसरी मंज़िल, अपार्टमेंट नम्बर 4, चर्कास 16,00—इस पते पर मुझे किताबों का पुलिंदा ले जाना था।

शानदार और कीमती अपार्टमेंट्स का यह समूह बहुत अजीब और अनूठा है।

बाहर से, गर्वीली और जटिल कंगनियों के वैभव के ज़रिये अपनी सुव्यवस्थित चित्र वल्लरी, बेंट ग्लास से सुरक्षित अपनी बड़ी-बड़ी खिड़कियों से सजे ये अपार्टमेंट्स गरीबों में समृद्धि और ताकत के एक जैसे परिष्कार पर विश्वास जगाते हैं; अन्दर से, उनके गहरे और सुनसान हॉलों का अँधेरा ऐसे किसी भी व्यक्ति को अन्दर तक शीतलता का एहसास दे सकता है जिसे विशाल कक्षों से भरा, खुला आसमान पसंद हो।

मैं दरबान के सामने आकर रुक गया, वह नीली वर्दी में खिलाड़ी जैसी देहयष्टि का आदमी था और स्वावलंबन के भाव से अखबार पढ़ रहा था।

उसने मुझे किसी डरावने द्वार संरक्षक की तरह सिर से पैर तक ध्यान से देखा; और फिर, इस नतीजे पर पहुँच कर खुश होते हुए कि मैं कोई चोर नहीं हूँ, उसने मुझे अन्दर जाने की अनुमति दे दी, एक ऐसी मेहरबानी के भाव के साथ जो उसकी सुनहरी किनारी वाली नीली कैप के कारण ही उसमें पैदा हो सकती थी। बस उसने इतना कहा—

'बायीं तरफ़ लिफ़्ट है।'

जब मैं लोहे के उस पिंजरे (लिफ़्ट) से बाहर निकला तो खुद को एक अँधेरे गलियारे में पाया जिसकी छत ज़रा नीची थी।

एक पॉलिश किये हुए लैम्प की मंद रौशनी चिकनी टाइल्स पर पड़ रही थी।

उस अपार्टमेंट का दरवाज़ा एक बगैर काँच का पैनल था जिसके छोटे ताँबे के ताले से वो किसी बहुत बड़े स्टील के सेफ़ का दरवाज़ा लग रहा था।

मैंने घंटी बजायी और काली वर्दी पर सफ़ेद एप्रन पहने एक नौकरानी मुझे एक कमरे में ले गयी जिसमें हल्के सुनहरे लिली के फूलों से सजे नीले कागज़ लगे थे।

बहुत महीन जाली से ढँके काँच से ऐसी साफ़ नीली रौशनी आ रही थी जैसी अस्पताल में होती है। एक पियानो, स्त्री स्पर्श से भरा माहौल, कांसा, गुलदान : मैंने सब कुछ देखा। अचानक बहुत नाजुक से इत्र की गंध से

एहसास हुआ कि वो आ रही है : एक साइड डोर खुला और मेरा सामना एक ऐसी महिला से हुआ जिसका चेहरा बच्चों सा था, उसके गालों पर बालों की छोटी-छोटी लटें झूल रही थीं और एक बगैर कन्धों वाला परिधान।

उसकी छोटी सफ़ेद और सुनहरी चप्पलें उसके चेरी के लाल रंग वाले मखमली जामे से ढँकी नहीं थीं।

'क्या बात है, फैनी?'

'श्रीमान के लिए कुछ किताबें...'

'क्या हमें इनका भुगतान करना है?'

'इनका भुगतान किया जा चुका है।'

'अच्छी बात है। इस लड़के को टिप दे दो।'

नौकरानी ने ट्रे में से कुछ सिक्के मुझे देने के लिए उठाये और मैंने कहा—

'मैं किसी से टिप नहीं लेता।'

नौकरानी ने गुस्से से हाथ वापस खींच लिया और उस गणिका ने मेरा भाव समझ लिया, मुझे लगा कि वो समझ गयी, क्योंकि उसने कहा—

'ठीक है, ठीक है, और तुम्हें यह मिलता है क्या?'

और इससे पहले कि मैं उससे दूर हो सकता, इससे पहले कि मैं इसके लिए पूरी तरह तैयार हो सकता, उस हँसती हुई महिला ने मुझे ठीक होंठों पर चूम लिया और फिर मैंने उसे एक छोटी सी लड़की की तरह हँसते हुए उस प्रच्छन्न दरवाज़े से गायब होते देखा।

~

बदबूदार भगवान जाग चुका है और तैयार होने की शुरुआत कर रहा है, यानी वो अपने जूते पहन रहा है। चारपाई के किनारे पर बैठा हुआ, वह अपने चारों तरफ़ एक ऊब भरे भाव से देखता है। एक बाजू बढ़ा कर वो अपनी हैट लेता

है, उसे अपने सिर पर कानों तक खींच कर पहन लेता है; फिर वह ढीले लाल मोजों से ढके अपने पैरों की तरफ़ देखता है और तब, अपनी छोटी उँगली को कान में डाल कर तेज़ी से घुमाता है, जिससे एक बुरी-सी आवाज़ होती है। फिर वो खुद को ठीकठाक करता है, जूते पहनता है; और वह उस छोटे से कमरे के दरवाज़े की तरफ़ जाता है, मुड़ता है, फ़र्श की तरफ़ देखता है, उसे वहाँ सिगार का बट मिल जाता है और वो उसे उठा लेता है, उस पर लगी धूल को फूँक मार कर हटाता है और उसे जला लेता है। फिर वह चला जाता है।

बालकनी की टाइल्स पर उसके पैर घिसटने की आवाज़ सुनता हूँ। आराम करता हूँ। सोचने लगता हूँ, नहीं, मैं सोचता नहीं हूँ, बल्कि मेरे भीतर एक मधुर स्मृति जागती है, एक कष्ट जो प्रेमी की अनिश्चितता से कहीं अधिक मधुर होता है। और मुझे वो स्त्री याद आती है जिसने मुझे बख्शीश के तौर पर एक चुम्बन दिया था।

एक अनजान-सी इच्छा मुझ पर हावी हो जाती है, धुँध जैसी अस्पष्ट, जो मेरे पूरे वजूद को भर देती है, इसे हल्का-फुल्का, व्यक्तित्वहीन बना देती है मानो इसे पंख लग गये हों। कुछ क्षणों के लिए, एक खुशबू, एक गौर वर्ण वक्ष की स्मृति मुझे चीर जाती है, और मैं जानता हूँ कि अगर फिर कभी मैं उसके करीब हुआ तो प्रेम से बेहोश हो जाऊँगा; मैं सोचता हूँ कि इस बात का मुझ पर कोई असर नहीं होगा कि मुझसे पहले कई पुरुष उसे पा चुके हैं और अगर मैं एक बार फिर उसके करीब हुआ उसी नीले कमरे में, तो मैं कालीन पर घुटनों के बल बैठ जाऊँगा और उसकी गोदी में अपना सिर रख दूँगा। उसे प्यार करने के लिए उसे पाने के आनंद में मैं बहुत सारी मधुर और लज्जाजनक बातें करूँगा।

और जैसे-जैसे मेरी इच्छा पाँव पसारती है, मैं अपने दिमाग में खाका खींचने लगता हूँ कि वो वेश्या खुद को आकर्षक बनाने के लिए किस तरह की वेशभूषा पहनेगी, वो सानुपातिक हैट जिनसे वो खुद को और भी मोहक बनाती है और मैं बिस्तर पर उसकी बगल में अपने होने की कल्पना करता हूँ, पूरी तरह नग्न होने से ज़्यादा बदतर अर्धनग्न अवस्था में।

और जैसे-जैसे मेरे अन्दर इस औरत के लिए, या किसी भी औरत के

लिए इच्छा बढ़ती है, मैं बार–बार अपने कामों का जायज़ा लेता हूँ और कल्पना करने लगता हूँ कि अपनी भव्यता और समृद्धि के साथ इस तरह का प्रेम मुझे कितनी ख़ुशी दे सकता था; मैं कल्पना करता हूँ उस स्पंदन और उत्तेजना की जो मुझे हर रोज़ महसूस होगी जब मैं अमीर हो जाने के बाद अपनी अर्धनग्न प्रेमिका की बगल में जागूँगा और बिस्तर के करीब बैठी वह अपनी स्टॉकिंग पहन रही होगी, जैसा कि मैंने कभी–कभी कुछ अश्लील पत्रिकाओं में देखा था।

और अचानक मेरा पूरा शरीर, गरीब आदमी की देह ईश्वर को पुकार उठी—

'हे भगवान, मेरी कभी कोई गर्लफ्रेंड उन अश्लील पत्रिकाओं वाली औरतों जितनी सुन्दर नहीं होगी!'

ऐसे ही लोगों से घिरे हुए जो अपने मुँह से लालच और गुस्से के शब्दों के अलावा कुछ भी नहीं उलटते थे, जितना वक्त मैं उस गुफ़ा में गुज़ारता उतना ही अरुचि और चिढ़ की एक भावना मेरे अन्दर घर करने लगी। उनके बदसूरत प्यालों में जो नफ़रत बहती थी उससे मैं भी दूषित होने लगा और कभी–कभी मुझे ऐसा लगता कि मेरी खोपड़ी के अन्दर एक लाल सी धुंध उठ रही है।

मेरी बाँहें एक भयानक थकान से बोझिल थीं। ऐसे मौके भी आते जब मैं लगातार दो दिन और दो रात सिर्फ़ सोना चाहता था। मुझे ऐसा महसूस होता मानो मेरी अंतरात्मा मैली होती जा रही है, मेरी आत्मा भी उस कोढ़ से दूषित हो गयी है जिससे ये लोग पीड़ित थे; एक कोढ़ जिसने मेरी आत्मा पर गहरी खोहें काट कर बना दी थीं। मेरी नसों में हताशा भरती जा रही थी और अपनी हड्डियों और त्वचा के बीच मुझे एक ऐसे दबाव का एहसास होने लगा जिसे मैंने पहले कभी महसूस नहीं किया था। पीड़ादायक अन्यमनस्कता में डूबे हुए मैं अपनी कड़ुवाहट में घंटों बिताता। एक दिन डोना मारिया ने गुस्से में मुझे शौचालय साफ़ करने का आदेश दिया क्योंकि वो बहुत खराब और घिनौनी हालत में था। मैंने चुपचाप आदेश का पालन किया। मेरा मानना है कि मैं किसी गूढ़ निष्कर्ष पर पहुँचने के लिए किसी प्रेरक की तलाश में था।

एक और रात को जब मैं जाने की तैयारी कर रहा था तो डॉन गेतानो ने

मज़ाक-मज़ाक में एक हाथ मेरे पेट पर रखा और एक सीने पर सिर्फ़ यह देखने के लिए कि कहीं मैं कोई किताब अपने शरीर के साथ छिपा कर तो नहीं ले जा रहा। मैं न तो गुस्सा हो सका न ही मुस्कुरा सका। चीज़ों को ऐसे ही होना था, हाँ, बिलकुल ऐसे ही, यह ज़रूरी था कि मेरा जीवन, वो जीवन जिसे एक औरत के पेट में दु:ख में नौ महीने तक पोसा गया, वो इन सभी ज़्यादतियों, अपमानों और पीड़ाओं का सामना करे।

इस वक्त तक मेरा बहरा होना शुरू हो चुका था। कुछ महीनों के लिए मेरी सुनने की क्षमता ख़त्म हो गयी—एक धारदार चुप्पी—चुप्पी भी एक चाकू का आकार ले सकती है—मेरे कानों में पड़ने वाली आवाज़ों को काटती रही।

मैंने सोचना बंद कर दिया। मेरी समझ कष्ट और शिकायत के एक कटोरे के आकार के गड्ढे से ज़्यादा कुछ नहीं थी जो दिन-पर-दिन गहरा होता जा रहा था। इस तरह से मेरी शिकायतें बढ़नी शुरू हुईं।

उन्होंने मुझे एक घंटी दी, गाय की गर्दन में बाँधने वाली घंटी। यह कितना हास्यास्पद था—मेरे जैसे बेवक़ूफ़ को इतना छोटा काम करते देखना।

जिस समय बाहर गली में सबसे ज़्यादा भीड़ होती, वे मुझे उस गुफ़ा के दरवाज़े पर गाय वाली घंटी के साथ बैठा देते और मैं लोगों का ध्यान अपनी तरफ़ खींचने के लिए, वो घंटी बजाता ताकि लोग मुड़कर मेरी तरफ़ देखें और जान सकें कि यह वो जगह है जहाँ किताबें, खूबसूरत किताबें बेची जाती हैं, जहाँ उदात्त कहानियाँ और खूबसूरत स्त्रियों की मशहूर कहानियाँ उस मक्कार से दिखने वाले पुरुष या उस मोटी और कांतिहीन औरत से खरीदी जा सकती हैं। और मैं गाय वाली घंटी बजाता रहता।

बहुत सी नज़रें मुझे धीरे-धीरे नंगा करतीं। मैंने ऐसी औरतों के चेहरे देखे जिन्हें मैं कभी भुला नहीं सकता। मैंने ऐसी मुस्कुराहटें देखीं जो आज भी आँखों में उपहास की तरह बसी हैं...

आह, सच तो यह है कि मैं थक गया था। मगर क्या यह लिखा हुआ नहीं है कि 'हमें अपनी रोज़ी-रोटी अपने खून पसीने से कमानी चाहिए?'

और मैं फ़र्श साफ़ करता, उन सुन्दर औरतों से अपने छोटे-छोटे पैर हटाने की गुज़ारिश करता ताकि मैं उस जगह को साफ़ कर सकूँ जहाँ वे खड़ी थीं। और मैं एक विशाल-सी बास्केट लेकर खरीदारी के लिए भी जाता; मैं छोटे-मोटे काम करने वाला नौकर था। मानता हूँ कि अगर वे मेरे चेहरे पर थूक भी देते तो मैं शांतिपूर्वक अपना हाथ पलट कर उससे थूक साफ़ कर लेता।

मुझ पर एक अँधेरा छाया हुआ था जो लगातार घना होता जा रहा था। मेरी स्मृति से वो चेहरे मिटने लगे जिनसे मैं शोकाकुल कर देने वाले प्रेम से जुड़ा था; मैंने कल्पना करना शुरू कर दिया कि मेरे दिन समय के विशाल प्रदेश के द्वारा अलग कर दिए गए हैं...। और मेरी आँखें इतनी शुष्क थीं कि मैं रो भी नहीं सकता था।

तब मैंने उन शब्दों को दोहराया जिनका मेरे जीवन में अब तक बहुत अस्पष्ट-सा मतलब था।

'तुम कष्ट भोगोगे,' मैंने खुद से कहा, 'तुम कष्ट भोगोगे...तुम कष्ट भोगोगे...तुम कष्ट भोगोगे...।'

'तुम कष्ट भोगोगे...। तुम कष्ट भोगोगे'

'तुम कष्ट भोगोगे...।' मेरे शब्द फीके पड़ने लगे।

इस तरह मैं उस नरक जैसे जाड़ों के दौरान थोड़ा और परिपक्व हो गया।

~

एक रात, जुलाई में जब डॉन गेतानो दरवाज़े पर मेटल शटर डाल रहे थे, डोना मारिया को याद आया कि वो कपड़ों का एक बंडल अन्दर ही भूल आई है, जो दोपहर को लॉन्ड्री से लाया गया था। इसलिए उसने कहा—

'बच्चे, सिल्वियो, चलो, हम उसे लेकर आते हैं।'

डॉन गेतानो ने दुकान की बत्तियाँ फिर जला दीं और मैं डोना मारिया के साथ अन्दर चला गया। मुझे अच्छी तरह याद है।

कपड़ों का वो पुलिंदा एक कुर्सी पर रसोई के बीच में पड़ा था। डोना

मारिया की पीठ मेरी तरफ़ थी और उसने बंडल को ऊपर लगी गाँठ को पकड़ कर उठाया। मैंने चारों तरफ़ देखा और ध्यान दिया कि अँगीठी में कुछ कोयले के टुकड़े अब भी सुलग रहे हैं। और एक बहुत छोटे क्षण में मैंने सोचा—

'चलो तुम भी...।' और बगैर किसी संकोच के मैंने एक कोयले का टुकड़ा उठाया और उसे कागज़ के एक ढेर की तरफ़ फेंक दिया जो किताबों से ठुँसे एक शेल्फ़ के साथ ही पड़ा था, जबकि डोना मारिया ने वहाँ से चलना शुरू कर दिया था।

फिर डॉन गेतानो ने फ़्यूज़ बॉक्स में ताला लगाया और हम लोग बाहर गली में निकल आये।

डोना मारिया ने ऊपर तारों भरे आसमान की तरफ़ देखा।

'सुन्दर रात है...। आज तो कड़ाके की ठण्ड होने वाली है...' मैंने भी ऊपर आसमान की तरफ़ देखा।

'हाँ, सुन्दर रात है।'

जब बदबूदार भगवान सो रहा था तो मैं अपने बिस्तर पर उठ बैठा, और रौशनी के उस गोल घेरे को देखता रहा जो खिड़की पर बने की-होल के ज़रिये बाहर से आ रहा था और दीवार पर चमक रहा था।

अँधेरे में मैं अपनी आज़ादी पर मुस्कुराया...आज़ाद...बेशक आज़ाद, चूँकि उस काम ने मुझे मर्दानगी का एक एहसास दिया था। मैंने सोचा...या यूँ कहें मैंने ख़ुशी के पलों को दोबारा याद किया।

'अब वक्त हो गया है उस वेश्या के लिए।'

वाइन के गिलास की तरह ताज़ा दोस्ती के एक एहसास ने मुझे आधी रात के वक्त पूरी दुनिया के साथ जोड़ दिया। उसने कहा—

'ये छोटी लड़कियों का वक्त है...कवियों का वक्त है...लेकिन मैं कितना बेतुका हूँ...लेकिन फिर भी मैं तुम्हारे छोटे पैरों को चूमूँगा। ज़िन्दगी, ज़िन्दगी, तुम कितनी हसीन हो, ज़िन्दगी...आह! लेकिन क्या तुम्हें याद नहीं? मैं वही

डिलीवरी बॉय हूँ...नौकर...हाँ...डॉन गेतानो का...और फिर भी...मैं इस पृथ्वी की सभी सबसे सुन्दर चीज़ों से प्यार करता हूँ...। मैं सजीला और हाज़िर जवाब होना चाहता हूँ...एक चमकदार वर्दी पहनना चाहता हूँ...चुप रहना चाहता हूँ... ज़िन्दगी, तुम कितनी हसीन हो, ज़िन्दगी...कितनी हसीन, हे ईश्वर, कितनी हसीन।'

हल्का-सा मुस्कुराने से मुझे एक ख़ुशी का एहसास हुआ। मैंने अपनी दो उँगलियों से अपने गालों को सहलाया। एस्मेराल्डा स्ट्रीट पर यहाँ गाड़ियों का जो शोर सुनाई दे रहा था, वो मानो ख़ुशी की एक कर्कश घोषणा जैसा था।

तब मैंने अपना सिर अपने कन्धों पर झुका लिया और आँखें बंद करके सोचने लगा—

'कौन-सा पेंटर उस सोते हुए नौकर की तस्वीर बना सकता है, जो अपनी नींद में मुस्कुरा रहा हो, क्योंकि उसने अपने मालिक की दुकान में आग लगा दी है?'

फिर धीरे-धीरे मेरी यह नशीली उत्तेजना कम हो गयी। इसकी जगह एक तर्कहीन गंभीरता ने ले ली, एक गंभीरता जिसे सार्वजनिक तौर पर दिखाया जाए तो उसे अच्छी रुचि का लक्षण समझा जाता है। और इस बेहूदा, पितृ सुलभ गंभीरता पर मेरा हँसने का मन हुआ। लेकिन चूँकि गंभीरता एक पाखंड है, और चूँकि अपने निजी क्षणों में अपनी अंतरात्मा की सुननी चाहिए, इसलिए मैंने खुद से कहा—

'तुम मुल्ज़िम हो...दुष्ट हो...आग भड़काने वाले हो। पूरी ज़िन्दगी के लिए तुम्हें इसका अफ़सोस रहेगा। पुलिस तुमसे पूछताछ करेगी, फिर अदालत और शैतान...कठघरे में खड़े कैदी...यह कोई मज़ाक नहीं है...तुम्हें यह बात समझ नहीं आती कि अब गंभीर होने की ज़रूरत है। तुम्हें पकड़ कर जेल में फेंक दिया जायेगा।'

गंभीरता के लिए अपने प्रयासों से मैं खुद आश्वस्त नहीं हो पाया। ये बहुत खाली लग रहे थे, खाली स्टॉल की तरह। न, मैं इस ढकोसले को गंभीरता से नहीं ले सकता था। और अब मैं एक आज़ाद व्यक्ति था और समाज को

इस आज़ादी से क्या लेना-देना? और अब मैं आज़ाद था, मैं जो चाहता कर सकता था...। अगर चाहूँ तो खुद को जान से मार भी सकता था...लेकिन यह कुछ बेतुका-सा था...। और मैं...मुझे कुछ बहुत गंभीर करने की ज़रूरत थी... बिलकुल गंभीर : जीवन से प्यार करने की। और मैंने दोहराया—

'हाँ, ज़िन्दगी...तुम हसीन हो। ज़िन्दगी...क्या तुम्हें यह मालूम है? अब से मैं इस पृथ्वी पर मौजूद हर सुन्दर चीज़ से प्रेम करूँगा...बेशक...मैं पेड़ों की पूजा करूँगा, मकानों की और आसमान की...और तुममें जो भी है उस हरेक चीज़ को मैं टूट कर चाहूँगा...और यह भी...मुझे बताओ ज़िन्दगी, क्या यह सच नहीं कि मैं एक बुद्धिमान और समझदार बच्चा हूँ? क्या तुम मुझ जैसे किसी और को जानती हो?'

फिर मैं सो गया।

सुबह किताबों की दुकान में प्रवेश करने वाला पहला व्यक्ति डॉन गेतानो था। मैं उसके पीछे-पीछे अन्दर गया। सब कुछ वैसा ही था जैसा हम छोड़ कर गये थे। पूरा माहौल सीलन से भरा था और पीछे की तरफ़ किताबों की चमड़े की जिल्द पर रोशनदान से धूप पड़ रही थी।

मैं रसोई में गया। कोयले का वो टुकड़ा बुझ गया था और पानी के उस छोटे से गढ़े में पड़ा था जो बदबूदार भगवान के प्लेट्स धोने की वजह से बन गया था।

वहाँ काम करने का वो मेरा आखिरी दिन था।

~

साफ़-सफ़ाई करने के बाद दरवाज़े बंद करके और शटर खोलकर मैं फिर बिस्तर में घुस गया क्योंकि ठण्ड बहुत थी।

दीवार पर सूरज की तिरछी किरणों से ईंटें लाल लग रही थीं।

दूसरे कमरे में मेरी माँ सिलाई कर रही थी और बहन पढ़ाई। मैं कुछ पढ़ने

के लिए उठा। पलंग के करीब कुर्सी पर ये किताबें रखी थीं—

लुइस डी वाल की *वर्जिन एंड मदर*, बाहिया द्वारा लिखित *इलेक्ट्रिकल इंजीनियरिंग* और नीत्शे की *एंटी क्राइस्ट*। *वर्जिन एंड मदर* चार खण्डों में थी और हर खंड में करीब 1,800 पन्ने थे। यह किताब मुझे एक पड़ोसी ने उधार दी थी जो कपड़े इस्तरी करता था।

आराम से बैठकर मैंने *वर्जिन एंड मदर* को लगभग उत्साहविहीन होकर देखा। ज़ाहिर था कि किसी भयावह कहानी को पढ़ने में मेरी दिलचस्पी फ़िलहाल नहीं थी सो, मैंने *इलेक्ट्रिकल इंजीनियरिंग* और नीत्शे की *एंटी क्राइस्ट* उठा कर आवर्ती चुम्बकीय क्षेत्रों के सिद्धांतों का अध्ययन करने का फ़ैसला किया।

मैं धीरे-धीरे और संतोष से पढ़ने लगा। जब मैंने बिजली के बहु चरणीय बहाव की जाती व्याख्या को समझ लिया, तो सोचा—

'सभी तरह के सौन्दर्य को समझने और उसे सराहने की काबिलियत शाश्वत बुद्धिमत्ता का संकेत है।' और मेरे कानों में फेरांती और सीमंस हल्सके के नाम सद्भावपूर्ण ढंग से गूँजने लगे।

मैंने सोचा—

'एक दिन मैं भी इंजीनियरों से भरे एक सम्मलेन में यह कह सकूँगा— "जी हाँ श्रीमान...सूरज से आते इलेक्ट्रो मैग्नेटिक प्रवाह का इस्तेमाल किया जा सकता है, उसे संघनित किया जा सकता है।" क्या बेवकूफ़ी है...पहले उन्हें संघनित करना होगा तब इस्तेमाल करना होगा! लानत है, सूरज के इलेक्ट्रो मैग्नेटिक प्रवाह को कैसे संघनित किया जा सकता है!'

अखबारों में प्रकाशित कई विज्ञान के पर्चों की बदौलत मैं जानता था कि बिजली का जादूगर टेस्ला सूर्य की किरणों को संघनित करने का विचार लेकर आया है।

और अँधेरा होने तक मैं इसी तरह के सपने देखता रहा। फिर मैंने दूसरे कमरे से आती रेबेका नैदथ की आवाज़ सुनी जो मेरी माँ की दोस्त थीं।

'हैलो, आप कैसी हैं फ्राउ द्रोडमन? मेरी छोटी बिटिया कैसी है?'

बातचीत सुनने के लिए मैंने अपना सिर किताब से उठाया।

सिनोरा रेबेका यहूदी थीं। वो तंगदिल थीं क्योंकि उनका शरीर भी छोटा था। वो सील मछली की तरह चलतीं और हर चीज़ को चील नज़र से जाँचतीं-परखतीं। मुझे उनसे नफ़रत थी चूँकि उन्होंने मेरे साथ कुछ बुरा बर्ताव किया था।

'क्या सिल्वियो है? मुझे उससे बात करनी है।' मैं अगले ही कमरे में था तो तुरंत ही—

'हैलो, आप कैसी हैं? क्या चल रहा है?'

'क्या तुम मैकेनिक्स के बारे में जानते हो?'

'बेशक...मैं थोड़ा बहुत जानता हूँ। ममा, क्या आपने इन्हें रिकाल्दोनी की चिट्ठी नहीं दिखाई?'

और यह सच भी था, रिकाल्दोनी ने मेरे उन कुछ मैकेनिकल जुगाड़ों की सराहना की थी जिन्हें मैंने अपने खाली वक्त में किया था।

'हाँ, मैंने देखा था। ये लो...,' उन्होंने एक अखबार आगे बढ़ाया और अपनी गन्दी उँगली से एक विज्ञापन की ओर इशारा किया। उन्होंने कहा—

'मेरे पति ने कहा है कि मैं आकर तुम्हें यह दिखाऊँ। इसे पढ़ लो।'

अपनी मुट्ठियाँ अपने नितम्बों पर रखते हुए उन्होंने अपना सीना आगे कर लिया। उन्होंने एक काला हैट पहना हुआ था जिसके जर्जर काले पंख बड़े शोकपूर्ण तरीके से आगे लटके हुए थे। उन्होंने अपनी काली आँखों से मुझे विडम्बनापूर्ण तरीके से परखा और बार-बार अपने एक हाथ को नितम्ब से हटा कर वह अपनी घुमावदार नाक खुजाती रहीं।

मैंने पढ़ा—

'विमान चालन यांत्रिकी के लिए प्रशिक्षु की आवश्यकता है। मिलिट्री एविएशन स्कूल से जानकारी लें।

—'पालोमार डे सासेरोस।'

'हाँ, अगर तुम ला पतेर्नल तक की ट्रेन लो और गार्ड को कह दो कि तुम्हें

ला पतेर्नल पर उतार दे तो वहाँ से तुम्हें 88 नंबर की बस लेनी होगी जो तुम्हें ऐेन दरवाज़े पर उतार देगी।'

'हाँ, तुम्हें आज जाना चाहिए, सिल्वियो, यह बेहतर होगा,' मेरी माँ ने उम्मीद से मुस्कुराते हुए कहा। 'नीली टाई पहनकर जाना। मैंने उसे इस्तरी कर दिया है और उसकी लाइनिंग भी ठीक कर दी है।'

मैं एक छलांग में अपने कमरे में वापस आ गया और अपना सूट पहनते हुए मैंने यहूदी रेबेका को अपने पति के साथ हुए झगड़े का ज़िक्र करते हुए, उसका रोना रोते हुए सुना।

'ओह, मैं क्या करूँ, फ्राउ द्रोडमन! वो दारू पीकर वापस आता है, बहुत ज़्यादा पीकर। मक्सिमितो वहाँ था नहीं; वो कुइल्मस के यहाँ रंग–रोगन की नौकरी के सिलसिले में गया था। मैं रसोई में थी, बाहर आई तो उसने मुझसे अपनी मुट्ठियाँ दिखाते हुए कहा—''खाना लेकर आओ, फ़ौरन...और वो तुम्हारा कमीना बेटा काम पर क्यों नहीं आया?'' क्या ज़िन्दगी है, फ्राउ, क्या ज़िन्दगी है...सो, मैं वापस रसोई में गई, गैस जलाई, फुर्ती से। मैंने सोचा कि अगर मक्सिमितो आ गया तो वाकई बड़ा झगड़ा हो जायेगा और मैं डर गयी थी, हे भगवान! तो मैं जल्दी से फ्राइंग पैन में मक्खन में भुनी कलेजी और अंडे ले आई क्योंकि उसे तेल बिलकुल पसंद नहीं है और तुम्हें उसको देखना चाहिए था, फ्राउ, अपनी आँखें चौड़ी करके और नाक चढ़ा कर वो बोला : ''कुतिया, ये सड़ा हुआ है,'' जबकि अंडे ताज़ा थे। क्या ज़िन्दगी है, फ्राउ, क्या ज़िन्दगी है...यहाँ तक कि वो सुन्दर सूप का बर्तन... तुम्हें याद है न फ्राउ? यहाँ तक कि वो सूप का बर्तन भी टूट गया। मैं डर गयी थी, इसलिए वहाँ से निकल आई और वो मेरे पीछे–पीछे आ गया, बोम, बोम, बोम,' अपनी छाती को मुट्ठियों से पीटते हुए...'कितना डरावना था और वो मुझ पर तमाम बातों के लिए चिल्ला रहा था, ऐसी, जो उसने पहले कभी नहीं कही थीं, फ्राउ, 'सूअर! मैं तुम्हारे खून से हाथ धोना चाहता हूँ!''

सिनोरा नैदथ ने लम्बी साँस ली।

मुझे उस औरत के दुःख दिलचस्प लग रहे थे। अपनी टाई बाँधते हुए मैं

मुस्कुराया और उसके विशाल पति की कल्पना करने लगा, काले-सफ़ेद खिचड़ी बालों और तोते की नाक वाला पोलिश पुरुष सिनोरा रेबेका पर चिल्लाता हुआ।

सिनोर जोसिआस नैदथ सोबिएस्की युगीन पोलैंड की सेना के कमांडर से ज़्यादा उदार था। अजीब आदमी था वो यहूदियों से बहुत ज़्यादा नफ़रत करता था और उसकी यहूदियों के लिए यह भौंडी घृणा उसकी विस्तृत अश्लील शब्दावली में झलकती थी। बेशक, यह किसी ख़ास व्यक्ति के प्रति नहीं बल्कि एक सामान्य नफ़रत थी।

पहले कई बार उसके दोस्तों ने उसका फ़ायदा उठाने के लिए उसे धोखा दिया था, लेकिन वो इस पर यकीन नहीं करना चाहता था और सिनोरा रेबेका की इच्छा के खिलाफ़ उसके घर में हमेशा कोई-न-कोई मोटा बेकार-सा दिखने वाला जर्मन अप्रवासी दुस्साहसी उसकी मेज़ पर सौएरक्रौत और सौसेजस भकोसते दिख ही जाता था, जो अपनी नीली भावहीन आँखें घुमा कर भावुकतापूर्ण ठहाके लगाता।

रंगसाज़ या संगतराश के तौर पर सिनोर नैदथ के संपर्कों का फ़ायदा उठा कर जब तक इन लोगों को कोई काम नहीं मिल जाता, यह यहूदी इनकी देखभाल करता। कभी-कभी ये लोग उसे लूट भी लेते; एक बार एक बदमाश ऐसा था जो रातोरात उस घर से गायब हो गया जिसकी ये लोग मरम्मत कर रहे थे और अपने साथ सीढ़ियाँ, तख्तियाँ और रंग के डिब्बे भी लेकर चलता बना।

जब सिनोर नैदथ को पता चला कि उनके द्वारा तैनात रात में रखवाली करने वाला शख्स इस तरह से भाग निकला है, तो उसकी चीखें-चिल्लाहटें आसमान को छूने लगीं। वो क्रोधित थोर (मिथकीय चरित्र) की तरह था, लेकिन वो कुछ करता नहीं था।

उसकी बीवी एक कंजूस और लालची यहूदी स्त्री का आदर्श नमूना थी।

मुझे याद है, जब मेरी बहन बहुत छोटी थी, वो एक दिन उनके घर चली गयी। वहाँ उसने एक आलूबुखारे से लदे पेड़ की खुलकर प्रशंसा की और यह समझने की बात ही थी कि वो इसका फल चखना चाहती थी, सो, उसने

सकुचाते हुए पूछा कि क्या वो उस पेड़ से एक आलूबुखारा तोड़ सकती है।

और सिनोरा नैदथ ने तो उसे झिड़क दिया—

'लड़की...अगर तुम आलूबुखारा खाना चाहती हो तो तुम बाज़ार से जितने चाहो उतने खरीद सकती हो।'

'थोड़ी चाय लें, सिनोरा नैदथ।'

और वो यहूदी स्त्री अपना रोना रोती रही—

'फिर वो मुझ पर चिल्लाया और सभी पड़ोसियों ने सुना, फ्राउ, "तुम, यहूदी कसाई, यहूदी सूअर की लड़की, हमेशा अपने बेटे को बचाती रहती हो।" मानो वो खुद यहूदी न हो, मानो मक्सिमितो उसका बेटा न हो।'

लेकिन वास्तव में, सिनोरा नैदथ और उसका भोंदू बेटा मक्सिमितो एक साथ मिलकर इस संगतराश से कपट करके पैसा ले लेते थे जिसे वो छोटी-मोटी भड़कीली चीज़ों पर खर्च करते; उनके छल के इस खेल को सिनोर नैदथ जानता था और उसे भड़काने के लिए इसका महज़ ज़िक्र करना ही काफ़ी था।

मक्सिमितो, जो इन हास्यास्पद झगड़ों की वजह था, अट्ठाईस साल का एक आवारा दुष्ट नौजवान था, जो अपने रंगसाज़ और यहूदी होने पर शर्मिंदा था।

एक कारीगर के तौर पर अपनी शर्मनाक हालत छिपाने के लिए, वो एक अमीर आदमी की तरह कपड़े, चश्मा पहनता और हर रात सोने से पहले अपने हाथों में ग्लिसरीन मलता।

उसकी धूर्त चालों के बारे में मैं कुछ दिलचस्प कहानियाँ जानता था।

एक बार उसने एक शराब घर के मालिक से चुपचाप वो पैसे ले लिए जो उसे उसके पिता को देने थे। वो बीस साल का था और उसे लगता था कि उसमें संगीत का हुनर है। इसलिए उसने उन सारे पैसों से एक सुन्दर सुनहरी पॉलिश चढ़ी हार्प (एक वाद्य यंत्र) खरीद ली। जब उसकी माँ ने बहुत पूछा तो उसने कह दिया कि एक साँझा लॉटरी में उसने कुछ पेसोस जीते थे और सिनोर नैदथ ने कुछ नहीं कहा, लेकिन उस हार्प को शक की नज़रों से देखता रहा। और वो

दोनों अपराधी ऐसे काँपते रहे मानो बहिश्त में जेहोवा की नज़र पड़ने पर आदम और हौवा काँप रहे हों।

दिन गुज़रते रहे। मक्सिमितो हार्प बजाता और वो बुज़ुर्ग यहूदी स्त्री इसका आनंद उठाती। इस तरह की चीज़ें होती ही हैं। सिनोरा रेबेका ने अपने दोस्तों को बताया कि मक्सिमितो बहुत होनहार हार्पिस्ट है, और लोग, जब उनके डाइनिंग रूम में कोने पर रखी हार्प देखते तो इससे सहमत हो जाते।

बहरहाल, अपनी उदारता के बावजूद, सिनोर जोसिअस कभी-कभी दुनियादार हो जाता था और जल्द ही उसे उस घोटाले का एहसास हो गया जिसके ज़रिये महामना मक्सिमितो एक हार्प के मालिक बन गये थे।

और इसलिए सिनोर नैदथ जो बहुत ताकतवर थे, इस स्थिति पर हावी हो गये और जैसा कि एक भजन रचयिता ने कहा है, उन्होंने बात कम की और मरम्मत ज़्यादा।

शनिवार का दिन था लेकिन सिनोर जोसिअस को मोज़ेज़ के उपदेशों की कोई परवाह न थी। प्राक्कथन के तौर पर उसने अपनी बीवी के नितम्बों पर दो लातें जड़ीं फिर उसने मक्सिमितो का कॉलर पकड़ कर उसे अच्छी तरह झाड़ा, उसे खींच कर बाहर गली में ले आया; और जहाँ तक उन पड़ोसियों का सवाल है जो बनियान में ही बाहर निकल आये थे और इस शोरगुल का लुत्फ़ उठा रहे थे, सिनोर नैदथ ने ऊपरी मंज़िल की खिड़की से उन पर हार्प दे मारी।

इससे सभी सम्बद्ध और चिंतित लोगों की ज़िन्दगी काफ़ी खुशनुमा हो गयी और यही वजह है कि लोग सिनोर नैदथ के बारे में कहने लगे, 'सिनोर नैदथ...वो भला आदमी है।'

मेरा सजना-संवरना पूरा हुआ और मैं बाहर निकल गया।

'तो, अलविदा, फ्राउ, अपने पति और मेक्सिमितो को मेरी तरफ़ से "हैलो" कहना।'

'क्या तुम इन्हें शुक्रिया नहीं कहोगे?' मेरी माँ ने बीच में टोका।

'मैंने पहले ही कह दिया था।'

उस हीब्रू औरत ने अपनी छोटी ईर्ष्यालु नज़रें मक्खन लगे ब्रेड स्लाइस से उठायीं और हल्के से अपना हाथ आगे बढ़ा दिया।

मैं देख सकता था कि वो पहले ही मुझे मेरे काम में असफलता मिलने की तमन्ना कर रही थी।

~

मैं जब पालोमर पहुँचा तो अँधेरा होने लगा था।

जब मैंने रास्ता पूछा तो एक बूढ़े आदमी ने जो स्टेशन की हरी बत्ती के नीचे एक पुलिंदे पर बैठ कर सिगरेट पी रहा था, परछाइयों के बीच से गुज़रते अँधेरे में रास्ते की तरफ़ हल्का-सा इशारा कर दिया।

मुझे एहसास हुआ कि मेरा वास्ता एक बिलकुल तटस्थ व्यक्ति से पड़ा था। मैं उसकी चुप्पी को कोसना नहीं चाहता था, हालाँकि मुझे रास्ते के बारे में अब उतना ही मालूम था जितना कि उससे पूछने से पहले मालूम था मैंने उसे शुक्रिया कहा और आगे चलने लगा।

उस बूढ़े आदमी ने मुझे पीछे से पुकारा—

'ओ बच्चे, तेरे पास दस सेन्टावोस हैं क्या?'

पहले मैंने सोचा कि उसे कुछ भी न दूँ, लेकिन फिर सोचा कि अगर भगवान है तो वह मुझे मेरे काम में मदद करेगा अगर मैं उस बूढ़े आदमी की मदद करूँ, हालाँकि अन्दर एक दबा-छिपा कष्ट हुआ लेकिन मैं उसके पास गया और उसे एक सिक्का दे दिया।

अब वो फटीचर आदमी कुछ ज़्यादा मुखर हुआ। वह अपने पुलिंदे से उठा और काँपते हुए बाज़ू से उसने अँधेरे में एक जगह की तरफ़ इशारा किया :

'देख बच्चे, आगे बढ़ते जाओ, सीधे चलते जाना और फिर तुम्हें बायीं तरफ़ ऑफ़िसर्स क्लब मिलेगा।'

सो मैं चलता रहा।

हवा यूकेलिप्टस की सूखी पत्तियों को उड़ा रही थी और पेड़ों के तने और टेलीग्राफ़ के ऊँचे तारों से टकरा कर चीखती हुई सीटी बजा रही थी।

कीचड़ भरे रास्ते को पार करके, बाड़ पर लगे एक तार के साथ-साथ अपना रास्ता देखते हुए और उस इलाके में जितनी जल्दी हो सकता था उतनी जल्दी चलते हुए मैं उस इमारत तक पहुँचा जिसकी तरफ़ बूढ़े आदमी ने इशारा करके बताया था कि वो क्लब है।

अनिश्चय की स्थिति में मैं रुक गया। क्या मुझे किसी को पुकारना चाहिए? रेलिंग के पीछे दरवाज़े के सामने कोई भी सिपाही निगरानी पर नहीं था।

मैं तीन सीढ़ियाँ चढ़ा और फिर बहादुरी से, या ऐसा मैंने सोचा, लकड़ी के एक संकरे गलियारे में आ गया—वो पूरी इमारत लकड़ी की ही बनी थी—और मैं आयताकार कमरे की चौखट पर आ पहुँचा जिसके बीचोबीच एक मेज़ पड़ी थी।

~

मेज़ के चारों तरफ़ तीन अफ़सर थे, एक अलमारी के पास रखे सोफ़े पर लेटा था, दूसरा अपनी कोहनियाँ मेज़ पर टिकाये बैठा था और तीसरा दीवार की टेक लिए अपने पैर ऊपर करके बैठा था। तीनों कुछ असम्बद्ध बातचीत कर रहे थे। उनके सामने अलग-अलग रंग की पाँच बोतलें रखी थीं।

'तुम क्या चाहते हो?'

'मैं तो यहाँ विज्ञापन की वजह से आया हूँ, श्रीमान।'

'खाली पद भरे जा चुके हैं।'

बदकिस्मती की कोई बात हो जाने के बाद जो स्थिरता आती है, उससे भरे हुए मैंने बहुत शांत स्वर में जवाब दिया—

'ओह, यह तो बुरा हुआ, मैं खुद एक आविष्कारक हूँ। यह जगह मेरे लिए बहुत अच्छी रहती।'

'और तुमने किस चीज़ का आविष्कार किया है? अन्दर आओ, बैठ जाओ,' सोफ़े पर लेटे हुए एक कैप्टन ने बैठकर कहा।

मैंने शांति से जवाब दिया—

'एक ऑटोमेटिक उल्का सिग्नल यंत्र और एक मशीन जो आपके आदेश पर प्रिंट करती है। मेरे पास भौतिक शास्त्री रिकाल्दोनी का प्रशंसापत्र भी है।'

इस बात से वो तीनों ऊबे हुए अफ़सर उत्सुक हो उठे। और मुझे एहसास हो गया कि मैंने उनका ध्यान अपनी तरफ़ खींच लिया है।

'ठीक है, बैठ जाओ,' उनमें से एक लेफ़्टिनेंट ने मुझे ऊपर से नीचे तक देखते हुए कहा। 'अपने आविष्कारों के बारे में हमें बताओ। फिर से बताना तो वे क्या आविष्कार थे?'

अपनी बाजुओं का सहारा लेकर मैं मेज़ पर झुका, मेरे खयाल से एक जाँच-पड़ताल करती हुई नज़र से मैंने माथे की सख्त रेखाओं और कौतुहल से भरी निगाहों वाले मौसम की मार खाए उन चेहरों को देखा, ये चेहरे उन आदमियों के थे जिन्हें दूसरे लोगों पर हुक्म चलाने की आदत थी, ऐसे चेहरे जो मुझे आधे उत्सुक और आधे विडम्बनापूर्ण भाव से देख रहे थे और ठीक उस क्षण में, बोलना शुरू करने से ठीक पहले मुझे अपनी पसंदीदा किताबों के नायक याद आये, खासतौर पर रोकाम्बोले; रबर की किनारी वाली कैप पहने और मुड़े हुए होंठों पर एक धूर्त मुस्कुराहट लिए रोकाम्बोले का चेहरा मेरी आँखों के सामने घूम गया, मुझे और विश्वास से पूर्ण और एक नायक जैसी मुद्रा धारण करने के लिए प्रेरित करता हुआ।

आश्वस्त होकर, इस निश्चितता के साथ कि मैं कोई गलती नहीं करूँगा, मैंने कहा—

'श्रीमान, आप जानते हैं कि सेलेनियम को जब प्रकाश में लाया जाता है तो यह एक संचालक धातु हो जाती है और अँधेरे में यह विसंवाहक हो जाता

है। सिग्नल करने वाला यंत्र और कुछ नहीं बल्कि इलेक्ट्रोमैग्नेट से जुड़ा एक सेलेनियम सैल है। जब एक उल्का सेलेनियम वाले अवयव से गुज़रती है तो उससे सिग्नल सक्रिय हो जाता है, उल्का के प्रकाश को एक अवतल लैंस के ज़रिये संकेंद्रित करने पर सेलेनियम एक संचालक में बदल जाता है।'

'बहुत अच्छे। और लिखने वाली मशीन?'

'उसका सिद्धांत कुछ इस तरह है। एक टेलीफ़ोन में ध्वनि को एक इलेक्ट्रोमैग्नेटिक तरंग में बदला जाता है। अगर हम हरेक स्वर और व्यंजन की इलेक्ट्रॉनिक सघनता को मापने के लिए एक स्पर्शी गैल्वनोमीटर का इस्तेमाल करें तो हम उन एम्पियर टर्न की गणना कर सकते हैं जिनकी हमें एक इलेक्ट्रॉनिक की-बोर्ड बनाने में ज़रूरत पड़ेगी जो हरेक ध्वनि की इलेक्ट्रिकल सघनता पर प्रतिक्रिया करेगा।

लेफ़्टिनेंट की त्योरियाँ कुछ और चढ़ गयीं।

'यह बुरा ख़याल नहीं है। लेकिन तुम उस कठिनाई के बारे में नहीं सोच रहे जो ऐसा इलेक्ट्रोमैग्नेटिक बनाने में आएगी जो बिजली के इतने सूक्ष्म बदलाव पर प्रतिक्रिया कर सके और फिर यह दिक्कत भी तो है कि इतनी तमाम तरह की आवाज़ें हैं, या शेष चुम्बकत्व; दूसरी समस्या, जो और भी गंभीर है, शायद सबसे मुश्किल, वो यह है कि तुम हर एक विद्युत प्रवाह को एक उचित इलेक्ट्रोमैग्नेटिक में कैसे प्रवाहित करोगे। लेकिन क्या तुम्हारे पास रिकाल्दोनी की चिट्ठी है?'

लेफ़्टिनेंट उस चिट्ठी पर झुका; बाद में उसने इस चिट्ठी को दूसरे अफ़सरों को दे दिया और मुझसे बोला—

'क्या तुमने देखा? जिन दिक्कतों पर मेरा ध्यान गया उनका ज़िक्र रिकाल्दोनी ने भी किया है। लेकिन सैद्धांतिक तौर पर तुम्हारा आईडिया अच्छा है। मैं रिकाल्दोनी को जानता हूँ। वो मेरे अध्यापक थे। वो बहुत गुणी हैं।'

'हाँ, कद में छोटे और मोटे, खासे मोटे।'

'क्या तुम वरमाउथ पीना चाहोगे?' उस अफ़सर ने मुस्कुराते हुए पेशकश की।

'बहुत शुक्रिया, सर। मैं पीता नहीं।'

'क्या तुम यांत्रिकी के बारे में कुछ जानते हो?'

'थोड़ा बहुत। शुद्ध गतिविज्ञान...गतिविज्ञान...भाप वाले इंजन, अंतर्दहन इंजन; कच्चे तेल का इंजन भी। मैंने रसायन शास्त्र और विस्फोटकों के बारे में भी पढ़ा है, जो कि बड़ा दिलचस्प विषय है।'

'हाँ, है तो। विस्फोटकों के बारे में तुम क्या जानते हो?'

'आप कुछ पूछ के देखिये,' मैंने मुस्कुराते हुए जवाब दिया।

'ठीक है। तो, फल्मिनेट्स क्या होते हैं?'

अब यह एक परीक्षा जैसा लगने लगा था और मैंने बुद्धिमानी से जवाब दिया—

'डिक्शनरी ऑफ़ एक्सप्लोसिव्स' में कैप्टन कन्दिल कहते हैं कि फल्मिनेट्स एक परिकल्पित एसिड हाइड्रोजन फल्मिनेट के धात्विक सॉल्ट होते हैं। वो परिशुद्ध भी हो सकते हैं और दोहरे भी।'

'ठीक है, ठीक है। मुझे दोहरे फल्मिनेट का कोई उदाहरण दो।'

'ताँबे के फल्मिनेट जो हरे दानों के रूप में उभरते हैं, जब एक परिशुद्ध फल्मिनेट सीसा पानी और ताँबे के साथ उबाला जाता है तो।'

'यह बच्चा तो काफ़ी कुछ जानता है। तुम कितने साल के हो?'

'सोलह साल, सर।'

'सोलह?'

'क्या आप सुन रहे हैं कैप्टन? इस बच्चे का भविष्य बहुत उज्जवल है। इसके बारे में कैप्टन मार्केज़ से बात करना कैसा रहेगा? अगर हम इसे नहीं ले सके तो हमारे लिए अफ़सोस की बात होगी।'

'हाँ, वाकई।' इंजीनियर दल का अफ़सर मेरी तरफ़ मुड़ा।

'ये सब लेकिन तुमने पढ़ा कहाँ है?'

'हर जगह, सर। मुझे नहीं मालूम, मैं बाहर सड़क पर जाता हूँ और अगर किसी वर्कशॉप में कोई ऐसी मशीन देखता हूँ जिसके बारे में मैं कुछ नहीं जानता तो मैं रुक जाता हूँ और मैं उसके अलग-अलग पार्ट्स को देखता हूँ कि यह पार्ट किस तरह काम करता होगा...और ये पार्ट ऐसे काम करता होगा। और जब मैं अपने निष्कर्षों पर पहुँच जाता हूँ तो मैं उस दुकान या कार्यशाला के अन्दर जाकर पूछता हूँ। और यकीन मानिए, मैं बहुत कम बार ही गलत होता हूँ। और मेरे पास एक अच्छी लाइब्रेरी भी है। जब मैं मैकेनिक्स नहीं पढ़ रहा होता तो मैं साहित्य पढ़ता हूँ।'

'क्या?' उस कैप्टन ने बीच में ही टोका। 'साहित्य भी?'

'जी सर। और मेरे पास बेहतरीन लेखकों की किताबें हैं—बौदेलेयर, दोस्तोयव्स्की, बरोजा।'

'यार, ये अराजकतावादी तो नहीं है, क्यों?'

'नहीं, सर। मैं अराजकतावादी नहीं हूँ। लेकिन मुझे पढ़ना और उस पर चिंतन करना अच्छा लगता है।'

'और तुम्हारे पिता इस सबके बारे में क्या सोचते हैं?'

'जब मैं बहुत छोटा था तो मेरे पिता ने ख़ुदकुशी कर ली थी।'

वे सब अचानक चुप हो गये। उन तीनों अफ़सरों ने एक-दूसरे को देखा और फिर मुझे।

बाहर से तेज़ हवा की सरसराहट सुनाई दे रही थी और मेरे माथे पर पड़ी शिकन और भी गहरी हो गयी।

कैप्टन खड़ा हो गया और मैं भी।

'देखो यार, मुबारक हो। कल आना। मैं आज रात कैप्टन मार्केज़ से बात करने की कोशिश करूँगा, क्योंकि तुम्हें एक मौका मिलना चाहिए। अर्जेंटीना की सेना को इसी बात की ज़रूरत है, ऐसे बच्चों की जो पढ़ना चाहते हैं।'

'शुक्रिया, सर।'

'कल अगर तुम आना चाहो, तो तुमसे मिलकर मुझे ख़ुशी होगी। आकर

कैप्टन बोस्सी के बारे में पूछना।'

ख़ुशी से लबालब मैं वहाँ से निकल आया।

अब मेरे अन्दर बार-बार गूँज रही साहस की भावना के साथ मैं उन अँधेरे सायों से गुज़रा और उस बाड़ को फाँद गया।

अब मुझे बहुत तेज़ी से यह महसूस होने लगा कि मेरा अस्तित्व किसी भव्य नियति को पूरा करने के लिए है। मैं एडिसन की तरह एक इंजीनियर हो सकता था, नेपोलियन की तरह एक सेना का जनरल, बौदेलेयर की तरह एक कवि या रोकाम्बोले की तरह एक गुणी दानव बन सकता था।

मैं अब सातवें आसमान पर था, क्योंकि बड़े और वयस्क लोगों ने मेरी तारीफ़ की थी। मैं ख़ुशी से इतना सराबोर हो गया कि रात भर उत्तेजना में मेरा दिल ज़ोर-ज़ोर से धड़कता रहा और मुझे लगा कि ख़ुशी मुझे अपने कन्धों पर उठा कर पूरी दुनिया में घुमा रही है, युवावस्था के प्रतीक की तरह।

~

मेरे ख़याल से उन्होंने विमान यांत्रिकी के अध्ययन के लिए दो सौ प्रार्थियों में से तीस प्रशिक्षु चुने थे।

बहुत धुँधली-सी सुबह थी। दूर तक ऊबड़-खाबड़ मैदान फैला था। इस मैदान में फैली धूसर और हरे रंग की एकरसता में से एक अनाम सी सज़ा का एहसास हो रहा था।

एक सार्जेंट के साथ हम एक बंद विमान शाला के पास से गुज़रे और बैरक में जाकर हमने लबादे पहन लिए।

बूँदाबाँदी हो रही थी लेकिन इसके बावजूद हमें व्यायाम करने के लिए कैंटीन के पीछे वाले मैदान में ले जाया गया जहाँ झाड़झंखाड़ उगे हुए थे।

ये सब मुश्किल नहीं था। चूँकि मैं उस एक आवाज़ के सारे आदेशों का पालन कर रहा था इसलिए मैंने उस मैदान के तटस्थ विस्तार को अपने भीतर

समेट लिया। अब मेरा शरीर पूरी तरह सम्मोहित हो मुझसे आज़ाद होकर सभी कठिन काम करने लगा।

मैंने सोचा—

'अगर वो मुझे अब देखती, तो क्या सोचती?'

मधुरता से, चाँदनी से रौशन दीवार पर एक साए की तरह, मैं उन सभी बातों के बारे में सोचता जो उससे जुड़ी थीं और दूर धुँधलके में मुझे पहाड़ी पीपल के करीब एक याचना करती लड़की की स्थिर छवि दिखाई दी।

'रंगरूट, कुछ चुस्ती दिखाओ,' सेना का नायक मुझ पर चिल्लाया।

जब भोजन का वक्त हुआ जो कीचड़ में से छप-छप करते हुए हम लोग बदबूदार और छोटे से भोजनालय तक गये। चूल्हे में लगी कच्ची लकड़ी धुआँ कर रही थी। हम लोग एक साथ खड़े हो गये और अपनी-अपनी टिन की थाली रसोइये के आगे बढ़ा दी। रसोइये ने एक पतीले में करछुल से तो दूसरे में चमचा डाल कर खाना निकाला फिर हम एक कोने में चले गये और जल्दी-जल्दी खाना खाने लगे।

खाना खाते हुए मुझे डॉन गेतानो और वो निर्दयी औरत याद आये। और हालाँकि उनका कोई वजूद नहीं था, मुझे मेरे बीते हुए कल और काँपते हुए वर्तमान के बीच समय का लम्बा अंतराल महसूस हुआ।

मैं सोचने लगा—

'अब जबकि सब कुछ बदल गया है, इतनी बड़ी-सी इस वर्दी में मैं कौन हूँ?'

बैरेक्स की बगल में बैठा हुआ मैं जब-तब पड़ती बारिश की फुहार को देखता रहा और अपनी थाली को घुटनों पर रख कर क्षितिज को निहारता रहा। क्षितिज जगह-जगह से टूटा हुआ लग रहा था और धातु के एक फीते की तरह चिकना था। बादलों से घिरा क्षितिज इतनी निर्दयतापूर्वक उत्तेजित लग रहा था कि जहाँ से ये ज़मीन को छू रहा था, वह ऐसा लगता था मानो मेरी हड्डियों को चीर गयी हो।

सीढ़ियों पर बैठे कुछ प्रशिक्षु हँस रहे थे और कुछ पानी के कुंड में झुके पैर धो रहे थे।

मैंने खुद से कहा—'ज़िन्दगी इसी तरह की होती है, जो बीत गया है, हमेशा उसकी शिकायत करती हुई।' पानी की धार बहुत धीरे-धीरे नीचे गिरती है। ज़िन्दगी कुछ ऐसी ही थी। अपने विचारों के प्रवाह को आज़ाद करने के लिए मैं थाली ज़मीन पर छोड़कर उठ खड़ा हुआ।

क्या मैं कभी अपनी भयावह सामाजिक स्थिति से निकल पाऊँगा, क्या मैं कभी एक जेंटलमैन बन पाऊँगा, एक ऐसा व्यक्ति जो कभी नौकरी ढूँढने नहीं निकलेगा?

पास से एक लेफ़्टिनेंट गुज़रा और मैं अटेंशन की मुद्रा में खड़ा हो गया... फिर मैं एक कोने में दुबक गया और जो खाना मैंने खाया था, उससे मैं और भारी-सा महसूस करने लगा।

भविष्य में, क्या मैं भी उन लोगों में से एक होऊँगा जो गंदे कॉलर वाली रफ़ू की गयीं कमीज़ें पहनते हैं, बड़े-बड़े जूते और लाल सूट पहनते हैं और बहुत ज़्यादा चलने से घर-घर जाकर काम की तलाश करते हुए मेरे पैर में भी छाले पड़ जायेंगे?

मेरी आत्मा काँप उठी, मुझे क्या करना चाहिए, मैं सफल होने के लिए पैसा कमाने के लिए, खूब पैसा कमाने के लिए क्या कर सकता हूँ। मुझे रास्ते पर पड़ा दस हज़ार पेसोस से भरा पर्स तो मिलने वाला नहीं था। फिर क्या करूँ। मैं नहीं जानता था कि मैं किसी को मार सकता हूँ या नहीं। काश, मेरा कोई अमीर रिश्तेदार होता जिसे मार कर मैं उसकी जायदाद का वारिस बन जाता। लेकिन मैं यह समझता था कि मैं उस कंजूस और कंगाल जीवन से कभी संतोष नहीं कर सकता था जिसे ज़्यादातर पुरुष स्वाभाविक रूप से झेल लेते हैं।

अचानक मेरे सामने, मेरे अंतर्मन में यह साफ़ हो गया कि श्रेष्ठता की यह इच्छा अब तक मेरे साथ रही है, मुझे आगे ले जाएगी और मैंने खुद से कहा—

'अगर मेरे पास कभी अच्छा सूट नहीं हुआ, कभी पैसे नहीं हुए, कुछ भी

नहीं हुआ तो भी मुझे फ़िक्र नहीं।' मैंने लगभग शर्मिंदा होते हुए खुद से यह स्वीकार किया, 'मैं चाहता हूँ कि लोग मेरी प्रशंसा करें, मेरी इज़्ज़त करें। चाहे मैं एक लुच्चा ही रहूँ, मुझे परवाह नहीं...मुझे बिलकुल परवाह नहीं...लेकिन यह मामूली ज़िन्दगी...मर जाने के बाद भुला दिया जाना...यह तो भयावह है। ओह, काश मेरे आविष्कार सफल हो जाएँ! लेकिन एक दिन मैं मर जाऊँगा और ट्रेनें फिर भी चलती रहेंगी और लोग हमेशा की तरह थिएटर जाते रहेंगे और मैं मर जाऊँगा, हमेशा के लिए।

एक कँपकँपी से मेरी बाँहों के रोंगटे खड़े हो गये। एक ऐसे क्षितिज के बरक्स जहाँ बादल जहाज़ों की तरह चल रहे थे, शाश्वत मृत्यु के इस दृढ़ विश्वास से मैं दहल गया। पूरी तरह से विह्वल होकर, हाथ में थाली लिए मैं अपने बैरक की तरफ़ चल पड़ा।

ओह, काश, मैं कोई ऐसा तरीका पा सकता, जिससे मैं कभी नहीं मरता, या सिर्फ़ पाँच सौ साल तक तो ज़िन्दा रह पाता।

सेना नायक जो हमसे कदम ताल करवा रहा था, उसने मुझे पुकारा—

'द्रोडमन, कैप्टन मार्केज़ तुमसे मिलना चाहते हैं।'

'जी, बिलकुल अभी, कारपोरल।'

अभ्यास के दौरान एक सार्जेंट के माध्यम से मैंने कैप्टन मार्केज़ से बात करने की इजाज़त माँगी थी, उस ट्रेंच मोर्टार के बारे में जिसके बारे में मैंने सोचा था और जिससे ऐसे गोले छोड़े जा सकते थे जो सामान्य बम के गोलों से अधिक विनाश कर सकते थे।

चूँकि वो मेरी काबिलियत के बारे में जानते थे इसलिए कैप्टन मार्केज़ मेरी बात सुनने के आदी थे। और जब मैं उनके ब्लैक बोर्ड पर अपनी योजना का खाका खींच रहा होता तो अपने चश्मे से वो मेरी तरफ़ एक मुस्कुराहट के साथ देखते जिसमें थोड़ी-सी उत्सुकता होती, हल्का-सा उपहास और ज़रा-सा दुलार भी।

मैंने बर्तन धोने वाले बेसिन में अपनी थाली रखी और जल्दी-जल्दी

अफ़सरों के क्वार्टर्स की तरफ़ चल पड़ा।

मैं अब उनके कमरे में था। दीवार के साथ ही एक कैंप बेड रखा था और एक किताबों का शेल्फ़ जिसमें कुछ पत्रिकाएँ रखी थीं और सैन्य विज्ञान पर कुछ पाठ्य पुस्तकें। दीवार पर कीलों के सहारे एक ब्लैक बोर्ड लटका था और उसके साथ ही एक कोने में चॉक का डिब्बा भी।

कैप्टन ने मुझसे कहा—

'चलो, देखते हैं तुम्हारी ट्रेंच तोप कैसी लगती है, इसे ड्रॉ करके दिखाओ।'

मैंने चॉक का एक टुकड़ा उठाया और एक स्कैच बना दिया।

मैंने अपना भाषण शुरू किया।

'आप जानते हैं कि बड़ी क्षमता वाले हथियारों की दो सबसे बड़ी कमज़ोरियाँ होती हैं।'

कैप्टन : उनका वज़न और उनका आकार।'

'हाँ, और...'

'तो मैंने इस तरह की तोप के बारे में सोचा है—एक बड़ी क्षमता वाले तोप के गोले के बीच में एक छेद बना हो और उसे तोप की नली में डालने की बजाय उसे धातु की एक छड़ी में डाला जाए जैसे किसी उँगली में अँगूठी और उसे वहाँ तक फिसलने दिया जाए जहाँ उसमें आग लगाने वाला विस्फोटक रखा गया हो। मेरी प्रणाली का फ़ायदा यह है कि तोप को भारी बनाए बगैर उसमें डाले जाने वाले गोले और उसे चार्ज करने वाले विस्फोटक की क्षमता काफ़ी बढ़ाई जा सकती है।'

'मैं समझ रहा हूँ...ठीक है...लेकिन तुम्हें यह याद रखना होगा; तोप की मोटाई, उसकी परिधि और लम्बाई तोप के गोले की क्षमता के आधार पर और उस गोले में जितनी बारूद का इस्तेमाल होता है, उसके हिसाब से निश्चित की जाती है। मेरे कहने का मतलब यह है कि जिस तरह बारूद सुलगती है, उसी के हिसाब से गोला विस्फोट से पैदा हुई गैसों द्वारा ठेले जाने से तोप के बैरल के अन्दर घूमता है, ताकि जब गोला तोप के मुहाने तक पहुँचे, तो विस्फोटक

से पैदा हुआ प्रेरक बल अपने चरम पर हो। लेकिन तुम्हारा विचार ठीक इसके उलट है। विस्फोट होता है और गोला छड़ी के ऊपर तक आएगा और गैसें, गोले को आगे धकेलने की बजाय हवा में बिखर जायेंगी, इसका मतलब यह हुआ कि अगर उस विस्फोट को पूरे एक सेकेंड तक नियंत्रित रखना है, तो आपको नियंत्रण करने की इस अवधि को लगभग सेकेंड के दसवें हिस्से तक घटाना होगा, या फिर सेकेंड के हज़ारवें हिस्से तक ये सब कुछ बहुत उल्टा-पुल्टा है। गोले की परिधि जितनी बड़ी होगी, उसे उतने ही प्रतिरोध को भी काबू करना पड़ेगा, बशर्ते कि तुमने प्रक्षेप का नया रूप न तैयार कर लिया हो, जो कि मुश्किल काम है,' यह कहते हुए उसने अपनी बात पूरी की—

तुम्हें पढ़ना पड़ेगा, बहुत पढ़ना पड़ेगा, अगर तुम कुछ बनना चाहते हो।'

और मैंने सोचा, हालाँकि मैंने कहा नहीं—

'मैं कैसे पढ़ सकता हूँ जबकि मुझे रोज़ी-रोटी कमाने के लिए पहले कोई काम सीखना ज़रूरी है?'

वो बोलता रहा—

'तुमने काफ़ी गणित पढ़ा है; तुममें कमी है तो एक आधार की। तुम्हें अपने विचारों को अनुशासित करना होगा, छोटी-छोटी व्यावहारिक बातों का अध्ययन करना होगा और तब हो सकता है कि तुम्हें अपने आइडियाज़ में कुछ सफलता मिलनी शुरू हो।'

'क्या आपको वाकई ऐसा लगता है, सर?'

'हाँ, अस्तिएर। बेशक तुम्हारे पास प्रतिभा है, लेकिन तुम्हें और अध्ययन करना होगा, तुम्हें लगता है कि अगर तुम अपने दिमाग में किसी चीज़ का खाका बना लेते हो तो तुम्हारा काम ख़त्म हो जाता है, जबकि सोचना तो महज़ किसी चीज़ की शुरुआत होती है।'

और मैं उस कमरे से बाहर निकल आया, उस व्यक्ति के प्रति कृतज्ञता से भर कर जो गंभीर था और उदास भी और जो इतना भला था कि सैन्य अनुशासन के बावजूद मुझे प्रोत्साहित करता था।

मिलिट्री एविएशन अकादमी में मेरे चौथे दिन की दोपहर में दो बजे का वक्त था।

मैं लाल बाल वाले लड़के के साथ 'मेट' (कॉफ़ी की तरह का एक पेय) पी रहा था और वो मुझे बहुत उत्साह से अपने जर्मन पिता के उस छोटे से फ़ॉर्म के बारे में बता रहा था जो अज़ुल की बाहरी सीमा पर था।

लाल बाल वाला लड़का रोटी से भरे हुए मुँह से बोला—

'हम सर्दियों में घर के लिए हर साल तीन सूअर मारते हैं बाकी हम बेच देते हैं। तो एक दिन दोपहर को मैं घर के अन्दर ब्रेड का एक टुकड़ा लेने गया। फिर मैं बाहर की तरफ़ आया...'

'द्रोडमन, इधर आओ!' एक सार्जेंट ने मुझे चिल्ला कर बुलाया।

वह बैरेक्स के सामने खड़ा था और असामान्य गंभीरता से मुझे देख रहा था।

'सर।'

'अपनी सिविल ड्रैस पहनो और अपनी वर्दी वापस कर दो। तुम यहाँ से बाहर जा रहे हो।'

'बाहर?'

'हाँ, तुम्हें बाहर किया जाता है।'

'बाहर, सर?' मेरी आवाज़ काँपी।

उस अफ़सर ने मेरी तरफ़ दया भरी नज़रों से देखा। वो देसी आदमी था और कुछ ही रोज़ पहले उसे पंख लगे थे।

'लेकिन मैंने कुछ गलत नहीं किया है और आप ये जानते हैं।'

'बेशक मैं जानता हूँ...लेकिन मैं कर भी क्या सकता हूँ? कैप्टन मार्केज़ ने खुद यह ऑर्डर दिया है।'

कैप्टन मार्केज़? लेकिन यह तो पागलपन है...कैप्टन मार्केज़ ने ऐसा

ऑर्डर नहीं दिया होगा...ज़रूर कोई गलती हुई है।'

'उन्होंने मुझे यही नाम बताया, सिल्वियो द्रोडमन अस्तिएर। तुम्हारे अलावा यहाँ और किसी का यह नाम नहीं है। मुझे तो नहीं लगता। कोई है क्या इस नाम का? तो फिर तुम ही होगे। इसे किसी और तरीके से नहीं देखा जा सकता।'

'लेकिन सर, यह तो नाइंसाफ़ी है।'

उसने अपनी त्योरियाँ चढ़ा लीं और धीमी आवाज़ में बोला :

'तो तुम क्या चाहते हो, इसमें मैं क्या करूँ? बेशक यह ठीक नहीं है। मुझे लगता है...नहीं, नहीं, मुझे नहीं पता...कोई है...जिसे कैप्टन किसी-न-किसी तरह फिट करना चाहता है...मुझे तो उन्होंने यही बताया...पता नहीं यह सच है या नहीं...लेकिन चूँकि तुम्हारे दल ने अभी तक कॉन्ट्रैक्ट पर दस्तखत नहीं किये हैं, इसलिए वे जब चाहें जिसे चाहें, निकाल सकते हैं...अगर कॉन्ट्रैक्ट पर दस्तखत हो गये होते तो वे कुछ भी नहीं कर सकते थे, लेकिन क्योंकि कोई भी चीज़ कागज़ पर लिखत तो है नहीं, इसलिए तुम्हें यह झेलना पड़ेगा।'

मैंने गिड़गिड़ाते हुए कहा—

'आपका क्या सर, क्या आप कुछ नहीं कर सकते... ?'

'तुम क्या चाहते हो, मैं क्या करूँ, यार...मैं क्या करूँ। मैं भी इसी नाव में सवार हूँ; यहाँ यही सब चलता है।'

उस आदमी को मुझ पर दया आ रही थी।

मैंने उसका शुक्रिया अदा किया और आँखों में आँसू लिए वहाँ से चल दिया।

'यह ऑर्डर कैप्टन मार्केज़ के यहाँ से ही आया है।'

'और उनसे मिलना नामुमकिन है?'

'कैप्टन कमरे में नहीं हैं।'

'और कैप्टन बोस्सी?'

‘कैप्टन बोस्सी भी नहीं हैं।’

सड़क पर लगे यूकेलिप्टस के तनों को जाड़े के सूरज ने एक उदास लाल रंग में रंग दिया था।

मैं स्टेशन की तरफ़ वापस जा रहा था।

अचानक मेरी निगाह रास्ते पर आ रहे स्कूल के निदेशक पर पड़ी। वो गोल-मटोल से व्यक्ति थे, उनके गाल किसी खेतिहर मज़दूर की तरह लाल थे। हवा उनके कंधे पर पड़े कपड़े को उड़ा रही थी और वे कुछ कागज़ों को उलट-पलट रहे थे और उन अफ़सरों को निर्देश दे रहे थे जो उनके इर्द-गिर्द खड़े थे।

उन्हें किसी ने ज़रूर बता दिया होगा कि क्या हुआ है क्योंकि लेफ़्टिनेंट जनरल ने कागज़ों से अपना सिर उठाया, मुझे देखने के लिए नज़रें दौड़ायीं और जब मुझे देख लिया तो खिजला कर चिल्लाया—

‘सुनो, लड़के, कैप्टन मार्केज़ ने मुझे तुम्हारे बारे में बताया था। तुम्हें एक टेक्निकल संस्थान में होना चाहिए। हमें यहाँ अक्लमंद लोगों की ज़रूरत नहीं, सिर्फ़ काम के लिए मज़बूत लोग चाहिए।’

अब मैं अपने मन में यही चिल्लाहट की गूँज लिए ब्यूनो आयर्स की गलियों से गुज़र रहा था।

‘और जब माँ को पता चलेगा तो!’ न चाहते हुए भी मैं कल्पना करने लगा कि वो थकी आवाज़ में कहेंगी—

‘सिल्वियो, हम पर दया करो...तुम काम नहीं करते...। तुम कुछ करना ही नहीं चाहते। इन जूतों को देखो जो मैं पहने हूँ, लीला की ड्रैस को देखो। सब तरफ़ पैबंद लगे हैं, तुम क्या सोच रहे हो, सिल्वियो, काम न करके?’

मुझे मेरा माथा ऐसा गर्म लगने लगा मानो मुझे बुखार हो; मुझे अपने ही पसीने की गंध आई, मुझे लगा कि मेरा चेहरा दुःख से विकृत हो गया है, एक गहरे कोलाहल भरे दुःख से। मैं अन्यमनस्क सा चल रहा था, मुझे यह भी नहीं मालूम था कि मैं कहाँ जा रहा हूँ। कभी-कभी मेरी नसों में गुस्सा दौड़ जाता। मैं चिल्लाना चाहता था। इस बहरे कर देने वाले डरावने शहर से लड़ना चाहता

था...और अचानक मेरे भीतर हर चीज़ टूट जाती...हर चीज़ मुझे मेरे बिलकुल नाकारा होने की घोषणा करती...

'मेरा क्या होगा?'

इस पल मेरा शरीर मेरी आत्मा पर इस तरह भारी था, मानो पूरी तरह भीगा हुआ और मेरे नाप से बहुत बड़ा एक सूट हो।

अब मैं जब घर जाऊँगा तो हो सकता है, ममा कुछ न कहें। वो पूरे समर्पण की मुद्रा में पीला संदूक खोलेंगी, उसमें से गद्दा निकालेंगी और बिस्तर पर साफ़ चादर बिछायेंगी और कुछ नहीं कहेंगी। लीला, चुपचाप, तिरस्कारपूर्ण नज़रों से मुझे देखती रहेगी।

'तुमने क्या किया है, सिल्वियो?' इसके अलावा वो कुछ नहीं कहेंगी।

'ओह, मेरा क्या होगा?'

इस गन्दी कुत्सित दुनिया के दुखों और कष्टों का ज्ञान अर्जित करना मेरा कर्तव्य है, उस कलेजी को खाना जो तुमने कसाई के यहाँ से माँगी थी, इस बहाने से कि यह बिल्ली के लिए है, रात को लालटेन का तेल बचाने के लिए जल्दी सो जाना—यह मेरा फ़र्ज़ है!

एक बार फिर मेरी माँ की छवि मेरे दिमाग में घूम गयी; दुखों और कष्टों से पड़ी झुर्रियों से शिथिल उनका चेहरा; मैं अपनी बहन के बारे में सोचने लगा, जो कभी शिकायत नहीं करती थी और अपनी स्कूली किताबों पर झुकी ज़िन्दगी से ज़र्द पड़ती जा रही थी और मेरी आत्मा मेरे हाथ से फिसल कर गिर गयी। मुझे लगा कि मैं करीब से गुज़रते राहगीरों को जबरन बाजू से पकड़ लूँ और कहूँ, 'मुझे सेना से निकाल दिया गया, जानते हो क्यों? क्योंकि उन्हें लगता है कि मैं काम कर सकता हूँ...इंजन से जुड़ा काम कर सकता हूँ, हवाई जहाज़ों की मरम्मत कर सकता हूँ...और उन्होंने मुझे हटा दिया...सिर्फ़ इसलिए...'

मैंने खुद से कहा—

'लीला, आह, तुम लीला को नहीं जानते, लीला मेरी बहन है, मैंने सोचा था कि एक दिन हम दोनों फ़िल्म देखने जायेंगे और कलेजी की बजाय

सब्ज़ियों का सूप पियेंगे। मैं उसे पालेर्मो ले जाऊँगा। लेकिन अब...क्या यह नाइंसाफ़ी नहीं है...आप सहमत नहीं होंगे, एक नाइंसाफ़ी ? मैं कोई छोटा लड़का नहीं हूँ। मैं सोलह साल का हूँ। आखिरकार उन्होंने मुझे क्यों निकाला ? मैं दो सामान्य लोगों के बराबर काम कर सकता था और अब ? मेरी माँ क्या कहेंगी ? लीला क्या कहेगी ? ओह, काश कि तुम उसे जानते...वो एक गंभीर लड़की है...एस्कुएला नॉर्मल (शिक्षकों के प्रशिक्षण स्कूल) में उसके सबसे ज़्यादा नंबर आते हैं। मैं जो कुछ कमाता उससे हम घर पर कुछ बेहतर खाना खा सकते थे। अब मैं क्या करूँगा ?'

अब रात हो गई है, पैलेस ऑफ़ जस्टिस के सामने लावाल्लो स्ट्रीट पर। मैं एक साइन बोर्ड के पास रुक गया—

'फ़र्निश्ड कमरा—एक पेसोस में।

मैं अन्दर लॉबी में गया, जिसमें बिजली के बल्ब की मंद सी रौशनी थी और लकड़ी के एक छोटे से शेड में पैसों का भुगतान किया। उसका मालिक, एक मोटा-सा आदमी था और वो इतने जाड़े में भी सिर्फ़ कमीज़ पहने था। वो मुझे हरे गमलों से भरे एक आँगन में ले गया और वहाँ से हाउस बॉय को हाथ हिलाते हुए आवाज़ लगायी—

'फीलिक्स, यह वाला नंबर 24 में!'

मैंने ऊपर देखा। यह आँगन एक वर्गाकार इमारत का आधार था, जिसके आगे पाँच मंज़िला इमारत की दीवार थी और सब पर्दों से ढकी खिड़कियों से भरे थे। बाकी तरफ़ अँधेरा था और अँधेरे में कहीं से औरतों का शोर घुटी हुई हँसी और बर्तनों की खनखनाहट की आवाज़ आ रही थी।

'श्रीमान, ओ श्रीमान...'

मैं चौंक कर उठ बैठा।

'आप अपने कपड़े पहने ही सो गये।'

मैंने मुझसे बात करने वाले को सख्त नज़र से देखा।

'हाँ, ठीक कह रहे हो।'

वह लड़का कुछ कदम पीछे की तरफ़ चला।

'मैंने सोचा कि मैं आपको जगा दूँ क्योंकि हम आज रात इस कमरे को साझा करने वाले हैं। क्या आप परेशान हैं?'

'नहीं, क्यों?' और अपनी आँखें मलने के बाद मैं बिस्तर से उछल कर खड़ा हो गया और फिर बिस्तर के छोर पर बैठ गया। मैंने उसकी तरफ़ देखा।

डर्बी हैट के किनारे से उसका माथा और उसकी आँखें ढकी थीं। उसकी नज़र बनावटी थी और उसकी मखमली चमक महज़ ऊपरी।

उसके निचले होंठ के पास ठोड़ी तक चोट का एक निशान था और उसके सफ़ेद चेहरे पर कुछ ज़्यादा ही लाल और भरे-भरे होंठ मुस्कुरा रहे थे। उसका ओवरकोट कुछ ज़्यादा चुस्त सिला हुआ था और इससे उसके छोटे से शरीर का आकार साफ़ पता चल रहा था।

मैं रुखाई से उससे बोला—

'वक्त क्या हुआ है?'

'पौने ग्यारह।'

मैं जहाँ था वहीं बैठा रहा, उनींदा। नाखुशी से मैंने अपने मैले जूतों के उन जोड़ों को देखा जहाँ मरम्मत के बाद की सिलाई उधड़ गयी थी, जिससे बने छेद से मोज़ों का एक हिस्सा देखा जा सकता था।

इस बीच उस नौजवान ने अपना हैट एक खूँटी पर टाँग दिया और अपने दस्ताने थकान भरे अंदाज़ में कुर्सी पर फेंक दिए। मैं कनखियों से उसे देखने लगा, लेकिन फिर नज़रें घुमा लीं क्योंकि उसने भांप लिया था कि मैं उसे ध्यान से देख रहा हूँ।

वह अच्छे कपड़े पहने था और उसके कड़क कलफ़ लगे कॉलर से लेकर नीचे सुविधाजनक चमड़े के जूते तक जिसमें क्रीम रंग की छोटी पट्टियाँ लगी थीं, इस बात का अंदाज़ा हो सकता था कि वो एक अमीर आदमी है।

बहरहाल, पता नहीं किस वजह से मैं यह सोचने लगा—

'ज़रूर इसके पैर गंदे होंगे।'

एक झूठी मुस्कुराहट के साथ उसने अपना सिर घुमाया और उसके अच्छी तरह कंघी किए बालों की लट एक तरफ़ लटकने लगी जिसने कान की लोलकी तक को ढँक लिया। नरम आवाज़ में, बहुत सघन तिरछी नज़र से मुझे देखते हुए उसने कहा—

'तुम थके हुए लग रहे हो, है ना?'

'हाँ, थोड़ा-बहुत।'

उसने अपना ओवरकोट उतारा जिसकी रेशमी लाइनिंग को चुन्नटों पर रगड़-रगड़ कर चमकाया गया था। उसके काले कपड़ों में से एक ख़ास तेल की गंध आई और उसे देखकर मुझे कोफ़्त होने लगी; फिर इस बारे में सोचे बगैर कि मैं क्या कर रहा हूँ, मैंने उससे पूछा—

'तो, तुम्हारे कपड़े गंदे हैं क्या?'

वह फ़ौरन मुझे समझ गया लेकिन बहुत बेमन से उसने जवाब दिया—

'इस तरह जगा कर मैंने तुम्हे परेशान तो नहीं किया ना?'

'नहीं, इससे मुझे कोई परेशानी क्यों होगी?'

'भाई, कुछ लोग तो इससे परेशान हो जाते हैं। बोर्डिंग स्कूल में मेरा एक दोस्त था। उसे अगर एकाएक यूँ जगा दो तो उसे मिर्गी का दौरा पड़ जाता था।'

'बहुत नाज़ुक था।'

'एक औरत जितना नाज़ुक, यही ना?'

'तो, तुम्हारा एक दोस्त था जो कुछ ज़्यादा ही नाज़ुक था? देखो, यार, मेरा एक काम कर दो और यह दरवाज़ा खोल दो, मेरा यहाँ दम घुट रहा है। थोड़ी सी हवा अन्दर आने दो। यहाँ तो गंदे कपड़ों जैसी बू आ रही है।'

मेरे अकेलेपन में दखल देने वाले की त्योरियाँ कुछ चढ़ गयीं...वह

दरवाज़े की तरफ़ गया, लेकिन इससे पहले कि वो वहाँ तक पहुँच पाता, उसकी जेब से बहुत सारे पोस्टकार्ड बाहर गिर गये।

वह जल्दी से उन्हें उठाने के लिए नीचे झुका और मैं भी उसकी तरफ़ गया।

तब मैंने देखा; वे सब मर्द और औरत की अलग-अलग स्थितियों में सम्भोग की तस्वीरें थीं।

उस अनजान आदमी का चेहरा फक्क पड़ गया। वो बड़बड़ाया, 'पता नहीं ये यहाँ कैसे आ गयीं। ये मेरी नहीं हैं, एक दोस्त ने...।'

मैंने कुछ जवाब नहीं दिया।

उसकी बगल में खड़ा हुआ मैं भय से स्थिर हो, एक ग्रुप फ़ोटो को एकटक देखे जा रहा था। उसने कुछ कहा। मुझे नहीं मालूम क्या कहा। मैं सुन ही नहीं रहा था। मैं सुन्न होकर उस भयानक तस्वीर को देख रहा था। उस फ़ोटो में एक औरत औंधे मुँह लेटी हुई थी, एक आदमी के सामने जो दरबान जैसी वर्दी में था, सिर्फ़ रबर की किनारी वाली टोपी और पेट के चारों तरफ़ एक काला पट्टा पहने था।

मैं उस नीच आदमी की तरफ़ मुड़ा।

उसका चेहरा ज़र्द पड़ चुका था, उसकी आँखों की उत्सुक पुतलियाँ बहुत फ़ैल गयी थीं, और उसकी काली पलकों पर एक आँसू चमक रहा था। उसने अपने हाथ मेरी बाजू पर रखे।

'मुझे यहाँ रहने दो...मुझे बाहर मत निकालो...'

'तो, तुम एक...।'

वह मुझे घसीट कर बिस्तर के किनारे तक ले आया और फिर मेरे पैरों पर गिर पड़ा।

'हाँ, मैं उनमें से ही एक हूँ, कभी-कभी...'

उसने अपना हाथ मेरे घुटने पर रख दिया।

'कभी-कभी।'

उस लड़के की आवाज़ गहरी और कड़ुवाहट लिए थी।

'हाँ, मैं उनमें से ही एक हूँ...कभी-कभी,' उसके स्वर में एक भयाकुल दर्द काँपा। फिर उसके हाथ ने मेरे हाथ को पकड़ कर अपने गले तक खींचा ताकि वो अपनी ठोड़ी उस पर टिका सके। वो बहुत हल्के स्वर में, लगभग एक सिसकी की तरह बोला—

'ओह, काश कि मेरा जन्म एक औरत की तरह होता! ज़िन्दगी ऐसी क्यों होती है?'

मेरे माथे की नसें तेज़ी से फड़कने लगीं।

वो मुझसे बात करने लगा।

'तुम्हारा नाम क्या है?'

'सिल्वियो।'

'तुम ही बताओ, सिल्वियो, क्या तुम मुझसे नफ़रत नहीं करते... ? लेकिन नहीं...तुम्हारा चेहरा उस तरह का नहीं है...तुम कितने साल के हो?'

'सोलह...क्या तुम काँप रहे हो?'

'हाँ...यही तो तुम चाहते हो...आओ...'

अचानक मैंने उसे देखा, हाँ, मैंने उसे देखा...उसके उत्तेजित चेहरे पर उसके होंठ मुस्कुरा रहे थे...। उसकी आँखें भी दीवानों की तरह मुस्कुरा रही थीं...और अचानक जैसे ही उसके सारे कपड़े एक के बाद एक तुरंत उतरे, मैंने उसकी गन्दी कमीज़ से ढका उसकी त्वचा का वो हिस्सा देखा जो उसकी औरतों वाली स्टॉकिंग से उघड़ा रह गया था।

धीरे-धीरे, मानो यह चाँदनी से सफ़ेद हुई दीवार पर बना एक-एक आकार हो, बाड़ के पास खड़ी उस प्रेम याचना करती हुई लड़की की छवि मेरी आँखों में घूम गयी। एक सर्द, भावहीन खयाल मेरी आँखों के सामने तैर गया—

अगर उस लड़की को पता होता कि इस मौके पर मेरे साथ क्या हो रहा है तो?

'मैं इस क्षण को हमेशा याद रखूँगा।'

मैं सकुचा कर पीछे हट गया और सीधे उसकी तरफ़ देखते हुए मैंने धीरे से कहा—

'चले जाओ।'

'क्या?'

'जाओ।'

'लेकिन...'

'जाओ, बाहर निकलो, जानवर। तुमने अपनी ज़िन्दगी का यह क्या हाल बना रखा है?'

'नहीं...ऐसा मत करो...'

'तुम, जानवर...क्या बना लिया है तुमने अपनी ज़िन्दगी को?' लेकिन उस पल में मैं खुद को बटोर नहीं सका ताकि मैं उसे बता सकूँ। वो सभी बेशकीमती चीज़ें और गुण, जो मेरे भीतर थे, जिनके कारण मैं सहज तौर पर इस कीड़े को त्याग रहा था, उससे इनकार कर रहा था।

~

वो नीच पीछे हट गया। उसने अपने होंठ पीछे खींच कर अपने बड़े-बड़े दाँत दिखाए और बिस्तर पर कूद गया। मैं पूरे कपड़े पहन कर बिस्तर में घुसा और वो अपने हाथ सिर के पीछे रख कर गाने लगा—

'राइस पुडिंग, राइस पुडिंग देयर इज़ गोइंग टू बी अ वेडिंग' (चावल की खीर, चावल की खीर, होने वाली है एक शादी अभी)

मैंने तिरछी नज़र से उसे देखा और, बहुत शांति से बगैर किसी गुस्से के, जिससे मैं भी हैरान हो गया, मैंने कहा—

'अगर तुम चुप नहीं हुए, तो मैं तुम्हारी नाक तोड़ दूँगा।'

'क्या?'

'मैं तुम्हारी नाक तोड़ दूँगा।'

फिर उसने अपना चेहरा दीवार की तरफ़ घुमा लिया। कमरे के वातावरण में एक बहुत खराब और अजीब-सा तनाव भर गया। मुझे उस गहनता का एहसास होने लगा जिससे उसके भयानक विचार हमारे बीच की खाली जगह को भर रहे थे। मैं सिर्फ़ उसकी गर्दन के पीछे पड़े उसके काले बालों का त्रिकोण और उसकी गोल, सफ़ेद अनाकर्षक गर्दन ही देख सकता था।

वो हिला भी नहीं लेकिन मैं उसके विचारों की तीव्रता से कुचला जा रहा था। वो मेरे निर्देश का पालन कर रहा था...और मैं बिलकुल निश्चल था, उस दहशत को महसूस करते हुए जो धीरे-धीरे सहमति में बदलती जा रही थी। और रह-रह कर कनखियों से उसे देख लेता था।

एकाएक उसका कम्बल फिसल गया और मुझे उसके कंधे दिखाई दिए, दूधिया सफ़ेद उसके कंधे जो उसकी कमीज़ में से झलकती उसकी हंसली के बहुत सुव्यवस्थित चाप से उभर रहे थे...

कमरे के बाहर एक औरत की याचना भरी चीख गलियारे में फूट पड़ी।

'नहीं...नहीं...मेहरबानी करके...' और एक शरीर को दीवार पर धकेलने के हल्के से आघात से मेरी आत्मा किसी आदिम भय से तड़प उठी। मैं एक पल के लिए सकुचाया, फिर बिस्तर से कूद कर उठ गया और दरवाज़ा खोल दिया, ठीक उसी क्षण में जब सामने वाले कमरे का दरवाज़ा बंद हो गया।

मैं दरवाज़े की चौखट पर झुक गया। उस कमरे से कोई शोर नहीं आया। मैं मुड़ा और दरवाज़ा खुला छोड़ कर, दूसरे शख्स की तरफ़ देखे बगैर मैंने बत्ती बंद कर दी और बिस्तर में चला गया।

अब मुझमें आत्मविश्वास आ गया था। मैंने एक सिगरेट जलाई और अपने साथी से पूछा—

‘यार, ये सब गन्दी चीज़ें तुम्हें किसने सिखायीं?’

‘मैं तुमसे बात नहीं करना चाहता...तुम अच्छे आदमी नहीं हो...’

मैं ज़ोर से हँस पड़ा। फिर गंभीरता से बोलता रहा—

‘मज़ाक नहीं, यार, तुम जानते हो तुम अजीब आदमी हो? तुम वाकई अजीब हो! तुम्हारे घरवाले तुम्हारे बारे में क्या कहते हैं? और यह जगह? क्या तुमने देखा है इस जगह को?’

‘तुम अच्छे आदमी नहीं हो।’

‘और तुम तो संत हो, है ना?’

‘नहीं, लेकिन ऐसा होना ही मेरी किस्मत में लिखा था...जानते हो, मैं पहले ऐसा नहीं था? मैं ऐसा बिलकुल नहीं था...’

‘फिर, किसने बनाया तुम्हें ऐसा?’

‘मेरे ट्यूटर ने, क्योंकि मेरा बाप अमीर है। जब मैंने सैकेंडरी स्कूल का चौथा साल भी पास कर लिया तो उन्होंने मुझे नेशनल स्कूल के लिए तैयार करने के मकसद से एक ट्यूटर रख दिया। वो ठीक-ठाक संजीदा-सा शख्स लगता था। उसकी दाढ़ी थी, नुकीली-सी भूरी दाढ़ी और चश्मा लगाता था। उसकी आँखें नीली थीं, लगभग हरी। मैं तुम्हें यह सब इसलिए बता रहा हूँ क्योंकि...’

‘और फिर?’

‘और मैं पहले ऐसा नहीं था...लेकिन उसने मुझे ऐसा बना दिया...फिर जब वो चला गया तो मैं उसे ढूँढने उसके घर गया। मैं चौदह साल का था। वो जुन्कल स्ट्रीट पर एक अपार्टमेंट में रहता था। वो स्मार्ट शख्स था। इस कमरे जितनी बड़ी तो उसकी लाइब्रेरी थी। वो राक्षस था, लेकिन मुझे कितना प्यार करता था! मैं उसके घर गया तो नौकर मुझे उसके बेडरूम में ले गया...। उसी ने मुझे ये रेशम के कपड़े और छोटी-मोटी चीज़ें खरीद कर दीं। मैं औरतों की तरह कपड़े पहनने लगा।’

‘क्या नाम था उसका?’

'तुम उसका नाम क्यों जानना चाहते हो?...वो नेशनल स्कूल के दो विभागों में पढ़ाता था...उसने फिर फाँसी लगा ली...'

'फाँसी लगा ली?'

'हाँ, एक कैफ़े के टॉयलेट में उसने खुद को फाँसी लगा ली...ओह, तुम्हें कितनी आसानी से उल्लू बनाया जा सकता है...हा, हा, मैंने जो कहा उस पर यकीन मत करना...एक शब्द पर भी नहीं... वो सब झूठ है...लेकिन अच्छी कहानी है ना?'

नाराज़ होकर, मैंने उसे कहा—

'ठीक है, यार, मुझे तंग मत करो। मैं सोने जा रहा हूँ।'

'ओह, इतने भी निर्दयी मत बनो...सुनो, तुम वाकई मूडी हो...मैंने अभी जो कहा, तुम उसके एक शब्द पर भी यकीन नहीं करोगे...। मैंने तुम्हें सब सच ही बताया है...सब सच है...मेरे ट्यूटर का नाम प्रोस्पेरो था।'

'और तब से तुम ऐसे ही हो?'

'तो मैं और क्या कर सकता था?'

'क्या मतलब तुम्हारा, क्या कर सकते थे?... तुम किसी डॉक्टर के पास जा सकते थे...। कोई नसों का स्पेशलिस्ट (न्यूरोलोजिस्ट)? बहरहाल, तुम इतने गंदे, मैले-कुचैले क्यों हो?'

'यह फैशन है, बहुत से मर्दों को गंदे कपड़े अच्छे लगते हैं।'

'तुम नीच और गिरे हुए हो।'

'हाँ...तुम ठीक कहते हो...मैं पागल हूँ...लेकिन तुम क्या चाहते हो, मैं क्या करता? देखो...कभी-कभी मैं अपने बेडरूम में होता हूँ...रात है...और मेरा यकीन करो, जैसे एक लहर मुझ पर तारी हो जाती है...मेरे नथुनों में किराये पर लिए गए कमरों की गंध तैरने लगती है...मैं देखता हूँ कि बत्ती जली हुई है, और फिर मैं काबू नहीं कर पाता...ऐसा लगता है मानो एक हवा मुझे बाहर खींच कर ले आती है...फिर मैं उन लोगों को देखने चला जाता हूँ जो ऐसे किराये के कमरों में रहते हैं।'

'मालिक लोग, क्यों?'

'ये सारी तलाश बहुत दुखद है; हम जैसे लोगों का दो-तीन ऐसे लोगों से तय होता है जिनके पास किराये पर उठाने के लिए कमरे होते हैं। अगर उन्हें कोई नया मेहमान इस लायक लगता है, तो वो हमें फ़ोन कर देते हैं।'

एक लम्बी चुप्पी के बाद उसकी आवाज़ और धीमी और गंभीर हो जाती है। आपको ऐसा लगे मानो वो खुद से ही बात कर रहा हो, अपनी परेशानियों को बाहर निकाल रहा हो।

'एक गिरे हुए नीच आदमी की बजाय मैं एक औरत जैसा पैदा क्यों नहीं हुआ...हाँ एक गिरा हुआ आदमी...मैं अपने घर की एक नौजवान मालकिन होता, एक अच्छे आदमी से शादी करता और उसकी देखभाल और परवाह भी... और उससे मैं प्यार भी करता...लेकिन उसकी बजाय इस तरह...बिस्तर बदलते रहना...शर्मनाक है...'

सफ़ेद ओवरकोट और चमकदार चमड़े के जूते पहने लोग आपकी असलियत पहचान लेते हैं, फिर पीछा करते हैं...और जो भी आपके पास है, वो सब कुछ चुरा लेते हैं...कपड़े तक ओह! काश, मुझे कोई ऐसा शख्स मिल पाता जो मुझे हमेशा प्यार करता...हमेशा के लिए!

'लेकिन, तुम पागल हो बिलकुल! क्या अब भी कोई इन बातों के बारे में सपने देख सकता है?'

'तुम इस बारे में क्या जानते हो! मेरा एक दोस्त है जो तीन साल से एक बंदे के साथ रह रहा है जो सेविंग्स एंड लोन बैंक में काम करता है...और वो उससे कितना प्यार करता है...'

'यह तो बुरी बात है...'

'तुम क्या जानो? अगर मैं ऐसा कर सकता तो मैं औरत बनने के बदले अपना सारा पैसा दे देता...एक गरीब छोटी-सी औरत...और जब तक मुझे कोई प्यार करता और मेरे लिए रोज़ी-रोटी कमाने, काम करने के लिए बाहर जाता, तो मैं इस बात की परवाह नहीं करता कि वो मुझे गर्भवती कर रहा है...या मुझे

उसके कपड़े धोने पड़ रहे हैं...'

उसे सुनते हुए मैं भौचक रह गया।

यह बेचारा-सा इन्सान कौन था जो ऐसी खराब लेकिन अनोखी बातें कर रहा था? जिसे सिर्फ़ थोड़ा-सा प्यार पाने की ख्वाहिश थी?

मैं उसका माथा सहलाने के लिए उठा।

'मुझे मत छुओ!' वो चिल्लाया, 'मुझे मत छुओ। मेरा दिल बैठ रहा है। चले जाओ।'

अब मैं अपने बिस्तर में था, बिलकुल स्थिर, ताकि मैं ज़रा-सी भी आवाज़ से उसे चौंका न दूँ।

वक्त बहुत धीरे-धीरे गुज़र रहा था और मेरी अंतरात्मा जो इस अजनबीपन और थकान से विस्थापित सी हो गयी थी, उसे इस एक जगह पर मनुष्य जाति की समूची मौन पीड़ा का एहसास हो रहा था।

मुझे अब भी ऐसा लग रहा था कि मैं उसके शब्द सुन सकता हूँ...पता नहीं क्यों, उसके मैले और विकृत चेहरे के भीतर दु:ख में डूबी हुई छवि थी और वो अपने बेहद शुष्क मुँह से अँधेरे में चिल्लाया था—

'और जब तक वो मुझे प्यार करता, मेरे लिए रोज़ी-रोटी कमाने बाहर काम करने जाता तो मैं इस बात की परवाह नहीं करता कि वो मुझे गर्भवती कर रहा है...या मुझे उसके कपड़े धोने पड़ रहे हैं...'

'गर्भवती करना!' उसके होंठों पर ये शब्द कितनी आसानी से आ गये!

'गर्भवती होना!'

उसका पूरा दयनीय बदन बेढंगा हो जायेगा, लेकिन 'वो' (लड़की के तौर पर) किसी के द्वारा इतना गहरा प्रेम किये जाने पर खुद को गौरवान्वित महसूस करेगी, और भीड़ में चलते हुए भी उस पर ध्यान नहीं देगी, उसे तो सिर्फ़ उसी शख्स का चेहरा दिखाई देगा जिसे उसने अपना सब कुछ बहुत ख़ुशी से समर्पित कर दिया है।

मनुष्य होने के कितने क्लेश! कितने उदास शब्द हम अपने भीतर छिपाए रहते हैं!

दरवाज़े को धड़ाम से बंद करने के तेज़ शोर से मैं जाग गया। मैंने फुर्ती से लैंप जलाया। वो नौजवान गायब हो चुका था और ऐसा कोई लक्षण दिखाई नहीं दे रहा था कि कोई उसके बिस्तर में सोया है।

बिस्तर के बगल में रखी मेज़ पर पाँच पैसोस रखे थे...मैंने उत्सुकतापूर्वक वो नोट उठा लिए। मेरा ज़र्द चेहरा आईने में दिखाई दे रहा था, सफ़ेद रंग पर रक्तिम नसों का जाल और मेरे माथे पर बाल लटक रहे थे।

मंद स्वर में एक औरत किसी से गिड़गिड़ा कर याचना कर रही थी—

'भगवान के लिए, ज़रा जल्दी करो...अगर उन्हें पता चल गया...'

दरवाज़े की घंटी बजने का साफ़ स्वर सुनाई दिया।

मैंने खिड़की खोली जो आँगन की तरफ़ खुलती थी। ठंडी हवा के एक तेज़ झोंके से मैं जाड़े से काँप गया। अब भी अँधेरा था, लेकिन आँगन में अच्छी तरह प्रकाशित गलियारे में दो नौकर अपने काम में व्यस्त थे।

मैं बाहर निकल आया।

बाहर गली में पहुँचने के बाद मेरे भीतर की दुर्बलता धीरे-धीरे कम होने लगी। मैं एक मिल्क बार में गया और कॉफ़ी का ऑर्डर दिया। बार की सभी मेज़ें टैक्सी चालकों और न्यूज़पेपर हॉकर्स से भरी थीं। दीवार पर बचकाना तरीके से बने गाँव के एक दृश्य पर लटकी घड़ी ने पाँच बजाये।

अचानक मुझे याद आया कि वहाँ मौजूद सभी के पास वापस लौटने के लिए घर है, मेरे मन में मेरी बहन का चेहरा उभरा और हताशा में मैं फिर बाहर सड़क पर आ गया।

जीवन की सारी दिक्कतें, कष्ट और परीक्षाएँ एक बार फिर मेरी रूह को घेरे हुए खड़ी हो गयीं, वो छवियाँ जिन्हें न मैं देखना चाहता था, न ही याद करना। अपने दाँत भींचकर मैं उस अँधेरी गली में चलता गया, उन दुकानों से

गुज़रता हुआ, जिन्हें मैटल के शटर और लकड़ी के तख्तों से संरक्षित किया गया था।

इन दरवाज़ों के पीछे दौलत थी, इन दुकानों के मालिक अपने सम्पन्न बेड रूम्स में शांति से सो रहे थे और मैं एक कुत्ते की तरह शहर में घूम रहा था।

मैं नफ़रत से भरा हुआ था, मैंने एक सिगरेट पी और उसका बट दुर्भावना से एक दुकान के दरवाज़े के नीचे एक बंडल की तरह तुड़े-मुड़े शख्स की तरफ़ फेंक दिया; उन फटे-पुराने कपड़ों पर एक छोटी-सी लपट नाची और अचानक एक परछाईं की तरह आकारहीन वह बेचारा उठ बैठा और उसकी विशाल मुट्ठी से घबरा कर मैंने वहाँ से भागना शुरू कर दिया।

~

पासियो डे हूलियो पर मैंने एक दुकान से रिवॉल्वर खरीदी, उसमें पाँच गोलियाँ भरीं, फिर कूद कर एक ट्राम पर चढ़ गया और एक बंदरगाह की तरफ़ चल दिया।

यूरोप जाने की अपनी इच्छा को पूरा करने की कोशिश में मैं ट्रांस अटलांटिक जलयानों से लटकती सीढ़ियों पर चढ़ गया और जिस भी अफ़सर से मेरी पहले मुलाकात हुई उससे कोई भी काम देने की पेशकश करने लगा। मैं गलियारों से होता हुआ छोटे-छोटे कमरों में दाखिल हुआ जो तमाम तरह के सामानों से खचाखच भरे थे, मैंने वर्दीधारी लोगों से भी बात की, जब मैं उनसे बात करता तो वे फुर्ती से मुड़ जाते, ऐसा लगता कि वे मेरे सवालों को समझ नहीं पा रहे थे और मुझे सख्ती से चले जाने का इशारा कर रहे थे।

पैदल चलने वाले रास्तों पर से मैंने समुद्र को क्षितिज को छूते देखा और बहुत दूर चल रहे जहाज़ों के पालों को भी।

वहाँ की हलचल भरी भीड़, क्रेनों की कर्कश आवाज़ों, बड़े जहाज़ों से बोझा उतारते मज़दूरों की सीटियों और आवाज़ों से स्तब्ध मैं चला जा रहा था।

मुझे लगा कि मैं घर से बहुत दूर निकल आया हूँ; इतनी दूर कि जो करने

का निश्चय मैंने किया था, उसे अगर बदल भी दूँ तो घर वापस नहीं जा पाऊँगा।

फिर मैं नाव और बाजरे वालों से बात करने के लिए रुक गया। वे काम करने की मेरी पेशकश पर हँसते, कभी-कभी मुझे जवाब देने के लिए अपनी धुआँ भरी रसोई से बाहर आते, उनके चेहरे पर एक वहशी-सा भाव होता, तो मैं जवाब का इंतज़ार किये बगैर वहाँ से निकल जाता। मैं उन जहाज़ीगोदामों के किनारे-किनारे चलता रहा, अपनी नज़रें समुद्र के उस तेल से भरे बैंगनी पानी पर जमाये जो गड़गड़ाते हुए ग्रेनाइट को चाट रहा था। मैं थक गया था।

जहाज़ों की विशाल ढलवाँ चिमनियाँ, ज़ंजीरों की गतिविधि, गोदी मज़दूरों की चिल्लाहट, पतले मस्तूलों के अकेलेपन के बीच और अब मेरा ध्यान एक सूराख से दिखाई देने वाले एक चेहरे और मेरे सिर के ऊपर एक चरखी से लटके पाइप के एक भारी टुकड़े के बीच बँट गया था, इन सभी आवाज़ों, सीटियों, प्रहारों और टकराहटों से मिल कर बनी गतिविधि से—मेरे सामने ये उद्घाटित हुआ कि जीवन के बरक्स मैं कितना छोटा और बेमानी हूँ कि अब मैं उम्मीद करने का साहस भी नहीं जुटा पाया।

समुद्र तट के साथ-साथ की हवा को मानो एक धात्विक कम्पन चीर रहा था।

गोदामों की ऊँची दीवारों की वजह से सायेदार गलियों से गुज़रता हुआ मैं अब धूप की भयावह स्पष्टता में आ गया था; मुझे हर तरफ़ से धकेला जा रहा था; जहाज़ों के चमकदार झंडे हवा में लहरा रहे थे और आगे, एक काली सी दीवार और एक ट्रांस अटलांटिक जहाज़ की लाल साइड के बीच कुछ आदमी उस नाव को लगातार हथौड़े से पीट रहे थे; ताकत और समृद्धि, व्यापारी माल और हवा में लटकते पाँव चलाते जानवरों के इस विशाल प्रदर्शन ने मुझे और व्यथित कर दिया।

और मैं उस अपरिहार्य निष्कर्ष पर पहुँचा—

'ये सब बेकार है। मुझे खुद को मारना ही होगा।'

मुझे पहले से इसका धुँधला-सा अंदेशा था। आत्महत्या के बाद शोक

के ख़याल के साथ जो नाटकीयता जुड़ी हुई थी, मैं उस पर पहले ही मोहित हो चुका था।

मुझे उन शवों से ईर्ष्या होती थी, जिनके ताबूत के चारों ओर सुन्दर महिलाएँ रो रही होती थीं और मेरा पुरुषत्व दर्दनाक तरीके से त्रस्त हो जाता था जब मैं उन्हें ताबूत देखते ही दोहरा होते देखता था।

मुझे एक मृतक के शानदार बिस्तर में लेटना अच्छा लगता; एक मृतक की तरह मुझे भी फूलों से सजना अच्छा लगता, जो मोमबत्तियों की मंद रौशनी में और भी सुन्दर लगते, मुझे अपनी आँखों और माथे पर शोक मनाती स्त्रियों के आँसुओं को महसूस करना अच्छा लगता।

यह पहली बार नहीं था कि यह विचार मेरे मन में कौंधा था, लेकिन इस क्षण में मैं इसकी निश्चितता से द्रवित हो गया।

'मुझे मरना तो नहीं है...लेकिन मुझे खुद को मारना ही होगा,' इससे पहले कि मैं इस पर कुछ प्रतिक्रिया कर सकता, इस बेतुके खयाल का निरालापन मेरी इच्छा शक्ति पर बुरी तरह से हावी हो गया।

यह असंगत निश्चितता कहाँ से आई, जिसने उस क्षण से मेरी सारी ज़िन्दगी का संचालन किया है?

मेरे मन ने खुद को तमाम गौण अनुभूतियों से आज़ाद कर लिया, मैं अब सिर्फ़ एक धड़कन था, आंतरिक शांति के प्रति सजग एक तेज़ नज़र।

'मुझे मरना नहीं है, लेकिन मुझे खुद को मारना होगा।'

मैं ज़िंक के एक गोदाम में गया। पास में ही नौजवानों का एक समूह एक ट्रक में से कुछ थैले उतार रहा था और ज़मीन मक्का के पीले कालीन से ढकी थी।

मैंने सोचा—

'यही करना होगा,' और जेब से रिवॉल्वर निकालते हुए मुझे एहसास हुआ 'कनपटी पर नहीं, उससे तो मैं बदसूरत दिखूँगा, दिल पर।'

एक अविचलित निश्चितता मेरी बाँह को संचालित कर रही थी।

मैंने खुद से पूछा—

'मेरा दिल कहाँ है?'

मेरे भीतर से आते हुए हल्के आघातों ने मुझे दिल की जगह बता दी।

मैंने रिवॉल्वर के सिलेंडर को देखा। मैंने इसमें पाँच गोलियाँ भरी थीं। फिर मैंने रिवॉल्वर की नली को अपने जैकेट पर रख कर दबाया।

एकाएक एक हल्केपन से मेरे घुटने काँप उठे और मैं उस गोदाम की दीवार से सट गया।

मेरी आँखें मक्का के उस पीले कालीन पर टिकी थीं और धीरे-से यह सोचते हुए मैंने ट्रिगर दबा दिया—

'मुझे मरना नहीं है,' और बन्दूक का घोड़ा गिरा...लेकिन उस छोटे से क्षण में जो घोड़े के आघात को उसके तेज़ धमाके से अलग करता है, मैंने अपने अंतर्मन को बाहर उस अँधेरे विस्तार में फैलते देखा।

जब मैं अपने कमरे में बिस्तर पर जागा तो सूरज की एक किरण सफ़ेद दीवार पर परदे के बाहरी किनारे को चिन्हित कर रही थी।

बिस्तर के सिरे पर मेरी माँ बैठी थी।

उसने अपना सिर मुझ पर झुकाया। उसकी आँखें गीली थीं। और उनके अन्दर धँसे हुए गाल ऐसे लग रहे थे मानो संतप्त संगमरमर के एक झुर्रीदार टुकड़े में से खोद कर निकाले गये हैं।

उसकी आवाज़ काँप रही थी—

'तुमने ऐसा क्यों किया?...ओह, तुमने मुझे सब कुछ क्यों नहीं बताया? तुमने ऐसा क्यों किया, सिल्वियो?'

मैंने उन्हें देखा। मुझे एक ऐसा चेहरा दिखाई दिया जो दया और अपराधबोध की दारुण छवि था।

'तुम वापस क्यों नहीं आ गये?...मैंने तुमसे कुछ नहीं कहा होता। यह तो

किस्मत है, सिल्वियो। अगर रिवॉल्वर ठीक तरह चल गयी होती तो मेरा क्या होता? अब तुम यहीं रहोगे...। ओह, सिल्वियो, सिल्वियो!' और उनकी आँख के नीचे लाल सूजन से एक बड़ा-सा आँसू नीचे बह निकला।

मुझे मेरी आत्मा पर रात छाती महसूस हुई और मैंने अपना सिर उसकी गोद में छिपा लिया, यह सोचते हुए कि मैं पुलिस की हिरासत में जागूँगा—अपनी स्मृति के धुँधलके में मैंने कुछ वर्दी पहने लोगों को अपनी बाँहें हिलाते हुए मुझे घेरे खड़े देखा।

जुडास इस्कारियोट

मोंटी बहुत सक्रिय और सौम्य आदमी था, किस्मत के साहसिक सिपाही की तरह और एक दरिद्र कुलीन व्यक्ति की तरह दुबला। उसकी चुभती हुईं नज़रें उस विडम्बनापूर्ण मुस्कुराहट को निरस्त नहीं करती थीं जो उसके होंठों पर रहती थी, होंठ जिन पर उसकी काली मूँछों की हल्की-सी रेखा उन्हें ढँके रहती थी। जब वो गुस्सा होता तो उसके गाल लाल हो जाते और उसका निचला होंठ उसकी धँसी हुई ठोड़ी तक काँपने लगता।

उसके कारोबार का ऑफ़िस और पेपर स्टोर तीन कमरों में बने हुए थे जो उसने एक यहूदी पोस्तीनसाज़ से किराए पर लिए थे। इनमें और उस यहूदी के गंधाते स्टोर रूम के बीच एक गलियारा था जो हमेशा मैले-कुचैले लाल बालों वाले बच्चों से भरा रहता।

पहला कमरा दफ़्तर और सुन्दर कागज़ों की प्रदर्शनी का मिला-जुला रूप था। इसकी खिड़कियाँ रिवादाविया स्ट्रीट पर खुलती थीं और राहगीर उनमें से एक पाइन के सुन्दर से डिस्प्ले केस में करीने से रखे गुलाबी, हरे, नीले और लाल रंग के कागज़ देख सकते थे, कड़क मार्बल पेपर, सिल्क पेपर और जिसे 'बटर' पेपर कहा जाता है, उसके रोल्स दिखाई देते थे, रंगीन फूलों से सजे लेबल के क्यूब्स और खुरदुरे कागज़ के गट्ठर भी जिन पर फूल और हल्के रंग के गुलदान के रूप में वॉटर मार्क लगे थे।

हल्की नीली दीवार पर नेपल्स घाटी का प्रिंट लगा था, जिसमें नीला रोगन किया हुआ समुद्र और गहरे रंग का तट नज़र आ रहा था जिसमें छोटे-छोटे

मकान ऐसे लगते थे मानो सफ़ेद चतुर्भुज उगे हुए हैं।

जब मोंटी अच्छे मूड में होता तो इस कमरे में वो अपनी साफ़ और सुरीली आवाज़ में गाना गाता।

मुझे उसका गाना सुनना पसंद था। वह भावनाओं के साथ गाता था; यह ज़ाहिर था कि गाने के ज़रिये वो अपने वतन और सपनों को याद करता था।

जब मोंटी ने कमीशन पर मुझे काम दिया तो गुणवत्ता और कीमत के हिसाब से भागों में बँटे हुए कागज़ों का एक सैंपल देते हुए मुझसे कहा—

'ठीक है, अब बिक्री की बात करते हैं। हर किलो बेचने पर तुम्हें तीन सेन्टावोस का कमीशन मिलेगा।'

मुश्किल शुरुआत!

मुझे याद है कि पूरा एक हफ़्ता हर दिन लगभग छह घंटे मैं बेमकसद चलते रहने में बिताता। यह अवास्तविक था। 135 मील चलने के बाद भी मैं एक किलो कागज़ भी नहीं बेच पाया। हताशा में मैं परचून की दुकान, स्टोर्स, गोदामों, बाज़ार में हर जगह गया, कसाइयों और दवा की दुकानों के बाहर भी खड़ा रहा, लेकिन कोई फ़ायदा नहीं हुआ।

कभी-कभी लोग, बहुत विनम्रता से मुझे भाड़ में जाने को कहते, कुछ और लोग अगले हफ़्ते आने को कहते, कुछ और इस बात का दावा करते कि उनके पास 'पहले से ही एक एजेंट है जो कुछ समय से उनके लिए काम कर रहा है,' कुछ और लोग मुझसे मिलने से ही इनकार कर देते और कुछ कहते कि मेरा उत्पाद कुछ ज़्यादा महँगा है, तो कुछ कहते कि मेरे कागज़ की क्वालिटी इतनी अच्छी नहीं और कुछ अजीब लोग कहते कि इसकी क्वालिटी कुछ ज़्यादा ही अच्छी है।

दोपहर में, जब मैं मोंटी के ऑफ़िस वापस लौटता तो कागज़ के रिम के एक ढेर पर धड़ाम से गिर जाता और थकान और निराशा से संवेदना शून्य हो कुछ नहीं कहता।

एक दूसरा सेल्समैन, मारियो, एक सोलह साल का आलसी, निकम्मा, ताड़ के पेड़ जितना लम्बा जिसकी सिर्फ़ बाँह और टाँगें ही नज़र आती थीं, मेरी निरर्थक मेहनत पर हँसता।

मारियो कितना बेशर्म था! वो तार के एक खम्बे की तरह लगता जिसके ऊपर एक छोटा-सा सिर रखा हो और सिर के ऊपर घुँघराले बालों का एक शानदार जंगल। वह बगल में एक लाल चमड़े का ब्रीफ़केस दबाये लम्बे-लम्बे डग भरता हुआ चलता था। जब वो ऑफ़िस पहुँचता तो अपने ब्रीफ़केस को एक तरफ़ फेंक देता और अपना हैट उतारता, जो कि इतना चिकना हो चुका था कि उसका इस्तेमाल किसी ठेले के पहिए की धुरी को चिकना करने के लिए किया जा सकता था। वो बेचने में माहिर था और हमेशा खुश रहता था।

एक गन्दी-सी नोटबुक को उलटते हुए वो उन ऑर्डर्स की लम्बी सूची को ज़ोर से पढ़ता जो उसे मिले होते और अपना व्हेल जैसा मुँह खोलकर तब तक हँसता रहता जब तक कि उसके गले के पीछे का लाल हिस्सा और बाहर निकले दाँतों की दो कतारें न दिखाई देने लगें।

यह जताने के लिए कि वो इतना खुश है कि उसका पेट दर्द करने लगा है—वो अपने दोनों हाथों से पेट पकड़कर हँसता।

डेस्क दराजों के ऊपर बैठा हुआ मोंटी एक विडम्बनापूर्ण मुस्कुराहट के साथ हम दोनों को देखता। अपने एक हाथ से अपने माथे पर च्यूँटी काटता और अपनी आँखों को मलता मानो उन चीज़ों से निजात पा रहा हो जो उसे परेशान करती हैं, फिर वो कहता—

'अरे, इतना उदास होने की ज़रूरत नहीं। तुम तो एक आविष्कारक बनना चाहते हो और एक किलो कागज़ भी नहीं बेच पाते।' फिर वो बोलना जारी रखता, 'तुम्हें बस यह काम करते रहना है लगातार। सभी धँधे ऐसे ही होते हैं। वे तुमसे तब तक सौदा नहीं करेंगे जब तक कि वो तुम्हें जान नहीं लेते। वे तुमसे कहते हैं कि उनके पास वो सब है जिसकी उन्हें ज़रूरत है, कोई फ़र्क नहीं

पड़ता, तुम बस वापस उनके पास जाते रहो जब तक कि दुकान का मालिक तुमसे परिचित नहीं हो जाता और आखिरकार तुमसे कुछ खरीद नहीं लेता। और हमेशा तहज़ीब और नरमी से बात करो, क्योंकि ऐसे ही होता है।' और फिर वो बात बदल देता और कहता : 'इस दोपहर को मेरे साथ कॉफ़ी पियो। फिर हम बात करेंगे...'

~

एक रात मैं रोजर्स स्ट्रीट पर स्थित एक दवाई की दुकान पर गया। वो दवासाज़ एक चिड़चिड़ा-सा शख्स था और फुँसी के निशानों से भरा हुआ था उसने मेरे सामान को देखा और फिर बोला और मुझे वो एक फ़रिश्ते के जैसा लगा—

'मुझे पाँच किलो सिल्क पेपर, चुने हुए और बीस किलो बहुत ही चिकना पेपर भेजो। मेरे लिए बीस हज़ार लिफ़ाफ़े बनाओ, हर पाँच हज़ार पर "बोरिक एसिड", "काल्सिनेटेड मैग्नीशियम्", "क्रीम ऑफ़ टारटार" और "लॉगवुड सोप" लिखा हो। कागज़ मेरे पास सोमवार की सुबह पहुँच जाए।'

ख़ुशी से पागल होते हुए मैंने उसका ऑर्डर नोट किया, उस देवदूत जैसे दवावाले को अभिवादन में झुका और फिर बाहर गलियों में गुम हो गया। यह मेरी पहली बिक्री थी। मैंने पंद्रह पेसोस का कमीशन कमा लिया था।

मैं कबाल्लितो मार्किट गया। यह बाज़ार मुझे हमेशा कैरोलिना इन्वेर्निजियो के उपन्यासों के बाज़ार की याद दिलाता था। एक मोटे सॉसेज विक्रेता ने जिसका गाय जैसा चेहरा था और जिसे मैंने पहले कई बार परेशान किया था, लेकिन मुझे सफलता हासिल नहीं हुई थी, सूअर की चर्बी पर अपना चाकू चमकाते हुए मुझे पुकारा।

'यार, कल सुबह-सुबह मेरे लिए दो सौ किलो स्पेशल कट लिफ़ाफ़े भेज देना, ज़रूर, इकत्तीस पर।' हालाँकि मैंने कीमत को प्रति किलो तीन सेन्टावोस घटा दिया था, लेकिन फिर भी मैंने इसमें चार पेसोस कमा लिए।

एक अनन्त ख़ुशी, एक अवास्तविक रंगीन मिजाज़ ख़ुशी ने मेरे उत्साह को आसमान तक उठा दिया...। और तब, अपने इस नशे की अवस्था की डी'अनुन्जियो के उपन्यासों के नायकों से तुलना करते हुए, जिन नायकों की मेरा बॉस आलोचना करता था कि वे खुद को बहुत महान बताते हैं, मैंने सोचा—

'मोंटी तो बेवक़ूफ़ है।'

अचानक किसी ने मेरी बाजू पर हाथ रखा; मैं फुर्ती से मुड़ा और खुद को लुसियो के सामने पाया, वही ख़ास लुसियो, जो क्लब ऑफ़ द मिडनाइट्स जेंटलमैन का एक सदस्य हुआ करता था।

हम एक–दूसरे से गर्मजोशी के साथ मिले। मैंने उसे उस खतरनाक रात के बाद नहीं देखा था और अब वो यहाँ मेरे सामने था, मुस्कुराता हुआ और अपनी आदत के अनुसार चारों तरफ़ नज़रें दौड़ाता हुआ। मैंने ध्यान दिया कि वह बेहतर कपड़े पहने था, बेहतर जूते, और लेस भी; उसकी उँगलियों में नकली सोने की अँगूठियाँ थीं और टाई पिन में एक हल्के पीले रंग का नग।

वह बड़ा हो गया था, एक हट्टा–कट्टा आवारा जो एक फ़ैशनेबल छैल–छबीले के वेश में था। इस धुली–पुंछी शेखी बघारने वाली आकृति का पूरक वो हैट था जिसे वो हास्यास्पद रूप से कुछ ज़्यादा ही नीचे तक खींच कर पहने था, अपनी भौंहों तक। उसने एक लाल से रंग के सिगरेट होल्डर का दिखावा करते हुए, उस आदमी की तरह बर्ताव किया जो जानता हो कि अपने दोस्तों से कैसा व्यवहार करना चाहिए और हमारे अभिवादन के बाद मुझे पास के बियर बार में अपने साथ एक जाम लेने का न्योता दिया।

जब हम बैठ गये और लुसियो अपनी बियर एक ही घूँट में पी गया, तो मेरे इस दोस्त ने भारी–सी आवाज़ में कहा—

'तो तुम क्या करते हो?'

'तुम्हारा क्या?...देख रहा हूँ, तुम तो एक फ़ैशनेबल बंदे बन गए हो, एक असल किरदार।'

उसके मुँह पर मुस्कुराहट आ गयी।

'मैंने...मैंने कुछ बदलाव किये हैं।'

'तो तुम्हारी ज़िन्दगी अच्छी चल रही है...तुम काफ़ी आगे निकल गये हो...लेकिन मेरी किस्मत तुम्हारे जैसी नहीं रही, मैं तो पेपर बॉय हूँ...मैं कागज़ बेचता हूँ।'

'ओह, तो तुम क्या किसी ख़ास फ़र्म के लिए कागज़ बेचते हो?'

'हाँ, एक मोंटी नाम का बंदा है, जो फ्लोर्स में रहता है।'

'क्या तुम काफ़ी कमा लेते हो?'

'नहीं, काफ़ी तो नहीं, लेकिन हाँ, काम चलाने लायक।'

'तो तुमने अपना काम करने का तरीका बदल दिया?'

'बेशक।'

'मैं भी काम कर रहा हूँ।'

'तो, तुम वाकई काम करते हो!'

'हाँ, मैं काम करता हूँ, अंदाज़ा लगा सकते हो, मैं क्या काम करता हूँ?'

'नहीं, मैं नहीं जानता।'

'मैं पुलिसवाला हूँ, जाँच-पड़ताल करने वाला, इन्वेस्टिगेटर।'

'तुम...एक इन्वेस्टिगेटर? तुम!'

'हाँ, इसमें इतनी अजीब बात क्या है?'

'नहीं, कुछ नहीं। तो तुम एक इन्वेस्टिगेटर हो?'

'तुम्हें यह इतना अजीब क्यों लग रहा है?'

'नहीं...ऐसी कोई वजह नहीं है...तुम्हारे पास हमेशा कोई-न-कोई छोटे-मोटे तरीके रहे थे...जब तुम बच्चे थे तब से...।'

'हाँ, डियर, लेकिन इस बारे में सोचो, यार, हमें हमेशा खुद को बार-बार बदलना पड़ता है; यही तो ज़िन्दगी है, जीवन के वो संघर्ष जिनके बारे में डार्विन बात करते हैं...'

'ओह, अब तुम स्मार्ट भी हो गये हो! क्या इससे तुम रोज़ी-रोटी कमा लेते हो?'

'यार, मैं जानता हूँ। मैं किस बारे में बात कर रहा हूँ, ये उस तरह की बातें हैं जो अराजकतावादी करते हैं; खैर, तो, तुम बदल गये हो, तुम काम कर रहे हो, तुम्हारी ज़िन्दगी ठीक-ठाक चल रही है।'

'हाँ जैसा कि कहते हैं, मुझे कोई शिकायत नहीं। मैं कागज़ बेचता हूँ।'

'तो तुम बदल गये हो?'

'ऐसा लगता तो है।'

'अच्छी बात है। वेटर! मेरे लिए दूसरा अद्धा भी ले आओ...सॉरी, दो अद्धे ...दो और अद्धे, मेरे कहने का मतलब है कि...सॉरी यार।'

'और यह इन्वेस्टिगेटर का काम कैसा है?'

'मत पूछो, यार, सिल्वियो, काम की बातें हैं बता नहीं सकता, समझ रहे हो ना? लेकिन खैर, अब हम पुराने दिनों की बात कर रहे हैं। तुम्हें एनरीक याद है?'

'एनरीक इर्ज़ुबेता?'

'हाँ।'

मुझे सिर्फ़ इतना याद है कि जब हम लोग अलग हुए, तुम्हें याद है... ?'

'मुझे कैसे याद नहीं रहता!'

'जब हम अलग हुए, तो मुझे इतना पता चला था कि ग्रेनुइले ने आखिरकार उस परिवार से अपना मकान खाली करवा ही लिया था और वे

लोग विला डेल प्राक में जाकर रहने लगे थे, लेकिन उसके बाद से मैंने एनरीक को नहीं देखा।'

'ठीक कह रहे हो। एनरीक अज़ुल की एक कार फ़ैक्ट्री में काम करने चला गया था। तुम जानते हो कि अब वो कहाँ है?'

'अज़ुल में ही ना?'

'नहीं, वो अज़ुल में नहीं है; वो जेल में है।'

'जेल में?'

'पक्का, उतना ही जितना कि यह बात कि मैं यहाँ बैठा हूँ, वो जेल में है...'

'उसने क्या किया ऐसा?'

'कुछ नहीं, यार, जीवन का संघर्ष...जीवन का संघर्ष, ये शब्द मैंने एक स्पेनिश से सीखे थे जिसे विस्फोटक बनाना पसंद था। क्या तुम विस्फोटक बनाते हो? अरे, इतने हैरान-परेशान क्यों होते हो; तुम भी तो डायनामाइट पर अच्छा...'

उसके फुसलाने वाले सवालों से नाराज़ होकर मैंने सीधे उसकी आँखों में देखा।

'क्या तुम मुझे पुलिस स्टेशन ले जाना चाहते हो?'

'अरे नहीं, यार, क्या तुम ज़रा-सा मज़ाक भी नहीं समझ सकते?'

'ऐसा लग रहा है जैसे तुम मुझसे कुछ उगलवाना चाहते हो।'

'वाओ...तुम बहुत अजीब हो वाकई। तुमने कहा था ना कि तुम बदल गये हो?'

'हाँ, बिलकुल। खैर, तुम मुझे एनरीक के बारे में बता रहे थे।'

'मैं तुम्हें उस बारे में सब बताऊँगा; तुम्हारे और मेरे बीच की बात है तो, वो

वाकई शानदार और असरदार काम था। बहरहाल, मुझे यह याद नहीं पड़ता कि वो उस वक्त शेवेरले डीलरशिप में था या बुइक में काम कर रहा था, जब उसके मालिक ने उसे अपने विश्वास में ले लिया... । एनरीक हमेशा लोगों के दिलों तक पैठ बनाने के हुनर का राजा था। वो ऑफ़िस में काम कर रहा था और पता नहीं कैसे उसने एक चेक चुरा लिया और उसमें 5,953 पेसोस की रकम भर दी। तो यह हुआ! जिस दिन वो इस चेक को भुनाने जा रहा था, डीलरशिप के मालिक ने उसे उसी बैंक में डालने के लिए 2,100 पेसोस दिए। तो ये पगला बंदा अपनी जेब में पैसे डालता है, बड़ी शांति से बैंक जाता है और उन्हें वो चेक पकड़ा देता है। और अब आती है सबसे बेतुकी बात : बैंक ने उस चेक को भुना भी दिया।'

'उन्होंने उसके बदले नकदी दे दी!'

'हाँ, बिलकुल। वो वाकई बहुत बढ़िया जालसाज़ था। भाई, यह हुनर तो उसमें हमेशा से था। तुम्हें याद है जब उसने निकारागुआ झंडा तैयार किया था?'

'हाँ, जब वो बच्चा था तब भी वो इसमें बहुत अच्छा था...लेकिन आगे बताओ।'

'खैर, उन्होंने उसे नकदी दे दी...लेकिन सोचो अब वो कितना उत्तेजित और घबराया हुआ होगा : वो कार में जाता है, और बाज़ार से दो ब्लॉक्स दूर एक दोराहे पर सीधे एक धीमे-धीमे चलने वाले ठेले से गाड़ी भिड़ा देता है...और वो तो उसकी किस्मत अच्छी थी कि ठेले की एक छड़ से सिर्फ़ उसका हाथ टूटा, ज़रा-सा बायीं तरफ़ होता तो ठेले की छड़ उसके सीने में घुस जाती। वो बेहोश हो गया। वे लोग उसे अस्पताल ले गये और जब डीलरशिप के मालिक ने इस दुर्घटना के बारे में सुना तो वो दौड़ा आया। उस आदमी ने एनरीक के कपड़े माँगे, क्योंकि या तो उसकी जेबों में पैसे जमा करने की पर्ची होती या पैसे होते... । ज़रा सोचो वो शख्स कितना हैरान हुआ होगा...जब उसे उस पर्ची की बजाय 8,053 पेसोस मिले। जैसे ही एनरीक में जीवन के कुछ लक्षण दिखे, इस बंदे ने उससे पूछा कि ये हज़ारों पेसोस कहाँ से आये और एनरीक को समझ नहीं आया कि क्या जवाब दे; फिर वे वापस बैंक गये और वहाँ सारी बात साफ़ हो गयी।'

'वाओ।'

'भरोसा नहीं होता इस सब पर, मैंने इस बारे में सब कुछ द *सिटिज़न* में पढ़ा, जो कि वहाँ से प्रकाशित होने वाले अख़बारों में से एक है।'

'और अब वो जेल में है?'

'हाँ, अँधेरे में, जैसा कि वो कहता था...लेकिन अंदाज़ा लगाओ उसे वाकई कितनी लम्बी सज़ा हुई है। वो नाबालिग है और उसके परिवारवाले कई रसूखदार लोगों को जानते हैं।'

'अजीब बात है, मैं देख सकता हूँ कि एनरीक का भविष्य बहुत अच्छा है।'

'हाँ। उसे लोग ऐसे ही धोखेबाज़ थोड़े न बुलाते थे।'

हम चुप हो गये। हम दोनों एनरीक को याद करने लगे। अपने मन में तो मैं उसके साथ उस कठपुतली वाले छोटे से कमरे में लौट गया। सूरज की एक किरण उसके दुबले, गर्वीले किशोर आकार को रौशन कर रही थी।

अपनी फटी-सी आवाज़ में लुसियो बोलता रहा—

'जीवन के संघर्ष, यार, कुछ लोग बदल जाते हैं और कुछ पगडंडियों पर फिसल कर गिर जाते हैं; यही ज़िन्दगी है...लेकिन अब मुझे चलना चाहिए, मेरी शिफ़्ट शुरू होने वाली है...अगर तुम फिर मिलना चाहो तो यह मेरा पता है।'

और उसने मुझे अपना कार्ड थमा दिया था।

जब बहुत लम्बी अलविदा के बाद, मैं चमकदार रौशन गलियों में अकेले बहुत दूर निकल आया तो भी मैं अपने कानों में बजते उसके शब्द सुन सकता था :

'जीवन के संघर्ष, यार...कुछ लोग बदल जाते हैं और कुछ पगडंडियों पर फिसल कर गिर जाते हैं; यही ज़िन्दगी है!'

~

अब मैं दुकानदारों और व्यापारियों के पास एक कुशल सेल्समैन की तरह जा सकता था और इस निश्चितता के साथ भी कि अब मेरी निराशा के दिन ख़त्म हो चुके हैं, क्योंकि अब मैं एक बिक्री कर चुका था; जल्दी ही मेरे भी चंद ग्राहक हो गये जिनमें कुछ मेले में दुकान लगाने वाले थे और कुछ दवासाज़ जिनसे मैं पिक्रिक एसिड वगैरह की बातें कर सकता था, कुछ किताबों की दुकानवाले और दो-तीन परचूनवाले जो बहुत सौदेबाजी करते और उनसे सबसे कम मुनाफ़ा होता।

अपना वक्त ज़्यादा बर्बाद न करने के मकसद से मैंने काबल्लितो, फ्लोर्स, वेलेज़ सार्सफील्ड और विला क्रेस्पो को कुछ इलाकों में बाँट लिया, जिनका बहुत व्यवस्थित रूप से हफ़्ते में एक बार मैं दौरा करता।

मैं बहुत जल्दी उठता और लम्बे-लम्बे डग भरता हुआ पूर्वनिर्धारित क्षेत्र की तरफ़ निकल जाता। उन दिनों से मुझे याद है वहाँ छोटे सफ़ेद रंग से पुते मकानों के क्षितिज पर विशाल और चमकदार आसमान, लाल दीवारों वाली फ़ैक्ट्रियाँ और इन क्षेत्रों के बाहरी किनारों पर हरियाली, कब्रिस्तान के सफ़ेद गुम्बदों के चारों तरफ़ साइप्रस और फलों के पेड़ थे।

उन सपाट कस्बाई गलियों की जो दयनीय और गन्दी थीं, धूप से चौंधियाती हुई, जहाँ दरवाज़ों पर कूड़ेदान रखे होते और बगैर कंघी किये बालों वाली मोटी, गन्दी महिलाएँ, गलियारों में बात कर रही होतीं और एक साफ़, बेहद साफ़ आसमान के चाप तले रह-रहकर या तो अपने बच्चों को पुकारतीं या कुत्तों को—इस माहौल की मेरे अन्दर अब भी एक शीतल, विशाल और खूबसूरत स्मृति ज़िन्दा है।

उस नीले स्थान की अनन्त और उल्लासपूर्ण शांति को मेरी आँखें उत्सुकतापूर्वक अपने भीतर उतारतीं।

मेरी आत्मा उम्मीद और भ्रम की सुलगती लपटों से आच्छादित थी और मेरे भीतर अंकुरित ईमानदारी के प्रति एक खुशनुमा प्रेरणा इतनी महान थी कि

मैं उसे शब्दों में अभिव्यक्त नहीं कर सकता था।

और जितना मैं इन गुम्बदों के प्रति मुग्ध होता, उतनी ही नीच और निकृष्ट जगहों पर मैं कारोबार करता। मुझे याद है...

वो कस्बाई परचून की दुकानवाले और वो कसाई!

अँधेरे में सूरज की एक किरण से टिन वाले काउंटर के ऊपर कुंदों और रस्सियों से लटके लाल-काले जानवरों के शव प्रकाशित हो रहे होते। फ़र्श भूसे से ढका हुआ और हवा में सूअर की चर्बी की गंध; पीली चर्बी पर मक्खियों की पूरी काली जमात मानो उबल पड़ती और भावशून्य कसाई या तो हड्डियों को चीर रहा होता या चॉप्स को अपने चाकू के हत्थे से नरम कर रहा होता...और बाहर...बाहर सुबह का आसमान, शांत और उत्कृष्ट और उसके नीलेपन से टपकती वसंत की अंतहीन मधुरता।

वहाँ से निकलते हुए मेरा ध्यान सिर्फ़ आसमान पर होता, अपने नीलेपन में पोर्सिलेन के टुकड़े जितना चिकना, बिलकुल सिर के ऊपर गहरे समुद्री रंग में तब्दील होता, बहुत शांत, गंभीर समुद्र का रंग, जहाँ मेरी आँखें कल्पना करतीं कि वो छोटे-छोटे द्वीप, बंदरगाह, हरे जंगल वाले संगमरमरी शहर और फूलते हुए मस्तूलों वाले जहाज़ देख रही हैं, जो जलपरियों के गीतों के बीच अपना लंगर डालते और खुशियों के अति उग्र शहर की तरफ़ रवाना हो रहे हैं।

मैं इसी तरह घूमता रहता, एक खुशनुमा उग्रता और उत्तेजना से घिरा।

ऐसा लगता मानो मुझे रात में हुई किसी पार्टी का शोर सुनाई दे रहा है; जो आतिशबाज़ी की गयी है उसके झिलमिलाते हरे सितारे मेरे सिर के ऊपर चमक रहे हैं; दुनिया का तोंदू जिन्न आकाश से पृथ्वी पर हँस रहा है और देवी-देवता का स्वांग करते बन्दर एक मेंढक के बांसुरी बजाने पर हँस रहे हैं।

मेरे कानों में बजती इन अजीबोगरीब आवाज़ों और मेरी आँखों के सामने नाचते ऐसे दृश्यों के साथ मैं बहुत दूर-दूर तक पैदल चला जाता और मुझे ध्यान भी नहीं रहता।

मैं बाजारों में जाता, सभी दुकानदारों से बात करता उन्हें ज़्यादा से ज़्यादा अपना सामान बेचने की कोशिश करता, उन लोगों से बहस करता जो मेरे सामान से संतुष्ट नहीं होते थे। ऐसे लोग अपने काउंटर के नीचे से कागज़ की पट्टी निकालते जिससे एक झंडा बन सकता था और कहते—'इन छोटी-छोटी पट्टियों से, तुम्हारे ख़्याल में मैं क्या कर सकता हूँ?'...

मैं जवाब देता—

'ओह, इसकी कटान हमेशा तो जहाज़ के पाल जितनी लम्बी नहीं हो सकती ना। ईश्वर के आँगन में सब कुछ है।'

इस तरह की दिखावटी सफ़ाई से वो व्यापारी संतुष्ट नहीं होते और अपनी बहस में गवाह के तौर पर अपने साथी कारोबारियों को बुला लेते और कसम खाते कि अब मुझसे वो एक किलो कागज़ भी नहीं खरीदेंगे।

फिर मैं बहुत गुस्से में आने का दिखावा करता, अपने मुँह से कुछ भद्दे शब्द भी फिसल जाने देता और जल्दी से दुकान के काउंटर के पीछे जाता, वहाँ कागज़ के ढेर में से कागज़ का एक ऐसा टुकड़ा निकालता जिसे कुछ रचनात्मकता के साथ एक गाय के कफ़न के तौर पर भी इस्तेमाल किया जा सकता हो।

'और ये?...तुमने मुझे पहले यह क्यों नहीं दिखाया? आपको क्या लगता है, मैं हर कागज़ को अपने हाथ से चुनूँगा? अगर ये इतना ही अहम है तो आप स्पेशल कटिंग वाला कागज़ क्यों नहीं खरीदते?'

इस तरह से मैं कसाइयों, मछली बेचने वालों अपरिष्कृत और मंद बुद्धि लोगों से बहस करता, जिन्हें अच्छी बहस करना पसंद होता है।

वसंत की सुबह मुझे ट्राम से अलग-अलग गलियों में घूमना अच्छा लगता जो कारोबारियों के शामियानों से सजी होतीं। मुझे धुँधले अंदरूनी भाग वाले डिपार्टमेंटल स्टोर अच्छे लगते, चीज़ की वो दुकानें भी जो शेल्फ़ पर लगे मक्खन के विशाल ढेरों के साथ खेतों की तरह लगती, वो दुकानें जिनमें रंगीन

डिस्प्ले अलमारियाँ लगी होतीं और इन अलमारियों की बगल में बैठी महिलाएँ कपड़ों के चमकदार रोल्स को देख रही होतीं; लोहे का सामान बेचने वालों की दुकानों से आती पेंट की गंध, जनरल स्टोर से आती पेट्रोलियम की गंध, ये सब मेरी इन्द्रियों में एक असाधारण ख़ुशी की खुशबू की तरह मिल जातीं, एक ऐसी सुगन्धित ब्रह्मांडीय आयोजन की तरह जिसका भावी कथावाचक मैं होने वाला था।

अक्टूबर की शानदार सुबहों में मैं बहुत ताकतवर महसूस करता था, सर्वव्यापी ईश्वर की तरह।

अगर मैं थक जाता और किसी मिल्कबार में कुछ पीने के लिए जाता तो वहाँ की परछाइयों और सजावट से प्रेरित हो मैं अवर्णनीय अल्हाम्ब्रा (एक भव्य महल) के सपने देखने लगता सुदूर स्थित बंद अंडालूशिया के सपने। मैं पर्वत श्रेणी की तलहटी में स्थित छोटे-छोटे खेतों और घाटियों में नीचे जाने वाले स्रोतों के छोटे-छोटे चाँदी के रिबन को देखता। एक स्त्री गिटार साथ लिए गा रही होती और मेरी स्मृति में वही पुराना अन्दलुसियन मोची एक बार फिर उभरता और कहता—

'होज़े, वो एक गुलाब से भी ज़्यादा सुन्दर था।'

जीवन, किताबों और इस दुनिया के प्रति प्रेम, एक धर्म परायणता और कृतज्ञता मेरी आत्मा की नीली नसों में तेज़ी से दौड़ जाती।

यह मैं नहीं था बल्कि मेरे भीतर मौजूद भगवान था, पर्वतों, जंगलों आसमान और मेरी स्मृति के अवशेषों से बना ईश्वर।

जब मैं पर्याप्त मात्रा में कागज़ बेच लेता तो वापस लौटता और चूँकि वापस लौटते हुए दूरी कुछ ज़्यादा लम्बी हो जाती तो मैं अजीब और बेतुकी चीज़ों के सपने, जैसे विरासत में सत्तर मिलियन पेसोस का मालिक बन जाना, वगैरह देखता हुआ खुद को खुश रखता। ऑफ़िस पहुँच कर जब मोंटी रुखाई से मुझे संबोधित करता तो मेरी सारी कल्पनाएँ उड़नछू हो जातीं।

'रेमेदिओस स्ट्रीट के कसाई ने कागज़ वापस भेज दिया है।'

'क्यों?'

'मुझे कैसे मालूम होगा! उसने कहा, उसे वो पसंद नहीं आया।'

'मैं दुआ करता हूँ कि उस पर बिजली गिर जाए।'

कागज़ का वो गन्दा गट्ठर असफलता का जो बोध मुझमें पैदा करता, उसको बयान करना नामुमकिन है। वो पुलिंदा जिसकी गाँठों को खोल कर फिर से बाँधा गया था, उसके किनारों पर कीचड़ लगा होता, उसमें खून और चर्बी के दाग लगे होते थे, क्योंकि कसाई ने उसे अपने चिकने और गंदे हांथों से निर्दयतापूर्वक उल्टा-पलटा होता था।

इस तरह की वापसी बार-बार की जाती।

पिछली घटनाओं से सीख लेते हुए मैं खरीददार को सलाह देता—

'देखो, यह वाला कागज़ तो काटते वक्त जो बचता है, उससे बना है, अगर आप चाहें तो मैं आपको स्पेशल कटिंग का कागज़ भेज सकता हूँ, लेकिन यह हर किलो पर 8 सेन्टावोस महँगा पड़ेगा, लेकिन आप उस सारे कागज़ का इस्तेमाल कर सकेंगे।'

'कोई फ़र्क नहीं पड़ता, यार,' वो कसाई कहता, 'मुझे तो तुम सस्ता वाला ही भेजना।'

लेकिन जब उनको कागज़ भेजा जाता तो वो ज़िद्द करते कि उसकी कीमत प्रति किलो कुछ घटाई जाए वरना वो कागज़ वापस कर देते, जिसके कुछ टुकड़े तो बुरी तरह से फटे होते और अगर इन फटे कागज़ों का वज़न दो-तीन किलो से ज़्यादा होता तो मेरा मुनाफ़ा तो बिलकुल ख़त्म हो जाता; या फिर वो मेरा भुगतान ही नहीं करता, जिसका मतलब होता पूरा घाटा...।

कभी-कभी वाकई हास्यास्पद नुकसान होते जिन पर मैं और मोंटी हँसते ताकि हम गुस्से से रो न पड़ें।

मसलन, हमारा एक ग्राहक सूअर काटने वाला कसाई था जो इस बात पर अड़ा था कि कागज़ के बंडल उसके घर एक निश्चित दिन, निश्चित वक्त पर पहुँचाएँ, यह नामुमकिन था; एक दूसरा शख्स था जिसने सारा सामान वापस भेज दिया और डिलीवरी ड्राईवर का अपमान भी किया, क्योंकि उसने ठीक तरह से बनायी हुई कानूनी रसीद नहीं दी, जिसकी वैसे भी ज़रूरत नहीं थी; एक और बंदा था जिसने कहा कि वो सामान का भुगतान तब तक नहीं करेगा जब तक कि वो इस सामान को कम-से-कम एक हफ़्ते इस्तेमाल करके देख न ले।

और मेलों में तुर्क कैसा बर्ताव करते थे, उस बारे में तो बात ही न की जाये तो बेहतर।

अगर मैं उनसे जाकर अल मोंतामिद के बारे में पूछता तो अव्वल तो वो मुझे समझ ही नहीं पाते या फिर कंधे उचका कर किसी गप्पबाज़ रिश्तेदार की बिल्ली के लिए गोश्त का टुकड़ा काटने में मशगूल हो जाते।

और उन्हें कुछ बेचने का मतलब था पूरी सुबह बर्बाद करना। और इस सारी मशक्कत का नतीजा होता सिर्फ़ 75 सेन्टावोस। जिन्हें कमाने के लिए 25 किलो का छोटा-सा दयनीय पैकेट किसी अनजान कस्बे की सुदूर गली में भेजना होता था।

डिलीवरी ड्राईवर जो एक गंदे चेहरे वाला चुप्पा-सा इन्सान था, शाम को जब थके हुए घोड़े के साथ कागज़ को वापस लेकर आता तो कहता—

'इसे डिलीवर नहीं कर सका,' और चिड़चिड़ाते हुए बंडल को ज़मीन पर फेंक देता। 'वो कसाई तो बूचड़खाने में था और उसकी बीवी ने कहा वो इस बारे में कुछ नहीं जानती और वो कुछ नहीं लेगी। ये दूसरा वाला तो गलत पता है, ये तो जूतों की फ़ैक्ट्री है। मुझे कोई नहीं बता पाया कि ये वाली गली किधर है।'

फिर हम जी भर कर बातें करते। उन धूर्तों के बारे में शिकायत करते हुए जिनके लिए किसी तरह की औपचारिकता या अनुबंध की कोई अहमियत नहीं थी।

कभी–कभी मुझे और मारियो को एक ही व्यक्ति से एक ही ऑर्डर मिल जाता और जब उसे सामान भेजा जाता तो वो उसे नामंज़ूर कर देता, यह कहते हुए कि उसने वो सामान किसी तीसरे बंदे से बेहतर कीमत पर खरीद लिया है। कुछ लोग तो इतने बेशर्म होते कि इस बात से ही साफ़ इनकार कर देते कि उन्होंने ऐसा कोई ऑर्डर दिया है और अगर उनके पास कोई बहाना नहीं होता तो वे बहाने ईजाद करने में कोई कोताही नहीं बरतते थे।

जब मैं यह सोचता कि मैंने एक हफ़्ते में साठ पेसोस कमा लिए हैं तो दरअसल मैं सिर्फ़ पच्चीस–तीस पेसोस ही बना पाता था।

ओह, वो नीच लोग! छोटे व्यापारी, दुकानदार, दवा बेचने वाले! कितने ओछे और छोटे लोग, हमेशा और जानकारी और मुफ्त सैंपल माँगने वाले!

सिर्फ़ इसलिए कि वो हज़ार लिफ़ाफ़ों जैसी मामूली चीज़ खरीद लें, जिन पर 'मैग्नीशिया' या 'बोरिक एसिड' लिखा हो, उनके पास नियमित तौर पर जाकर पहले अलग–अलग तरह के कागज़ों का सैंपल दिखाने का कोई विकल्प नहीं था और वो सिर्फ़ इतना कहते—

'हम देखेंगे, अगले हफ़्ते आना।'

मैंने अक्सर सोचा है कि उन कारोबारियों या उस आदमी पर एक ज़ातिवृत्त और उनका मनोविज्ञान लिखा जा सकता है, जो काउंटर के पीछे कैप पहन कर खड़ा होता है, जिसका चेहरा ज़र्द और आँखें स्टील के समान ठंडी और भावहीन होती हैं।

उन्हें अपना सामान दिखाना ही काफ़ी नहीं है।

अगर आप उन्हें कुछ बेचना चाहते हैं तो आपको वाकई एक पक्की अस्थिर किस्म की चालाकी दिखानी होगी, आपको अपने शब्दों को सोच–समझ कर चुनना होगा, अपने विचारों पर भी सोचना होगा, सावधानी से फुसलाना होगा, उन विषयों पर बातचीत करनी होगी जिनके बारे में आप कुछ नहीं जानते और जिन पर आपको यकीन भी नहीं, किसी छोटी–सी बात पर

बहुत उत्साहित हो जाना पड़ेगा, तो कभी एक दुखभरी नज़र से बाज़ी मारनी होगी, कभी उन चीज़ों में अपनी स्पष्ट दिलचस्पी दिखानी होगी, जिनकी आप रत्ती भर भी परवाह नहीं करते, आपको बहु आयामी, लचीला और हाज़िर जवाब होना होगा, छोटे-से-छोटे मुनाफ़े के हिस्से को कृतज्ञता से स्वीकार करना होगा, जब कोई रूखी और अशिष्ट टिप्पणी करे तो उस पर मन खट्टा नहीं करना होगा, न ही उसे व्यक्तिगत तौर पर लेना होगा, आपको अपने वक्त की बरबादी, लोगों के नाखुश और नाराज़ चेहरे, रूखे और चिढ़ा देने वाले जवाब झेलने होंगे, आपको कुछ सेन्टावोस कमाने के लिए यह सब झेलना होगा क्योंकि 'यही ज़िन्दगी है।'

और काश सिर्फ़ एक ही आदमी यह काम कर रहा होता...लेकिन आपको यह भी समझना होगा कि ठीक जहाँ आप खड़े हैं और अपने साथ व्यापार करने के फ़ायदे गिना रहे हैं, वहाँ आपसे पहले कई और सेल्समैन खड़े हो चुके हैं, उसी उत्पाद को कुछ अलग शर्तों पर पेश करते हुए, यह एक और ऐसी बात है जो खरीददार के पक्ष में होती है।

अब यह कैसे समझाया जा सकता है कि एक आदमी परस्पर लाभ के लिए बहुत से लोगों में से एक को क्यों चुनता है?

यह कहना ज़्यादती नहीं है कि एक व्यक्ति और सेल्समैन के बीच भौतिक और आध्यात्मिक रिश्ते स्थापित किये जा चुके हैं, आर्थिक, राजनीतिक, धार्मिक और यहाँ तक कि सामाजिक विचारों के आधार पर भी, अनजाने में या जानबूझकर और कोई भी बिक्री, चाहे वो सूई के एक पैकेट की ही बिक्री क्यों न हो, अगर उसकी बेहद ज़रूरत नहीं है, तो, ये बिक्री न्यूटन के द्विपद में से एक के विस्तार से भी अधिक कठिन होती है।

काश, बस इतना ही होता!

आपको यह भी सीखना होता है कि आप खुद पर काबू कैसे रखें, उस तुच्छ बुर्जुआ वर्ग की बदतमीज़ी को कैसे झेलें।

सामान्यतः ये दुकानदार, महाजन धूर्त तो होते हैं लेकिन बेवक़ूफ़ भी, निम्न वर्ग के लोग, जिन्होंने बहुत सारे कष्टदायी बलिदानों को झेल कर धन कमाया होता है, ऐसी छोटी-मोटी चोरियों के ज़रिये जो कानून की पहुँच के बाहर होती हैं, छोटे-मोटे भ्रष्ट काम करके जिन पर या तो किसी का ध्यान नहीं जाता या फिर हर कोई इसे बर्दाश्त करता है।

इन निम्नवर्ग के लोगों में झूठ बोलने की आदत ने जड़ें जमा ली हैं, ये लोग जो छोटी या बड़ी मात्रा में पूँजी का संचालन करने से भली-भाँति परिचित हैं और जो कर्ज़े से मुक्ति पाकर रईस बन गये हैं, जो उन्हें एक तरह की प्रतिष्ठा का आवरण भी देता है, उनमें एक तरह की उग्रता आ जाती है, कहने का मतलब यह है कि वे अपने अधीन या अपने से कमतर लोगों से बगैर किसी तहज़ीब से बात करते हैं। ठीक उसी तरह जैसे वे उन अजनबियों से बात करते हैं, जिनसे उन्हें कारोबार करना होता है।

ओह! ये कितने कष्टप्रद लोग हैं, इन पैसेवाले चालबाज़ों के तानाशाही बर्ताव, जो अपने दफ़्तरों की विश्वासघाती खिड़कियों के पीछे अपनी कमाई पर कड़ी नज़र रखते हैं और उनकी अधम थूथन एक घटक प्रवृत्ति से फड़कने लगती है, जब वे कहते हैं—

'दूर हटो, भाई, हम सिर्फ़ बड़ी और अहम कंपनियों से ही अपना सामान खरीदते हैं।'

लेकिन आप इसे बर्दाश्त कर लेते हैं, आप मुस्कुराते हैं और सिर हिलाते हैं...क्योंकि 'यही ज़िन्दगी है।'

~

कभी-कभी, जब मैं अपना दौरा पूरा कर चुका होता और अगर मैं कुछ देर और बाहर रुकना चाहता तो मैं फ्लोरेस के मेले में लगने वाले ठेलों और उन ठेलों को उठाने वाले घोड़ों की देखभाल करने वाले के पास बातचीत करने चला जाता।

यह भी अन्य मेलों की तरह का ही एक मेला था।

सफ़ेदी किये हुए घरों वाली गली के अंत में, धूप से सराबोर यह मेला अचानक उपस्थित होता।

हवा में सब्ज़ियों की गंध होती, दुकानों के शामियाने उनके टिन काउंटर को छाया देने के लिए बनाये जाते जो पटरी के समान्तर गली के बीचोबीच लगाये जाते।

मैं अब भी अपने मन में वो तस्वीर साफ़ देख सकता हूँ।

मेले में दुकानों की दो कतारें होती हैं।

एक कतार में कसाई, सूअर का गोश्त बनाने वाले कसाई, अंडे और चीज़ बेचने वाले होते तो दूसरी कतार में सब्ज़ी बेचने वाले। और ये पंक्तियाँ लम्बी खिंचती चली जातीं, बहुत चमकदार तमाम सजावटों से भरपूर, जिसमें कमीज़ पहने दाढ़ी वाले पुरुष सब्ज़ियों से भरे टोकरों की बगल में खड़े होते।

ये कतारें शुरू होती हैं मछली बेचने वालों की दुकानों से, उनकी गेरुए रंग की टोकरियाँ झींगों के लाल, पेजेरी मछली के नीले, बिवाल्व मोलस्क के चॉकलेट रंग से, विंकल मोलस्क के सीसे जैसे रंग और हेइक मछली के चमकते सफ़ेद रंग से सनी होतीं।

कुत्ते किसी फेंके हुए मछली के टुकड़े की तलाश में गश्त लगाते और सीने पर एप्रन पहने सेल्समैन उन मछलियों को उनकी पूँछ से उठाते जो उनके ग्राहक माँगते, और चाकू से एक ही बार में उसका पेट खोल देते, अपनी उँगलियाँ उसके पीछे तक घुसाते और अन्दर का हिस्सा निकाल देते फिर एक तेज़ प्रहार के साथ उसे दो हिस्सों में काट देते।

और थोड़ी दूर पर, आँतों को बेचने वाले अपने टिन काउंटर पर आँतें साफ़ करते या फिर खूँटियों पर बहुत लाल कलेजे टाँग रहे होते।

एक साथ कई लोगों की चिल्लाहट लगातार दोहराई जाती हैं—

'ताज़ी पेर्जेरी...देखिये ये बिलकुल ताज़ी है।'

दूसरा स्वर—

'ये देखिये...। अच्छा माल तो यहाँ है...आइये, देखिये।'

शेड्स के पिछवाड़े में बॉक्स में मछलियों के ऊपर रखी बर्फ़ की सिल्ली लाल बुरादे से ढकी धीरे-धीरे पिघलती रहती है।

पहली दुकान में अन्दर जाकर पूछता—

'क्रिप कहाँ है?'

वो फेरीवाले अपने हाथ नितम्बों पर रखते और उनका गन्दा एप्रन उनके पेट पर लहराता रहता और अपनी कर्कश या नाक से निकली तीखी आवाज़ में चिल्लाते—

'क्रिप, आओ, क्रिप!' और चूँकि वे उसे पसंद करते थे, वे उसका नाम पुकार कर ज़ोर से हँसते और क्रिप, दूर से ही मुझे पहचान कर लँगड़ाता हुआ धीरे-धीरे चलता ताकि अपनी लोकप्रियता का थोड़ा-सा मज़ा ले सके। अगर उसे किसी दुकान के पास खड़ी कोई महिला मिल जाती तो वो अपने हैट के किनारे को छूकर उसका अभिवादन करता।

फिर वो वहाँ ठहर कर बात करता और अपनी सदाबहार धूर्त मुस्कान बिखेरता रहता जिससे उसके मुड़े हुए दाँत दिखाई देते। फिर वो आगे चलता, बगल में खड़े नौजवान कसाई लड़कों को हल्की-सी आँख मारता हुआ, जो उसकी तरफ़ भद्दे इशारे कर रहे होते थे।

'क्रिप...यार, क्रिप...यहाँ आओ,' दूसरी तरफ़ से वो पुकारते।

वो कामचोर अपना इकहरा चेहरा एक तरफ़ घुमाता, हमें इंतज़ार करने को कहता और उन औरतों के बीच से अपना रास्ता बनाने लगता जो दुकानों के सामने भीड़ लगाये खड़ी होतीं और जो महिलाएँ उसे नहीं पहचानती थीं, गुस्से में बड़बड़ाती कंजूस बूढ़ी औरतें, चिड़चिड़ी लालची युवतियाँ और आडम्बरी,

ज़ोर-ज़ोर से बात करती छोटी लड़कियाँ, सभी उसे शक से, धूप से लाल हुए उसके बेशर्म चेहरे को देखतीं, ऐसी नफ़रत से, जिसे वो छिपाने की कोशिश भी नहीं करतीं।

वो एक निठल्ला बंदा था, जिसे एक साथ इकट्ठा होकर खड़ी औरतों के नितम्ब सहलाना अच्छा लगता था।

'क्रिप...यहाँ, क्रिप।'

क्रिप लोकप्रिय था। और सभी ऐतिहासिक शख्सियतों की तरह उसे भी दोस्त बनाना पसंद था और एक उत्सव व भौंडेपन के माहौल में जो एक छोटे फेरीवाले और चिकनाई से सनी गृहिणी के बीच तुरंत स्थापित हो जाता है, उसे अपनी महिला पड़ोसियों को अभिवादन करना भी अच्छा लगता था।

जब वो अश्लील और भद्दी बातें करता तो उसका लाल चेहरा इस तरह चमकने लगता मानो उस पर अभी-अभी सूअर की चर्बी लगायी गयी है। और यह दुष्ट अपने भद्दे मज़ाकों की गन्दगी के जो छींटे उड़ाता उसमें मछली, सब्ज़ी, अंडे बेचने वाले खूब मौज लेते।

वे उसे पुकारते—

'क्रिप... यहाँ आओ क्रिप।' और मुस्टंडे कसाई, नेपल्स क्षेत्र के स्वस्थ बच्चे, सभी दाढ़ी वाले गंदे लोग जो छोटी-मोटी चीज़ों के लेन-देन से अपनी रोज़ी-रोटी चलाते थे। सभी निकम्मे, भ्रष्ट और लालची, मछली, सब्ज़ी और मक्खन बेचने वाले और कसाई—कंजूस, लालची क्रिप के बेवकूफ़ाना मज़ाक और बेशर्मी का मज़ा लेते और गुस्ताख और गप्पबाज़ क्रिप इस बाज़ार के शुभंकर प्रतीक की तरह हरे पत्तों, डंठलों, संतरों के छिलकों से भरे रास्ते पर अपने नितम्ब हिलाता हुआ चलता और उसके होंठों पर उसका प्रिय अश्लील गीत रहता—

'और मुफ़्त में मज़ा मिल जाये तो क्या कहने।'

जिस दिन वह एक घोड़े की वजह से लँगड़ा हुआ था, उसी दिन से उसने

ठेलियों की देखरेख करने का काम शुरू कर दिया। वो हमेशा एक ही पोशाक पहने रहता यानी हरी फलालेन की पैंट और एक जैकेट जो बुलफाइटर की जैकेट जैसी दिखती थी।

उसकी गर्दन का जो हिस्सा जैकेट से ढका नहीं होता, वहाँ पर वो एक लाल रुमाल बाँधे रखता था। एक चिकनाई से सना चौड़े किनारों वाला हैट उसके माथे को ढके रहता और बूट की बजाय वो सपाट एड़ी वाले जूते पहनता जिनका ऊपरी हिस्सा बैंगनी कैनवास का था, जिस पर गुलाबी रंग के बेलबूटे बने हुए थे।

वह ठेलियों की कतार के एक छोर से दूसरे छोर तक लँगड़ाता हुआ चलता रहता, हाथ में हमेशा चाबुक रहता और वह घोड़ों को शांत करता रहता जो मस्ती करने के लिए एक-दूसरे को खूँखार तरीके से काट लेते।

क्रिप ठेलों की साज-सँभाल करता था, लेकिन वो चोर भी था, पेशे से वेश्याओं का दलाल और आदतन जुआरी था। कुल मिलाकर वो दोस्ताना व्यवहार रखने वाला दुष्ट आदमी था, जो ख़ुशी-ख़ुशी आपकी मदद कर देगा या फिर आपको चकमा दे देगा।

उसका कहना था कि उसने पेशेवर घुड़सवार बनने का प्रशिक्षण पाया था, लेकिन वह लँगड़ा हो गया क्योंकि उसके साथियों ने ईर्ष्यावश उसके घोड़े को डरा दिया था, लेकिन मुझे नहीं लगता कि वो कभी घुड़साल की साफ़-सफ़ाई करने से ज़्यादा कुछ कर सकता था।

लेकिन यह सच है कि घोड़ों के जितने नाम और गुण वो जानता था, उतने शायद एक नियमित चर्च जाने वाले को ईश्वर के नाम पर शहीद होने वाले लोगों के नाम भी मालूम नहीं होंगे। उसकी स्मृति तो मानो घोड़ों की कुलीनता की एक जंत्री की तरह थी। अगर वो मिनट और सैकेंड के बारे में बात करता तो लगता मानो आप किसी खगोलविद् से बात कर रहे हैं और जब वो अपने बारे में बात करता तो आपको लगता कि एक घुड़सवार के तौर पर उसे खोकर

देश का कितना बड़ा नुकसान हुआ है और आप की आँखों में आँसू भर आएँगे।

'कितना कामचोर है!'

अगर मैं उससे मिलने जाता, तो वो घुड़साल में काम करने वाली औरत से बात करते-करते आता और मेरी बाज़ू पकड़ के साथ चलने लगता और अपनी बात इस तरह शुरू करता—

'एक सिगरेट तो दो...' और फिर हम ठेलों की कतार तक जाते, और जिसका शामियाना सबसे अच्छा होता, उसमें बैठ कर देर तक बतियाते।

वो कहता—

'अरे, मैंने सोलोमन तुर्क को वाकई बेवक़ूफ़ बना दिया। वो अपने ठेले में मेमने की एक टाँग भूल गया था, तो मैंने उसके चेले उस छोटे लड़के को बुलाया और उससे कहा—'इसे ऊपर कमरे में ले जाओ।'

वो कहता—

'उस दिन एक बूढ़ी औरत आई। वो कुछ सामान उठवाना चाहती थी, कोई बात नहीं...और मेरे पास कुछ नहीं था...कुछ भी नहीं...एक पेसो बनेगा, मैंने उसे कहा और मच्छीवाले का ठेला ले लिया। ओह, मैंने घोड़े को खुली छूट दे दी! जब मैं वापस आया तो सवा नौ बज चुके थे और वो छोटी घोड़ी पसीने से इतनी लथपथ थी कि मैंने उसे बाँधा और अच्छे से सुखाया लेकिन उस मेक्सिकन को कुछ अंदाज़ा हो गया होगा, क्योंकि कल और आज भी वो कई बार देखने आया कि उसका ठेला यहाँ खड़ा है कि नहीं। अगली बार मुझे उस अंतड़ी बेचने वाली औरत का घोड़ा लेना पड़ेगा।' जब उसने मुझे मुस्कुराते देखा तो आगे बोला :

'रोज़ी-रोटी तो कमानी पड़ती है, यार, ज़रा सोचो : कमरे के दस पेसोस। रविवार को मैंने हिज़ मेजेस्टी, वास्कितो और उस ब्लेस्ड के साथ तीन पत्ती खेला और हिज़ मेजेस्टी ने तो मुझे निराश ही किया।'

लेकिन तभी उसने दो आवारा लोगों को कतार के आख़िरी ठेले में चुपके

से घुसते देखा और तेज़ आवाज़ में चिल्लाया—

'ओ, मादरचोदो! क्या कर रहे हो वहाँ?' और अपने सिर के ऊपर अपना चाबुक घुमाते हुए वो उस ठेले की तरफ़ दौड़ा। घोड़े की जीन वगैरह को सावधानी से देखने के बाद वो बड़बड़ाता हुआ वापस लौटा—

'अगर वो कोई पीछे वाली तख्ती या लगाम चुरा लेते तो मेरा तो कबाड़ा हो जाता।'

बारिश वाले दिनों के दौरान उसके साथ सुबह गुज़ारने की मेरी आदत हो चली थी।

एक ठेले के शामियाने के अन्दर क्रिप थैलों और बक्सों से कमाल की कुर्सियाँ बना लेता। छकड़े के शामियाने के ऊपर से उठते हुए सिगरेट के धुएँ से आप पता लगा सकते थे कि वो कहाँ है। मज़े के लिए क्रिप अपने चाबुक के हत्थे को गिटार की तरह पकड़ता और अधमुँदी आँखों से अपने सिगार का ज़ोर से कश लगाता हुआ बहुत ही भयानक स्वर में गाने लगता, आवाज़ जो कभी-कभी नाराज़गी और गुस्से से लबालब होती तो कभी बेहद कामुक और वह गाता—

'मेरे पास एक फ़ालतू बेडरूम है, बरसाती,

जहाँ हमेशा मौज मस्ती का वक्त रहता है

और वो मैंने उस औरत को दे दिया किराये पर

ताकि वो अपनी घिसाई करा सके'

एक कान को ढके हैट, नथुनों के ठीक नीचे सुलगती सिगरेट और धूप से झुलसे सीने को दिखाती उसकी अधखुली कमीज़—इस सबसे क्रिप वाकई एक चोर की तरह लगता और कभी-कभी वो मुझसे कहता—

'भूरे बालों वाले लड़के, क्या ऐसा नहीं लगता कि मैं सिर्फ़ उँगलियों का कमाल दिखाने वाला बंदा हूँ?'

या फिर वो सिगरेट के धुएँ के गुबार के बीच मंद स्वर में मुझे कबाल्लितो

की उस झोंपड़पट्टी की कहानियाँ सुनाता जहाँ उसने अपना बचपन बिताया था।

ये कहानियाँ हमलों, बलात्कार, दिनदहाड़े चोरी-डकैतियों की स्मृतियाँ थीं और इनमें गार्लिक हेड, अंग्रेज़ आदमी और दो अरेवालो भाइयों का ज़िक्र हमेशा होता।

क्रिप उदास स्वर में कहता—

'हाँ, मुझे याद है। मैं तब सिर्फ़ छोटा बच्चा था। मेंदेज़ डी एंडीज और बेला वेस्टा के कोनों में वे अरेवालो भाई हमेशा मौजूद रहते थे, उस स्पानी की परचून की दुकान की खिड़की से टिके हुए। ये स्पानी बंदा ऐसा नहीं था जिसे तुम कुछ दिमाग वाला कह सको। उसकी बीवी इधर-उधर आदमियों के साथ सोती रहती थी और उसकी दो बेटियाँ भी थीं। हाँ, मुझे याद है! वो हमेशा वहाँ होते थे, धूप सेंकते हुए और जो भी वहाँ से गुज़रता उसका मज़ाक उड़ाते हुए। जंगलों से आते हुए कुछ खेतिहर किसान वहाँ से गुज़रते तो अरेवालो भाइयों में से एक कहता—"सारी 'पाई' कौन खा गया?" और तब उसका भाई कहता—"इनमें से एक बंदा।" हाँ, वो वाकई मज़ाकिया लोग थे! और अगर तुम कभी इस सबसे नाराज़ हो गये तो तुम पर हमला ही बोल देते थे। मुझे याद है। एक दिन दोपहर का एक बज रहा था। एक तुर्क वहाँ से गुज़रा। मैं एक छोटी-सी झोपड़ी में एक लड़की के साथ था, ये झोपड़ी एक बार के सामने थी जिसका मालिक कोई फ्रेंच बंदा था। ये सब बस एक साथ ही हो गया। इस तुर्क का हैट उड़ कर गली के बीचोबीच आ जाता है, वो अपनी बन्दूक निकालने की कोशिश करता और फिर, धड़ाम! इंग्लिशमैन एक घूँसे में उसे गिरा देता है। अरेवालोस उसका बैग ले लेता है और गार्लिक हेड उसका पर्स। जब पुलिसवाला आता है तो वहाँ सिर्फ़ हैट, खाली पर्स और तुर्क ही बचता है जो रो रहा है और जिसका चेहरा उसी की नाक से सना है। जो बड़ा अरेवालोस था वो इन सबमें सबसे बुरा था। वो लम्बा, काला और काना था। उसने कुछ लोगों की हत्या की थी। जो आखिरी आदमी उसने मारा था वो पुलिस अफ़सर था। उसके नाम पर पहले से ही वारंट निकला हुआ

था। एक रात उसे दल्लेबाज़ी के कारोबार में शामिल कई और लोगों के साथ एक कैफ़े से धर लिया गया जो सैन एदुअर्दो में हुआ करता था। उन्होंने उसकी तलाशी ली और उसके पास कोई हथियार नहीं निकला। एक सिपाही ने उसे हथकड़ियाँ पहनायीं और अपने साथ ले गया। बोगोटा स्ट्रीट तक पहुँचने से पहले ही, अरेवालोस ने अँधेरे में एक छुरा निकाला जो उसने एक टिश्यू पेपर में लपेटकर अपनी कमीज़ के अन्दर छिपा रखा था और उसे इस शख्स के दिल में पूरी तरह उतार दिया। वो अफ़सर गिरा और मर गया और अरेवालोस भाग कर अपनी बहन के घर में छिप गया जो कपड़ों पर इस्तरी का काम करती थी। लेकिन अगले दिन वो पकड़ा गया। लोग कहते हैं कि वो तपेदिक से मरा, जो उसे ''रबर'' से खूब पीटे जाने की वजह से हुई।'

क्रिप की सारी कहानियाँ ऐसी ही होती थीं, एकरस, दुखद, अंधकारमय और खून से सनी। अगर मेले के ख़त्म होने से पहले उसकी बातचीत ख़त्म हो जाती तो वो मुझे अपने साथ चलने का न्योता देता—

'ओये भूरे बालों वाले, क्या कहते हो, मेरे साथ कुछ सामान इकट्ठा करने चलोगे?'

'ठीक है।'

अपना बैग कंधे पर उठाये, क्रिप एक दुकान से दूसरी दुकान, एक काउंटर से दूसरे काउंटर तक जाता और उसके बगैर कहे ही वो चिल्लाकर पुकारते—

'ओ, क्रिप, ये ले जाओ,' वो चर्बी, चिकनाई भरी हड्डियाँ इकट्ठा करता, सब्ज़ी बेचनेवालों में से जो उसे पत्ता गोभी नहीं देते, उनसे वो प्याज और आलू ले लेता; अंडेवाले उसे थोड़ा मक्खन दे देते, अंतड़ियाँ बेचनेवाले ज़रा-सी कलेजी और क्रिप, एक कान तक खिंचे हैट और कंधे पर चाबुक का हत्था रखे, हाथ में थैला पकड़े, इन फेरीवालों के सामने राजा की तरह चलता और इनमें सबसे लालची और सबसे घिनौने फेरीवाले भी उसे कुछ देने से इनकार नहीं करते थे, क्योंकि वे जानते थे कि वह उन्हें तमाम तरीकों से नुकसान पहुँचा सकता है।

जब उसका यह काम ख़त्म हो जाता तो मुझसे कहता—

'आओ, मेरे साथ खाना खाओ।'

'नहीं, वो लोग घर पर मेरा इंतज़ार कर रहे हैं।'

'ओह, चलो भी, भोंदू मत बनो। हम भुने और तले हुए आलू खायेंगे। और फिर तुम वायोला बजा सकते हो और मेरे पास वाइन भी है, सैन हुआन वाइन, जो एकदम बढ़िया चढ़ती है, जल्दी से। मैंने एक डेमीजॉन (एक तरह की शराब) खरीदी है, क्योंकि अगर तुम अपनी नकदी खर्च नहीं करते तो हमेशा ये घोड़ों पर ज़ाया हो जाती है।'

मैं जानता था कि क्रिप मेरे साथ दोपहर का खाना खाने की ज़िद क्यों करता था। उसे अपने एक नए आइडिया के बारे में मुझसे कुछ पूछना था—हाँ, यह सच है—अपनी सारी ढिलाई के बावजूद क्रिप में कुछ नया ईजाद करने की तीव्र इच्छा थी। क्रिप, जो उसके अपने कथनानुसार घोड़ों के साथ उनके खुरों के नीचे ही पला-बढ़ा था, दोपहर के सोने का वक्त उन उपायों और युक्तियों को सोचने में लगाता था, जिससे वह अपने आस-पास रहने वाले बंदों से अपने पैसे को अलग रख सके। मुझे याद है कि जब एक दिन मैंने उसे इलेक्ट्रोप्लेटिंग यानी विद्युत लेपन के चमत्कारों के बारे में बताया तो वो इतना प्रभावित हुआ कि कई दिनों तक मुझसे ज़िद करता रहा कि मैं उसके साथ नकली पैसा बनाने का धंधा शुरू कर दूँ। जब मैंने उससे पूछा कि यह कारोबार शुरू करने के लिए पैसा कहाँ से लाएगा, तो वो बोला—

'मैं एक बंदे को जानता हूँ जिसके पास पैसा है। अगर तुम चाहो तो मैं तुम्हें उससे मिलवा दूँगा और हम कोई तरीका निकाल लेंगे। तो...हम ये कर रहे हैं कि नहीं?'

'ठीक है।'

अचानक क्रिप अपने चारों तरफ़ घूरता और फिर विक्षुब्ध कर देने वाली तेज़ आवाज़ में चिल्लाता—

'ओ छोटू!'

यह छोटा लड़का जो अपनी ही उम्र के किसी लड़के से लड़ रहा होता, दुबारा नमूदार होता।

वो अभी दस साल का भी नहीं हुआ था और उसका कद चार फ़ीट से भी छोटा था, लेकिन कष्टों और बेघर होने के तमाम अनुभवों ने उसके विषमकोणीय मंगोल चेहरे पर अमिट झुर्रियाँ और शिकन छोड़ दी थी।

उसकी नाक दबी हुई थी, होंठ फूले हुए और उसके बहुत घने बाल थे, इतने घुँघराले और घने कि उसके कान बालों में छिपे रहते। एक मैले-कुचैले ऑस्ट्रेलियाई आदिवासी की तस्वीर को पूरा करती थी उसकी पैंट जो उसके टखनों तक ही पहुँचती थी और बास्क के ग्वालों जैसा काला ब्लाउज़।

क्रिप ने उसे रुखाई से हुक्म दिया—

'ये लो।'

छोटू ने वो थैला अपने कंधे पर डाला और जल्दी से निकल गया।

वो क्रिप का नौकर, रसोइया और सहायक सभी कुछ था। क्रिप ने उसे वैसे ही उठाया था जैसे कोई गली से कुत्ते को उठाता है और उसकी सेवाओं के बदले वो उसे खाना-कपड़े देता रहता; यह छोटा लड़का अपने मालिक का सबसे वफ़ादार नौकर था।

'देखो,' क्रिप ने मुझे बताया, 'एक दिन, जब एक दुकान के काउंटर पर पर्स खोलते वक्त एक औरत के पाँच पेसोस नीचे गिर गये। छोटू ने अपने पैर उनके ऊपर रख दिए और बाद में उठा लिए। जब हम वापस घर आये तो कोयले का एक टुकड़ा भी नहीं था। मैंने कहा, "जाओ, देखो अगर वो तुम्हें कुछ कोयला उधार दे दें।" तो ये पागल छोटा लड़का बोला "कोई ज़रूरत नहीं," और उसने वो पाँच पेसोस दिखाए।'

'वाओ, यह तो बुरा नहीं।'

'अगला पड़ाव : लूटमार। जानते हो ये और क्या करता है?'

'बताओ मुझे।'

'ज़रा सोचो! एक दिन मैं देखता हूँ कि यह बाहर जा रहा है। "तुम कहाँ जा रहे हो," मैं कहता हूँ। "चर्च," वो कहता है।'

'मैंने कहा, "बकवास, क्या वाकई चर्च?" वो कहता है "हाँ जी," और फिर मुझे उस बक्से के बारे में बताना शुरू करता है जो उसने दयादान के लिए चर्च में दाखिल होने के करीब वाली दीवार में देखा था और कैसे उसने उसमें से एक पेसो बाहर निकलता हुआ देखा था। तो वो उस बक्से के करीब गया और एक पिन डालकर उस पेसो को निकाल लिया। फिर उसने एक और पिन से एक हुक बना लिया ताकि वहाँ जाकर उस बक्से में से सारे पेसोस निकाल सके। क्या तुम यकीन करोगे?'

क्रिप हँसा और हालाँकि मैं विश्वस्त नहीं था कि छोटू ने यह चाल ईजाद की थी, लेकिन इस बात का मुझे यकीन था कि वो आगे चल कर मछुआरा बनना चाहेगा। मैंने कुछ नहीं कहा और इसकी बजाय उसकी पीठ थपथपाते हुए कहा—

'ओह क्रिप, क्रिप, क्रिप!'

और क्रिप खीसें निपोरता हुआ हँसने लगा।

~

रात में किसी वक्त।

'दया करो, हम पर दया करो।'

'अरे, हम पर कौन दया करेगा। अभागे, हमारे पास तो सिर झुकाने के लिए भगवान भी नहीं, न ही अपनी दयनीय और तुच्छ ज़िन्दगी का रोना रोने के लिए।'

'मैं किसके सामने अपना सिर झुकाऊँ, मैं किससे अपने उन कठोर काँटों

के बारे में बात करूँ, उस दर्द के बारे में जो सुलगती हुई दोपहरों में हाज़िर हो जाता है, जो अब भी मुझमें है?'

हम कितने छोटे और क्षुद्र हैं और धरती माँ भी अपनी बाँहों में हमें नहीं लेना चाहती और ये हम हैं, कड़ुवाहट से भरे और अपनी ही लाचारी और नपुंसकता से ध्वस्त।

हम अपने भगवान के बारे में कुछ क्यों नहीं जानते?

ओह, काश एक शाम वो हमारे पास आयें और हमें बाँहों में लेकर हमारा माथा सहलाएँ।

इससे ज़्यादा हम क्या माँग सकते हैं? उनकी मुस्कान को अपनी आँखों में लेकर और अपनी पलकों में आँसू भरे हम चले जाते।

~

एक दिन, गुरुवार को दोपहर दो बजे मेरी बहन ने मुझे बताया कि एक शख़्स दरवाज़े पर मेरा इंतज़ार कर रहा है।

मैं बाहर निकला और क्रिप को देख कर हैरान रह गया जो कि पहले की अपेक्षा कहीं बेहतर कपड़े पहने था, क्योंकि उसने अपने लाल रंग के रुमाल की जगह एक मामूली, शालीन-सा सूती कॉलर लगा रखा था और भड़कीले सैंडल की जगह दिखावट वाले जूते पहने हुए थे।

'हैलो, तुम यहाँ क्या कर रहे हो?'

'भूरे बालोंवाले, क्या तुम्हारे पास कुछ वक्त है अभी?'

'हाँ, क्यों?'

'तो बाहर आओ, मुझे कुछ बात करनी है।'

'बिलकुल, बस एक मिनट दो मुझे।' मैं घर के अन्दर गया और जल्दी से

अपने कॉलर पहने, हैट लिया और चल दिया। मैं कहूँगा कि मुझे तुरंत ही कुछ शक होने लगा था और हालाँकि मैं सोच भी नहीं सकता था कि क्रिप के आने का क्या मकसद था, मैंने निश्चय किया कि मैं सतर्क रहूँगा।

एक बार जब हम बाहर सड़क पर आ गये तो उसके चेहरे को देखकर मैंने महसूस किया कि उसे ज़रूर मुझे कोई महत्त्वपूर्ण बात बतानी थी, क्योंकि वह मुझे लगातार देखते हुए फिर दूर देखने लगता था। लेकिन मैंने अपनी उत्सुकता को काबू में रखा और सिर्फ़ यही कहा—

'और?'

'तुम कई दिनों से मेले में नहीं आये?' उसने कहा।

'हाँ...मैं ज़रा काम में लगा हुआ था...और तुम्हारा क्या?'

क्रिप मुझे देखने के लिए मुड़ा और चूँकि हम सड़क की छाया वाली तरफ़ चल रहे थे, उसने गर्मी और तापमान के बारे में बात करना शुरू कर दिया। फिर गरीबी के बारे में, फिर उन दिक्कतों के बारे में जो उसे उसके रोज़ाना के काम में आती थीं; उसने मुझे यह भी बताया कि पिछले हफ़्ते किसी ने उसकी चाबुक की जोड़ी को चुरा लिया और फिर जब उसके पास बातचीत के सभी संभावित विषय ख़त्म हो चुके तो उसने मुझे फुटपाथ के बीच में ही रोक लिया और मेरी बाँह पकड़ते हुए कहा, 'ये बताओ, यार, भूरे बालोंवाले, क्या मैं तुम पर भरोसा कर सकता हूँ?'

'और तुम यह पूछने के लिए मुझे यहाँ तक खींच ले आये?'

'लेकिन क्या मैं तुम पर भरोसा कर सकता हूँ या नहीं?'

'देखो, क्रिप, तुम बताओ मुझे, क्या तुम मुझ पर यकीन करते हो?'

'हाँ, मुझे विश्वास है...लेकिन मुझे बताओ, क्या मैं तुमसे बात कर सकता हूँ?'

'हाँ, बेशक'

'देखो, चलो, यहाँ चलते हैं, एक ड्रिंक लेते हैं।' क्रिप एक परचून की दुकान के शराब वाले काउंटर पर गया, शराब परोसने वाले से बियर लाने को कहा, फिर कमरे के सबसे अँधेरे कोने में जाकर बैठ गया। शराब पीने के बाद ऐसे बोला मानो अपने कंधे से एक बड़ा बोझ उतार रहा हो—

'मुझे तुमसे कुछ सलाह लेनी है, भूरे। तुम वास्तव में वैज्ञानिक तरीके से सोचते हो, लेकिन, प्लीज़ यार, देखो, भूरे...'

मैंने उसे बीच में ही टोका

'देखो, क्रिप, ज़रा रुको। मुझे नहीं पता तुम मुझे क्या बताना चाहते हो, लेकिन मुझे बात साफ़ कर लेने दो, मुझे एक राज़ को राज़ रखना आता है। मैं तुमसे कुछ नहीं पूछूँगा, न ही मैं किसी को कुछ भी बताऊँगा।'

क्रिप ने अपना हैट कुर्सी पर रखा। वो अब भी हिचकिचा रहा था। बाज़ सरीखी छवि में उसका अनिर्णय उसके जबड़े के ऊपर की मांसपेशियों की हरकत में हल्का-सा झलक रहा था। उसकी आँखों में एक तेज़ आग जल रही थी, फिर उसने मुझे ध्यान से देखा और बताने लगा—

'भूरे, यह एक मास्टर प्लान है। कम-से-कम दस हज़ार पेसोस।'

मैंने उसे ठंडी, निरुत्साहित नज़रों से देखा, ऐसा ठंडापन जो ऐसा रहस्य खोजने पर आ जाता है जो बहुत फ़ायदेमंद साबित हो सकता है और मैंने उसे इस तरह से जवाब दिया ताकि वो अपना राज़ बताने के लिए प्रेरित हो सके।

'मुझे नहीं पता कि ये सब किस बारे में है, लेकिन यह कुछ बहुत ज़्यादा नहीं है।'

क्रिप का मुँह धीरे-धीरे खुला।

'नहीं। बहुत नहीं। कम-से-कम दस हज़ार पेसोस, भूरे...। कम-से-कम।'

'तो हम दो भी तो हैं,' मैंने ज़ोर देते हुए कहा।

'तीन।'

'बुरा, यह तो और भी बुरा है।'

'लेकिन तीसरा शख़्स मेरी औरत है।' आगे कुछ बताये बगैर उसने अपनी जेब से एक चाबी निकाली, एक छोटी चपटी-सी चाबी, उसे मेज़ पर रखा और वहीं छोड़ दिया। मैंने उसे छुआ भी नहीं।

मैंने उसकी आँखों में झाँका, वो मुस्कुराया मानो एक पागल बना देने वाली ख़ुशी ने उसकी आत्मा को भर दिया हो, कुछ क्षणों के लिए उसका चेहरा ज़र्द हो गया; फिर उसने एक के बाद एक बियर के दो गिलास खाली किये, अपनी हथेली से होंठों को पोंछा और ऐसे स्वर में कहा जो उसका नहीं लग रहा था—

'जीवन सुन्दर है!'

'हाँ, क्रिप, ज़िन्दगी सुन्दर है। यह सुन्दर है। ज़रा सोचो, बड़े-बड़े खुले खेत, समुद्र के दूसरी तरफ़ के शहरों की कल्पना करो। वो औरतें हमारे पीछे-पीछे डोलेंगी, समुद्र के दूसरी तरफ़ वाले शहरों में हम अमीर छैल-छबीले होंगे।'

'तुम्हें नाचना आता है, भूरे?'

'नहीं, मुझे नहीं आता।'

'ऐसा कहते हैं कि वहाँ जिन लोगों को टैंगो नाच आता है वो करोड़पति औरतों से शादी करते हैं...और मैं वहाँ ज़रूर जाऊँगा।'

'खेल कहाँ से शुरू करना है?'

उसने मुझे ध्यान से देखा और फिर उसका चेहरा ख़ुशी से खिल गया और उसका बाज़ जैसा व्यक्तित्व दयालुता से भर गया।

'काश तुम जान पाते कि मैंने कैसे और कितना काम किया है, भूरे। यह चाबी देख रहे हो? यह एक तिजोरी की चाबी है।' उसने अपना हाथ अपनी जेब में डाला और एक और थोड़ी बड़ी चाबी निकाली। 'यह चाबी उस कमरे

की है जहाँ वो इस तिजोरी को रखते हैं। मैंने इसे रात में बनवाया है, भूरे, उसे लगातार घिसते हुए। मैंने एक काले आदमी जैसी मेहनत की है।'

'ये चाबियाँ तुम्हारी पत्नी लेकर आई तुम्हारे पास?'

'हाँ, पहली वाली तो मैं एक महीने पहले ही बनवा चुका था, दूसरी चाबी मैंने परसों ही बनवाई। फिर मैं मेले में तुम्हारा इंतज़ार करने लगा लेकिन तुम आये ही नहीं।'

'और अब?'

'तुम मेरी मदद करना चाहोगे? हम आधा-आधा बाँट लेंगे। ये दस हज़ार पेसोस हैं, भूरे। उन्होंने कल ही पैसे तिजोरी में रखे हैं।'

'तुम्हें कैसे मालूम?'

'वो बैंक गया था। वहाँ से वो एक बड़ी गड्डी लाया। उसने इसे देखा और बताया कि वो सभी बड़े और चमकदार नोट हैं।'

'और तुम मुझे इसका आधा हिस्सा दोगे?'

'हाँ, आधा-आधा। तुम राज़ी हो?'

मैं फुर्ती से कुर्सी पर उठ बैठा, मानो मैं इस बारे में बहुत उत्साहित हूँ।

'मुबारक हो क्रिप। यह एक बहुत अच्छा प्लान है।'

'तुम्हें वाकई लगता है, भूरे?'

'हाँ, कोई पेशेवर भी तुमसे अच्छा प्लान नहीं बना सकता था। न तो ताला जाम होगा, न ही ताले को जबरन तोड़ना पड़ेगा। एक सीटी की तरह स्पष्ट प्लान।'

'ठीक है,'

'एक सीटी की आवाज़ की तरह साफ़ सटीक प्लान। फिर हम उस औरत को कहीं छिपा देंगे।'

'उसकी ज़रूरत नहीं। मेरे पास किराये का एक फ़्लैट है जिसमें बेसमेंट है। मैं उसे पहले कुछ दिन तो वहीं छिपा दूँगा। फिर उसे एक आदमी की पोशाक में उत्तर की तरफ़ ले जाऊँगा।'

'अब चलें, क्रिप?'

'ठीक है, चलो।'

मैदानी पेड़ों की छाया हमें धूप के प्रकोप से बचा रही थी। क्रिप चिंतन की मुद्रा में सिगरेट को होंठों से लगाये था।

'उस घर का मालिक कौन है?' मैंने उससे पूछा।

'एक इंजीनियर है।'

'ओह, एक इंजीनियर?'

'हाँ, लेकिन, पक्का बताओ, भूरे, तुम राज़ी हो ना?'

'क्यों नहीं...ठीक है, यार...मैं घूम-घूम कर कागज़ बेचते हुए ऊब गया हूँ। हमेशा वही ज़िन्दगी, बेकार में खुद को तोड़ते हुए, खपाते हुए। तुम बताओ, क्रिप, क्या इस ज़िन्दगी के कोई मायने हैं? हम खाना खाने के लिए काम करते हैं और खाते इसलिए हैं कि काम कर सकें। थोड़ी-सी मस्ती, कुछ बेकार-सी पार्टियाँ और हर दिन एकसमान, क्रिप। यह पहले से ही बहुत उबाऊ है।'

'हाँ, भूरे, तुम ठीक कहते हो...सो, तुम राज़ी हो इसके लिए?'

'हाँ।'

'तो फिर हम यह काम आज रात करेंगे।'

'इतनी जल्दी?'

'हाँ, वो हर रात बाहर जाता है। वह एक क्लब में जाता है।'

'क्या वो शादीशुदा है?'

'नहीं। वो अकेला रहता है।'

‘कितनी दूर है?

‘बहुत दूर नहीं है। बोगोटा स्ट्रीट पर नाज्का से पहले वाले ब्लॉक में। अगर तुम चाहो तो हम जाकर वो घर देख सकते हैं।’

‘उस घर में कितनी मंज़िलें हैं?’

‘यह बहुत ऊँचा मकान नहीं है। उसके सामने वाले हिस्से में बगीचा है। घर के सभी दरवाज़े आँगन में खुलते हैं। ज़मीन की एक पट्टी है जो सामने के हिस्से के साथ-साथ है।’

‘और वो औरत?’

‘वो वहाँ की नौकरानी है।’

‘खाना कौन बनाता है?’

‘रसोइया।’

‘तो वो अमीर है।’

‘तुम्हें वो घर देखना चाहिए! वो फ़र्नीचर!’

‘और आज रात हम कितने बजे वहाँ जा रहे हैं?’

‘ग्यारह बजे।’

‘और वो वहाँ अकेली होगी?’

‘हाँ, रसोइया तो खाना बनाकर अपने घर चला जाता है।’

‘यह सुरक्षित तो है ना?’

‘हाँ, बिलकुल। घर के सबसे करीब वाली स्ट्रीट लाइट आधा ब्लॉक दूर है, वो घर का दरवाज़ा खुला छोड़ देगी, हम अन्दर जायेंगे, सीधे ऑफ़िस की तरफ़। वहाँ से लूट का माल उठाएँगे, उसे वहीं बाँट लेंगे और फिर मैं उसे छिपने की जगह ले जाऊँगा।’

‘और पुलिस?’

'पुलिस...अरे पुलिस तो उन लोगों के पीछे जाती है जिनका पिछला कोई ऐसा रिकॉर्ड हो। मैं तो ठेलों की देखभाल करने का काम करता हूँ। और वैसे भी हम दस्ताने पहने होंगे।'

'तुम मेरी सलाह चाहते हो, क्रिप?'

'हाँ, बताओ।'

'ठीक है, मुझे ध्यान से सुनो। पहली बात तो यह कि आज हमें उस घर के आस-पास भी नहीं दिखना चाहिए। कोई भी पड़ोसी हमें नोटिस कर सकता है और हमें पकड़वा सकता है। और अगर तुम घर जानते ही हो तो वहाँ जाने का कोई तुक भी नहीं। ठीक दूसरी बात। वो इंजीनियर घर से बाहर कब निकलता है?'

'साढ़े नौ-दस बजे, लेकिन हम उस पर निगरानी रख सकते हैं।'

'तिजोरी खोलने के लिए सिर्फ़ दस मिनट हैं।'

'उतने भी नहीं, चाबी को पहले ही आज़माया जा चुका है।'

'बहुत अच्छे। काफ़ी सोचा-समझा काम...तो हम सीधे वहाँ ग्यारह बजे ही जा सकते हैं।'

'हाँ।'

'और हम मिलेंगे कहाँ?'

'कहीं भी।'

'नहीं, हमें बहुत सावधान रहना होगा। मैं साढ़े दस बजे लास ओर्किदेअस में रहूँगा। तुम अन्दर आना, लेकिन हैलो वगैरह मत कहना। तुम दूसरी टेबल पर बैठना और ग्यारह बजे हम दोनों वहाँ से चल देंगे, मैं तुम्हारे पीछे आऊँगा। तुम उस मकान के अन्दर जाना और तब मैं आऊँगा और फिर हम दोनों अलग-अलग वहाँ से निकलेंगे।'

'हाँ, इससे शक भी कम होगा। बहुत अच्छी सोच...। क्या तुम्हारे पास रिवॉल्वर है?'

'नहीं।'

अचानक उसके हाथ में एक हथियार चमका और इससे पहले कि मैं उसे रोक पाता, उसने इसे मेरी जेब में डाल दिया।

'मेरे पास एक और है।'

'इसकी कोई ज़रूरत नहीं।'

'हम नहीं जानते कि कब क्या हो जाए।'

'तुम किसी को मार दोगे?'

'मैं...क्या सवाल है, यार...बेशक मैं मार दूँगा!'

'वाओ।'

किसी राहगीर के सामने से गुज़रने की वजह से हम चुप हो गये। नीले आसमान से एक ख़ुशी नीचे उतरी और मेरी अपराधी आत्मा में दाखिल हो उदासी में तब्दील हो गयी। मुझे याद आया कि मैं कुछ पूछना चाहता था और बोला—

'उसे कैसे पता चलेगा कि हम आज रात ही आने वाले हैं?'

'मैं उसे फ़ोन कर लेता हूँ।'

'कहाँ से?'

'इस स्टोर से।'

क्रिप एस्प्रिन खरीदने के लिए स्टोर के अन्दर गया और थोड़ी देर में वापस आ गया। उसने उस औरत से बात कर ली थी।

मुझे डर लगा कि कहीं मुझे फँसा तो नहीं रहा और मैंने उससे सफ़ाई माँगी—

'तुम यह सब करने के लिए मुझ पर भरोसा कर रहे थे, है ना?'

'हाँ, भूरे।'

'क्यों?'

'इसीलिए...।'

'सब तैयार है।'

'सब कुछ।'

'क्या तुम्हारे पास दस्ताने हैं?'

'हाँ।'

'मैं अपने हाथों में स्टॉकिंग्स पहन लूँगा। एक ही बात है।'

हम चुप हो गये।

सारी दोपहर हम यूँ ही घूमते रहे, सोच में डूबे, हम दोनों ही अलग-अलग बहुत ही भिन्न विचारों से अभिभूत।

मुझे याद है हम बूल कोर्ट में भी गये।

वहाँ हमने एक ड्रिंक ली, लेकिन जीवन हमारे चारों तरफ़ ऐसे घूम रहा था जैसे किसी नशे में धुत आदमी की आँखों में दुनिया घूमती है।

मेरी अंतरात्मा में लम्बे वक्त से सोयी हुईं छवियाँ, बादलों जैसी छवियाँ जागने लगीं। सूरज की तपिश मेरी आँखों को आहत करने लगी और मेरी इन्द्रियाँ अत्यधिक थकान से बोझिल होने लगीं और रह-रह कर मैं जल्दी से ऐसा कुछ कह देता, जिसका कोई अर्थ नहीं निकलता।

क्रिप भी मेरी तरफ़ अनमने तरीके से देखता।

अचानक एक ख़याल मेरे भीतर दो भागों में बँट गया और मुझे महसूस हुआ कि यह मेरे अंतरतम तक उतर रहा है, यह पानी की धार की तरह ठंडा था और इस खयाल ने मेरे दिल को छू लिया।

'अगर मैं इसे पकड़वा दूँ तो?'

डरते हुए कि कहीं वो मेरे विचार को भाँप न ले, मैंने भय से चौंकते हुए क्रिप की तरफ़ देखा, लेकिन वो एक पेड़ की छाँह में बैठा हुआ, उनींदी आँखों

से खेल के मैदान की तरफ़ देख रहा था, जहाँ गेंदें बिखरी पड़ी थीं।

यह एक शान्त और सुनसान-सी जगह थी, किसी भयंकर आइडिया पर विचार करने के लिए आदर्श जगह।

चौड़ी नाज़्का स्ट्रीट दूर कहीं विलीन हो गयी। एक ऊँची इमारत की डामर लगी दीवार की बगल में बेलदार के बैठने के लिए हरे रंग से रंगी लकड़ी की एक जगह बनी हुई थी और उस पूरे इलाके में रेत की समान्तर पट्टियाँ लगायी गयी थीं।

लोहे की मेज़ों को अलग-अलग जगहों पर लगाया गया था।

एक बार फिर मैंने सोचा :

'अगर मैं इसे पकड़वा दूँ तो?'

अपने सीने पर ठोड़ी को टिका और माथे पर अपना हैट खींचकर लेटा हुआ क्रिप सो गया था। सूरज की एक किरण उसकी एक टाँग पर पड़ रही थी, उसकी चिकनाई से भरी पैंट पर।

फिर मैं एक गहरी वितृष्णा और नफ़रत से भर गया और मैंने उसे एक बाँह से पकड़ा और चिल्लाया—

'क्रिप।'

'...क्या?'

'आओ, चलो, क्रिप।'

'कहाँ?'

'घर। मुझे सामान बाँधना है। आज हम यह काम कर लें और कल यहाँ से निकल लेंगे।'

'ठीक है, चलो।'

जब मैं अकेला रह गया तो मेरे मन में तमाम तरह के भय उठने लगे। मनुष्यता के बीच बीतते अपने अस्तित्व की मैं कल्पना करने लगा। बदनामी का भय मुझे कभी इधर खींचता तो कभी उधर और हर कोई मुझे अपनी उँगली से छू सकता था। जहाँ तक मेरा सवाल है, तो मैं फिर कभी अपना नहीं हो सकता था।

मैंने खुद से कहा—

'चूँकि अगर मैं यह काम करता हूँ तो मैं अपनी जानकारी में सबसे अच्छे और शरीफ़ आदमी की ज़िन्दगी बर्बाद कर दूँगा। अगर मैं यह काम करता हूँ तो मैं हमेशा के लिए निन्दित और अपराधी हो जाऊँगा। और मैं जुडास इस्करिओत की तरह बिलकुल अकेला हो जाऊँगा। बाकी की सारी ज़िन्दगी मैं कष्ट और दर्द में बिताऊँगा।' और मैंने खुद को अपनी भीतरी ज़िन्दगी में एक दर्द की तरह घूमते हुए देखा जो खुद मेरे लिए शर्मनाक था।

अनजान भीड़ में घुलना-मिलना बेकार होगा। एक सड़े हुए दाँत की तरह मेरी स्मृति तो मेरे भीतर रहेगी ही। और इसकी बदबू से मेरे लिए दुनिया के सारे इत्र बदबूदार ही हो जायेंगे। लेकिन जितना ही मैं इस काम को अपने से दूर धकेलने की कोशिश करता, उतना ही मेरी विकृत मानसिकता को बदनामी आकर्षित करने लगती।

आखिर क्यों नहीं? मेरे पास एक राज़ होगा, एक नमकीन अरुचिकर राज़, जो मुझे अपनी गूढ़ और अँधियारी जड़ों की पड़ताल करने के लिए प्रेरित करेगा। और जब मेरे पास करने को कुछ नहीं होगा और जब मैं उदास महसूस करूँगा तो मैं क्रिप के बारे में सोचूँगा और खुद से पूछूँगा, 'मैं इतना हरामज़ादा क्यों था?' और इसका जवाब मुझे नहीं पता चलेगा और अपनी तलाश में मैं अपने सामने अद्‍भुत आध्यात्मिक क्षितिजों को खुलते हुए पाऊँगा। यह मेरे लिए लाभप्रद भी हो सकता है। 'सच यह है,' मैंने खुद से कहा, 'सच यह है कि मैं एक सिरफिरा आदमी हूँ जिसमें दुष्टता के तत्व हैं; लेकिन रोकाम्बोले भी तो ऐसा ही था : उसने हत्या की...मैं किसी को नहीं मारूँगा। कुछ फ़ैक्स के लिए उसने पापा निकोलो के खिलाफ़ झूठी गवाही दी और उसे फाँसी पर चढ़वा

दिया। उसने उस बूढ़ी महिला फिपार्ट को गला घोंट कर मार दिया जो उसे एक माँ की तरह प्यार करती थी...उसने कैप्टन विलियम्स को मारा जिसकी वजह से वो मार्क्वेज़ बना और करोड़ों का मालिक भी। किस-किसके साथ उसने दगा नहीं किया?'

अचानक एक हैरतंगेज़ स्पष्टता से मुझे उस किताब का यह पैरा याद आया—

'एक क्षण के लिए रोकाम्बोले अपने शारीरिक दर्द को भूल गया। वो कैदी जिसकी पीठ जख्मों के निशानों से भरी पड़ी थी, ओवरसियर की छड़ी खाकर तिलमिला गया और विस्मित हो गया : उसकी आँखों में एक पेचीदा भँवर की तरह पेरिस, ले शौं लेज़ी, बुलेवा डे इतलिएन्स और वह सारी चौंधियाती कान फोड़ू शोरगुल वाली दुनिया घूम गयी जिसके सीने में वो पहले रहता था।'

मैं सोचने लगा—

'और मैं...क्या मैं भी ऐसा ही होऊँगा? क्या मेरी ज़िन्दगी भी रोकाम्बोले की तरह चमकदार होगी?' और जो शब्द मैंने क्रिप से कहे थे वो मेरे कानों में एक बार फिर गूँजने लगे लेकिन ऐसे, मानो वो किसी और ने कहे हों—

'हाँ, ज़िन्दगी सुन्दर है, क्रिप...यह सुन्दर है। ज़रा सोचो, बड़े-बड़े खुले खेत, समुद्र के दूसरी तरफ़ के शहरों की कल्पना करो। वो औरतें जो हमारे पीछे-पीछे डोलेंगी, समुद्र के दूसरी तरफ़ वाले शहरों में हम अमीर छैल-छबीले होंगे।'

धीरे-धीरे एक दूसरी आवाज़ मेरे भीतर ज़ोर पकड़ने लगी—

'हरामज़ादे, तुम एक हरामज़ादे हो।'

मेरा मुँह ऐंठ गया। मुझे वो बेवक़ूफ़ याद आया जो हमारे घर के बगल में रहता था और नाक से निकलती आवाज़ में हमेशा यही कहता रहता था—

'इसमें मेरा कोई दोष नहीं।'

'ओह, हरामज़ादे...हरामज़ादे...।'

'मुझे फ़िक्र नहीं...और मैं जुडास इस्करिओत की तरह ही सुन्दर होऊँगा। मैं बाकी ज़िन्दगी दर्द में बिताऊंगा...दर्द...पीड़ा मेरी आँखों के सामने विशाल अध्यात्मिक क्षितिज खोल देगी...इतना गुलगपाड़ा क्यों मचाना!'

'क्या मुझे हक़ नहीं है... ? क्या है... ? मैं जुडास इस्करिओत जितना सुन्दर होऊँगा...और अपनी सारी ज़िन्दगी पीड़ा भोगूँगा...लेकिन...आह! ज़िन्दगी खूबसूरत है, क्रिप...यह खूबसूरत है...और मैं...मैं तुम्हें बर्बाद कर दूँगा, मैं तुम्हारा हाला काट दूँगा...मैं तुम्हें शानदार तरीके से निराश करूँगा...हाँ, तुम्हें... तुम इतने चालाक हो...इतने धूर्त...मैं तुम्हें डुबो दूँगा...और तब...तब मैं जुडास इस्करिओत की तरह सुन्दर होऊँगा...और मुझे दर्द होगा...दर्द...तुम, सूअर!'

~

क्षितिज पर बड़े-बड़े सुनहरी धब्बों का कालीन बिछा था, जिसमें से तूफ़ानी बादलों के छोटे-छोटे पंख निकल रहे थे, जिसे चक्करदार नारंगी परदे घेरे हुए थे।

मैंने अपना सिर उठाया और ठीक सिर के ऊपर बादलों की चादरों के साथ एक तारे को मंद-मंद चमकते देखा। ऐसा लग रहा था मानो नीले पोर्सिलेन में एक छोटी-सी दरार में पानी का एक छींटा काँप रहा हो।

क्रिप शहर की बाहरी बस्ती में काम करता था।

फुटपाथ बबूल और सदाबहार झाड़ियों से भरा हुआ था। वो गली शांत थी, एक रूमानी तरीके से बुर्जुआ, रंग की हुई बाड़ों से बगीचे घिरे हुए थे, झाड़ियों के करीब छोटे, सोते हुए फव्वारे और कुछ टूटी हुई प्लास्टर की मूर्तियाँ। शाम के धुँधलके में पियानो की आवाज़ सुनी जा सकती थी, इन स्वरों के बीच मैं निलंबित-सा महसूस कर रहा था जैसे किसी पौधे के तने पर ओस की बूँद।

किसी अनदेखी गुलाब की झाड़ी से इतनी तेज़ खुशबू का झोंका आया

कि घरों में से एक पर टँगी नाम पट्टी को पढ़ते हुए मेरे घुटने काँपने लगे—

अर्सिनियो विट्री—इंजीनियर

तीन ब्लॉक्स में यह अकेली ऐसी नेमप्लेट थी, जो इस पेशे के किसी शख़्स का नाम बता रही थी।

उस इलाके के अन्य मकानों की तरह इस घर में भी बैठक के सामने फूलों का एक बगीचा था जो टाइल लगे रास्ते पर ख़त्म हो जाता था, यह रास्ता एक काँच के स्लाइडिंग दरवाज़े तक जाता था और फिर एक कोण में बगीचा आगे तक चलता था और मकान की बगल की दीवार को घेरे था। मकान की ऊपरी मंज़िल के ऊपर बारिश रोकने के लिए काँच की एक छत थी।

मैं रुक गया और घंटी बजायी।

स्लाइडिंग दरवाज़ा खुला और गलियारे में मैंने एक काँसे के रंग की औरत को देखा जिसकी नज़र दुष्ट थी और भौंहें एक-दूसरे से जुड़ीं। उसने रुखाई से मुझसे पूछा कि मैं क्या चाहता हूँ।

जब मैंने उससे पूछा कि क्या इंजीनियर घर पर है, उसने जवाब दिया कि वो अन्दर जाकर देखकर आती है और बदले में मुझसे पूछा कि मैं कौन हूँ और क्या चाहता हूँ। नाराज़ हुए बगैर मैंने कहा कि मेरा नाम फेर्नन गोंज़ालेज़ है और मैं एक ड्राफ़्ट्समैन हूँ।

वो काँसे के रंग की औरत अन्दर गयी, वापस आई और उसने मुझे अब अधिक दोस्ताना बर्ताव करते हुए अन्दर आने दिया। हम कई बंद कमरों के सामने से गुज़रे फिर अचानक उसने एक स्टडी का दरवाज़ा खोला और बायीं तरफ़ एक मेज़ पर, जिस पर एक हरे शेड का लैंप रखा था, मैंने एक सफ़ेद बालों वाला झुका हुआ सिर देखा; उस आदमी ने मेरी तरफ़ देखा, मैंने हैलो कहा और उसने मुझे अन्दर आने का इशारा किया। फिर वह बोला—

'बस एक मिनट सिनोर और फिर मैं आपकी सेवा में हाज़िर होता हूँ।'

मैंने उसे देखा। सफ़ेद बालों के बावजूद वो बहुत उम्रदराज नहीं था।

उसके चेहरे पर थकान और उदासी का एक भाव था। उसके माथे पर चिंता की गहरी रेखाएँ, उसकी आँखों के नीचे के गड्ढे और पलकें मिल कर एक त्रिकोण बना रही थीं, उसके होंठों के झुके हुए कोने उसके झुके हुए सिर की नक़ल करते दिख रहे थे, अब वह अपने सिर को हाथों की हथेलियों से पकड़े एक कागज़ पर झुका हुआ था।

उस कमरे की दीवारें आलीशान इमारतों के खाकों और डिज़ाइनों से भरी हुई थीं; मैंने एक किताबों की अलमारी को देखा जिसमें बहुत-सी किताबें थीं, और मैं एक ही किताब का शीर्षक पढ़ पाया *वाटर लेजिस्लेशन*, तभी सिनोर विट्री मुझसे बोले—

'मैं आपकी क्या मदद का सकता हूँ, सिनोर?'

बहुत धीमे स्वर में मैंने जवाब दिया—

'माफ़ कीजिये सर, सबसे पहले तो ये बताएँ कि क्या हम यहाँ अकेले हैं?'

'हाँ, मुझे तो यही लगता है।'

'क्या मैं आपसे एक सवाल पूछ सकता हूँ, जो ज़रा नासमझी भरा लग सकता है? आप शादीशुदा नहीं हैं, है ना?'

'नहीं।'

अब वो मेरी तरफ़ गंभीरता से देख रहा था और अब उसके तंग से चेहरे पर जो गंभीर चिंतन का भाव था वो ख़त्म हो गया और उसकी जगह एक और भी गंभीर भाव ने ले ली।

अपनी कुर्सी पर पीछे की तरफ़ टिकते हुए उसने अपना सिर पीछे किया और उसकी स्लेटी आँखें सख्ती से मुझे देखने लगीं। एक पल तो ये नज़रें मेरी टाई की गाँठ देखने लगीं फिर वे मेरी अपनी आँखों पर टिकीं। और अपने गड्ढों में बिलकुल स्थिर उसकी आँखों से ऐसा लगा मानो वे मुझ में कुछ असाधारण

जगा कर मेरे हैरान होने का इंतज़ार कर रही हों।

मुझे समझ आ गया कि मुझे इधर-उधर की बात नहीं करनी चाहिए।

'सर, मैं आपको यह बताने आया हूँ कि वे आज रात आपको लूटने की योजना बना रहे हैं।'

मुझे उम्मीद थी कि वो हैरान होगा, लेकिन मैं गलत था।

'ओह हाँ, ठीक...और तुम इस बारे में कैसे जानते हो?'

'मुझे उस चोर ने इस चोरी का हिस्सा बनने के लिए कहा है। मैं जानता हूँ कि आपने बैंक में से हाल ही में बहुत सारा पैसा निकाला है और उसे यहाँ एक तिजोरी में रखा है।'

'यह तो सच है।'

'उस चोर के पास चाबियाँ हैं। तिजोरी की और इस कमरे की चाबी।'

'क्या तुमने उन चाबियों को देखा है?' उसने अपनी जेब से एक की-रिंग निकाली और मुझे कुछ ज़्यादा बड़े की-गार्ड वाली चाबी दिखाई।

'क्या यह वाली थी?'

'नहीं, दूसरी वाली।' मैंने वो चाबी दिखाई जो उस चाबी जैसी दिखती थी जो क्रिप ने मुझे दिखाई थी।

'ये चोर कौन हैं?'

'इस चोरी की योजना बनाने वाला ठेलों की देखरेख का काम करता है, जिसका नाम क्रिप है और आपकी नौकर उसकी साथी है। रात में आपकी नौकर ही चाबियाँ ले गयी थी फिर क्रिप ने जल्दी से उनकी नक़ल बनवा ली।'

'और इस पूरे कारोबार में तुम्हारी क्या भूमिका है?'

'मैं...मुझे क्रिप ने इस पार्टी में शामिल होने का न्योता इसलिए दिया, क्योंकि मैं उसे जानता हूँ। वो मेरे घर आया और उसने मुझे इसमें शामिल होने के लिए कहा।'

‘वह तुमसे आखिरी बार कब मिला था?’

‘आज दोपहर के करीब।’

‘और उससे पहले, क्या तुम जानते थे कि ये बंदा क्या योजना बना रहा है?’

‘नहीं, क्या योजना बना रहा है, मैं नहीं जानता था। मगर मैं क्रिप को जानता हूँ; हम एक–दूसरे को जानते हैं, क्योंकि मैं उस मेले में कागज़ बेचता था, जहाँ वो काम करता था।’

‘तो तुम उसके दोस्त हो...ऐसी चीज़ें तो आप सिर्फ़ अपने दोस्तों को ही बताते हैं।’

मैं शर्मिंदा हो गया।

‘नहीं, वो वाकई मेरा दोस्त नहीं था...लेकिन मैं हमेशा उसकी मनोवृत्ति जानने में दिलचस्पी रखता था...’

‘और कुछ नहीं?’

‘नहीं, क्यों?’

‘मैं कहता...लेकिन आज रात तुम कब आने वाले थे?’

‘हम आपके क्लब जाने का इंतज़ार करते, फिर यह नौकरानी हमारे लिए दरवाज़ा खोल देती।’

‘अच्छा पता है। जिस शख्स को तुम क्रिप बुलाते हो, वो कहाँ रहता है?’

‘कोन्दार्को 1375।’

ठीक है, यह सब ठीक हो जायेगा। और तुम कहाँ रहते हो?’

‘कारकास, 824।’

‘ठीक है, करीब दस बजे आ जाना। तब तक हर चीज़ महफ़ूज़ होगी। तुम्हारा नाम फेर्नन गोंज़ालेज़ है।’

'नहीं, मैंने गलत नाम बताया था कि कहीं आपकी नौकरानी क्रिप के ज़रिये इस चोरी में मेरी भूमिका के बारे में न जानती हो। मेरा नाम सिल्वियो अस्तिएर है।'

इंजीनियर ने बिजली की एक घंटी बजायी और चारों तरफ़ देखा : कुछ देर बाद वो नौकरानी आ गयी।

अर्सेनियो विट्री का चेहरा बिलकुल स्थिर था।

'गेब्रिएला, यह शख्स कल सुबह इस प्लान का रोल लेने आयेंगे,' उसने कागज़ों के एक ढेर की तरफ़ इशारा किया जो एक कुर्सी पर यूँ ही पड़े थे—'ये इनको दे देना अगर मैं यहाँ नहीं हूँ तो भी।'

फिर वो खड़ा हो गया और बहुत ठंडेपन से अपना हाथ आगे बढ़ा दिया। मैं नौकरानी के साथ बाहर आ गया।

उस रात साढ़े नौ बजे क्रिप को गिरफ़्तार कर लिया गया। वो एक लकड़ी की कोठरी में रहता था, जो एक मकान का हिस्सा थी, जिसके मालिक कुछ गरीब लोग थे। पुलिस के लोग जो क्रिप का इंतज़ार कर रहे थे, उन्हें छोटू ने बताया, 'क्रिप घर आया था, उसने अपना कुछ सामान देखा और चला गया।'

चूँकि पुलिस एजेंट नहीं जानते थे कि क्रिप आम तौर पर कहाँ जाता है, वे सीधे मकान मालकिन के पास गये। उसे बताया कि वे पुलिस के आदमी हैं और एक सीढ़ी से होते हुए क्रिप के कमरे में चले गये। पहले पहल तो ऐसा लगा कि वहाँ जाँच-पड़ताल करने लायक कुछ है ही नहीं। बहरहाल, और यह एक अजीब चीज़ थी, जिसका बयान नहीं किया जा सकता, उन्हें दो चाबियाँ मिल गयीं, तिजोरी की और ऑफ़िस के कमरे की, जो एक कील पर लटकी थीं और जिन्हें कमरे में आने वाला कोई भी आसानी से देख सकता था। कैरोसिन के एक डिब्बे में, कुछ पुराने कपड़ों में दबी एक बन्दूक भी उन्हें मिल गयी और उसी डिब्बे के बिलकुल नीचे छिपी अखबार की कुछ कतरनें

थीं। ये सब एक डकैती के बारे में थीं जिसके दोषियों की पुलिस अभी तक शिनाख्त नहीं कर पायी थी।

क्योंकि ये सारी चीज़ें उसी अपराध से सम्बन्धित थीं, इसलिए उन्होंने तर्क के आधार पर यह मान लिया कि क्रिप का इस अपराध से कोई-न-कोई संबंध ज़रूर है और उन्होंने औपचारिक तौर पर छोटू को भी गिरफ़्तार कर लिया, इस शक पर कि वो भी किसी-न-किसी तरह इस अपराध में शामिल रहा होगा : यानि एक पुलिस एजेंट के साथ उसे स्थानीय पुलिस स्टेशन भेज दिया गया।

उस कोठरी में एक सफ़ेद पाइन की मेज़ भी थी जिसकी दराज़ में उन्हें एक खराद मशीन और कुछ अच्छे रंदे भी मिल गये। यह भी साफ़ था कि उनमें से कुछ को हाल में ही इस्तेमाल किया गया था।

सारे सुबूतों को इकट्ठा करके उन्हें बैग में डाल कर मकान मालकिन को बुलाया गया।

वो एक नाटी बुज़ुर्ग महिला थी; बदतमीज़ और लालची; वो अपने सिर पर एक काला रुमाल बाँधे थी जिसकी गाँठ उसकी ठोड़ी के नीचे बँधी थी। उसके माथे पर सफ़ेद बालों की लटें थीं और वह जब बोलती तो उसका जबड़ा काफ़ी खुल जाता। उसने जो भी कहा वो क्रिप की गतिविधियों के बारे में ज़्यादा कुछ नहीं बता सकता था। वह क्रिप को तीन महीने से जानती थी। वह समय पर उसे भाड़ा देता था और सुबह के वक्त काम पर जाता था।

जब उससे यह पूछा गया कि उस चोर से मिलने कौन-कौन आता था, तो उसके पास बहुत अस्पष्ट से ब्योरे थे; बहरहाल उसे यह ज़रूर याद था कि 'पिछले रविवार एक काली औरत उससे दोपहर तीन बजे मिलने आई थी और छह बजे एंटोनियो के साथ ही चली गयी।'

इस नतीजे पर पहुँचते हुए कि इस महिला के इन घटनाओं में शामिल होने की कोई सम्भावना नहीं है, उन्होंने उसे हुक्म दिया कि वह सावधानी बरते और

इस बारे में किसी को कुछ न बताये। भविष्य में आने वाली जटिलताओं से डरते हुए उस बूढ़ी औरत ने वादा किया कि वो ऐसा ही करेगी और दो पुलिसवाले वापस उस कोठरी में क्रिप का इंतज़ार करने के लिए चले गये क्योंकि उस इंजीनियर ने साफ़ कहा था कि क्रिप को उसी के घर में गिरफ़्तार किया जाए ताकि उसे कम सज़ा मिले। हो सकता है कि उसने यह भी सोचा हो कि मैं क्रिप के जितना मैंने बताया उससे कहीं ज़्यादा करीब था।

एजेंट्स ने सोचा कि वो नहीं आएगा; वो रात में किसी रेस्तराँ में खाना खाएगा और पर्याप्त साहस जुटाने के लिए शराब पियेगा, लेकिन वे गलत थे।

अपनी तितरफ़ा बाज़ी से क्रिप ने कुछ पैसा जीता था। मुझसे मिलने के बाद वो अपनी कोठरी में वापस गया था और बाद में एक वेश्यालय जाने के लिए निकला था, जिसे वो पहले से जानता था। जब लगभग दुकान बंद करने का वक्त हो गया तो वो एक सूटकेसों की दुकान में गया और वहाँ से एक सूटकेस खरीदा।

फिर वो अपने कमरे में वापस लौटा, इस बात से बिलकुल बेखबर कि वहाँ उसका कोई इंतज़ार कर रहा है। वो एक टैंगो गुनगुनाते हुए सीढ़ियाँ चढ़ने लगा, उसकी ताल पर ज़ोर देता हुआ और अपने सूटकेस को दीवार से टकराता हुआ।

जब उसने दरवाज़ा खोला तो सूटकेस को नीचे फ़र्श पर रख दिया।

फिर उसने माचिस निकालने के लिए अपना हाथ जेब में डाला कि उसके सीने पर पड़े ज़ोर के एक मुक्के से वो लड़खड़ा कर एक कदम पीछे हट गया और तभी दूसरे पुलिसवाले ने उसे बाजू से पकड़ लिया।

ज़ाहिर है कि क्रिप को समझ आ गया होगा कि यह सब क्यों हो रहा है और पुरज़ोर कोशिश के बाद उसने खुद को पुलिसवालों से छुड़ा लिया।

पुलिसवाले उसके पीछे भागने की कोशिश में सूटकेस से टकराए और उनमें से एक सीढ़ियों से नीचे लुढ़क गया। जब वो गिरा तो उसकी जेब में से

रिवॉल्वर बाहर निकल आई और उसका घोड़ा दब गया। इस शोर से उस घर में रहने वाले लोग आतंकित हो गये और उन्होंने मान लिया कि गोली क्रिप ने ही चलायी होगी, जो फ़िलहाल मुख्य दरवाज़े से बाहर भी नहीं निकल पाया था।

फिर एक भयानक बात हुई।

उस बूढ़ी औरत का बेटा जो एक कसाई था, उसे अपनी माँ से पता चला कि यह सब क्या हो रहा है। उसने अपनी लाठी निकाली और क्रिप के पीछे दौड़ा।

लगभग तीस क़दमों के बाद उसने क्रिप को पकड़ लिया। क्रिप अपना एक बेकार पैर घसीटते हुए दौड़ रहा था और लाठी की चोट उसकी बाँह पर पड़ी। उसने अपना सिर घुमाया तो लाठी उसकी खोपड़ी पर पड़ी।

उस चोट से चकराते हुए उसने खुद को एक हाथ से बचाने की कोशिश की लेकिन एक पुलिसवाला जो तभी वहाँ पहुँचा था उसने उसे अड़ँगी लगायी और कंधे पर एक और चोट ने उसे ढेर कर दिया। जब उन्होंने उसे हथकड़ी लगायी तो क्रिप दर्द के मारे ज़ोर से चिल्लाया—

'ओ माँ!' लेकिन एक और घूँसे ने उसे चुप करा दिया। और हथकड़ी में बँधी अपनी कलाइयों के साथ वो अँधेरी गली में लुप्त हो गया। इन हथकड़ियों की एक ज़ंजीर उसके साथ चलने वाले पुलिसवाले के हाथ में थी जो उसे प्रतिशोध की भावना से घुमा रहे थे।

~

जब मैं अर्सेनियो विट्री के घर पहुँचा तो गेब्रिएला वहाँ नहीं थी।

जब मैं वहाँ से गया था उसके कुछ मिनटों बाद ही उसे गिरफ़्तार कर लिया गया था।

एक पुलिस अफ़सर, जिसे इंजीनियर ने बुलाया था, इंजीनियर की मौजूदगी में ही उसने गेब्रिएला को दोषी करार दिया। उस काँसे के रंग वाली

औरत ने पहले तो सभी आरोपों से इनकार किया, लेकिन जब उन्होंने उससे झूठ बोला कि क्रिप को गिरफ़्तार कर लिया गया है, तो वो रोने लगी।

जिन लोगों ने वो दृश्य देखा वो इसे कभी नहीं भूलेंगे।

वो काली औरत, जिसे घेर लिया गया था, अपनी चमकती आँखों से चारों तरफ़ देख रही थी, एक जंगली जानवर की तरह वहाँ से कूदकर हवा हो जाने के लिए तैयार।

वो बहुत तेज़ी से काँप रही थी; लेकिन जब उन्होंने दोहराया कि क्रिप को गिरफ़्तार कर लिया है और उसकी वजह से क्रिप को कष्ट झेलना पड़ेगा, तो उसने धीरे-धीरे रोना शुरू कर दिया; वो इतने घड़ियाली आँसू थे कि आस-पास खड़े लोगों की त्योरियाँ कुछ और चढ़ गयीं। अचानक उसने अपनी बाँहें उठायीं, जहाँ उसके बाल बँधे थे वहाँ उसकी उँगलियाँ रुकीं, उसने वहाँ से एक कंघी निकाली और अपने बालों को हिला कर खोल लिया फिर उसने अपने हाथ बाँध कर वहाँ मौजूद लोगों को पागलों की तरह देखते हुए कहा, 'हाँ, ठीक है...ठीक है...चलो चलें...एंटोनियो को ढूँढें।'

~

अर्सेनियो विट्री मुझसे अपने ऑफ़िस में मिले। उनका चेहरा ज़र्द था और वो मेरी तरफ़ देखे बगैर बोले :

'बैठ जाओ।'

और अनपेक्षित रूप से उन्होंने बहुत कठोर स्वर में मुझसे पूछा—

'तुम्हें कितना पैसा दूँ?'

'क्या?'

'हाँ, तुम्हें कितना पैसा दूँ... ? तुम्हारी तरह के लोगों को तो पैसे ही दिए जा सकते हैं।'

मेरे चेहरे पर जो नफ़रत उन्होंने फेंकी थी, मैं उसे समझ गया।

मैं ज़र्द होते हुए वहाँ से उठ गया।

'हाँ, ठीक, आप मुझे सिर्फ़ पैसा ही दे सकते हैं। अपना पैसा अपने पास रखें। मैंने माँगा नहीं था, अलविदा।'

'नहीं, आओ, बैठो...मुझे बताओ, तुमने ऐसा क्यों किया?'

'क्यों?'

'हाँ, तुमने अपने दोस्त के साथ दगा क्यों किया? बिलावजह। क्या तुम्हें शर्म नहीं आती कि तुम्हारी उम्र में तुममें इतना-सा भी आत्मसम्मान नहीं है?'

बुरी तरह से शर्मिंदा होते हुए मैंने जवाब दिया—

'यह ठीक है...हमारी ज़िन्दगी में कुछ ऐसे पल आते हैं जब हमें नीच और बदमाश होना पड़ता है, खुद को मैला करना पड़ता है, अन्दर तक भी, कुछ बुरा करना पड़ता है...। पता नहीं...किसी बंदे की ज़िन्दगी को हमेशा के लिए बर्बाद करने जैसा...और यह करने के बाद हम एक बार फिर अपना सिर ऊँचा करके इज़्ज़त से चल पाते हैं।'

विट्री ने मेरी तरफ़ नहीं देखा। उनकी नज़रें मेरी टाई की गाँठ पर टिकी थीं और उसके चेहरे का गंभीर भाव हट गया था, उसकी जगह और भी गंभीरता ने ले ली थी।

मैंने बोलना जारी रखा—

'आपने मेरा अपमान किया है, लेकिन कोई बात नहीं।'

'मैं तुम्हारी मदद कर सकता था,' वो बड़बड़ाया।

'आप मुझे पैसे दे सकते थे और अब आप वो भी नहीं कर सकते, क्योंकि मुझे लगता है कि मेरे सारे शर्मनाक बर्ताव के बावजूद मैं आपसे बेहतर हूँ।' और अचानक गुस्से में आते हुए मैं उस पर चिल्लाया—

'आप कौन हैं? यह अब भी सपने जैसा लगता है कि मैंने क्रिप को पकड़वा दिया।'

नम्र आवाज़ में वो बोला—

'और तुम ऐसे क्यों हो?'

अचानक एक भारी थकान मुझ पर छा गयी और मैं उस कुर्सी पर ढेर हो गया।

'क्यों? सिर्फ़ भगवान ही जानता है। अगर मैं हज़ार साल भी जी लूँ तो भी मैं क्रिप का चेहरा कभी नहीं भूल सकता। अब उसका क्या होगा? ईश्वर ही जानता है; लेकिन क्रिप की स्मृति हमेशा मेरी ज़िन्दगी में, मेरी आत्मा में रहेगी, अपना बच्चा खो देने की स्मृति की तरह। वो आकर मेरे चेहरे पर थूक भी दे तो मैं कुछ नहीं कहूँगा।'

एक विशाल उदासी मेरी ज़िन्दगी पर उतर आई। मैं इस पल को हमेशा याद रखूँगा।

'अगर ऐसा ही है तो,' वो इंजीनियर बुदबुदाया और अचानक वह उठ खड़ा हुआ, उसकी चमकदार आँखें अब भी मेरी टाई की गाँठ पर टिकी थीं, और वो ऐसे बुदबुदाया मानो वो सपना देख रहा हो। 'तुमने यह कह दिया। ये इसी तरह है। तुम इस कठोर और निर्दयी कानून का पालन करो जो तुम्हारे भीतर है। ये ऐसा ही है। ऐसा ही है। तुम इस खूँखार कानून का पालन करो; लेकिन यह तुम्हें किसने बताया कि यह कानून मौजूद है? तुमने यह कहाँ से सीखा?'

मैंने जवाब दिया—

'ऐसा लगता है कि एक पूरी दुनिया है जो हम पर जल्द ही बरपा होगी।'

'लेकिन क्या तुमने कभी सोचा था कि एक दिन तुम जुडास जैसे बन जाओगे?'

'नहीं, लेकिन अब मैं शांत हूँ। मैं इस जीवन को ऐसे जीऊँगा मानो मैं एक मरा हुआ शख्स हूँ। मैं ज़िन्दगी को ऐसे ही देखता हूँ, एक विशाल रेगिस्तान की तरह।'

'क्या यह तुम्हें परेशान नहीं करता?'

'क्यों? ज़िन्दगी इतनी बड़ी है। एक पल पहले मुझे ऐसा लग रहा था कि जो मैंने किया वो दस हज़ार साल पहले ही निश्चित हो चुका था; फिर मैंने सोचा कि यह दुनिया दो भागों में बँट गयी है कि हर चीज़ अब और भी शुद्ध रंग की है और मनुष्यता अभी नष्ट नहीं हुई।'

विट्री के चेहरे पर एक लड़के जैसी मुस्कान आई। वो बोला :

'क्या यह तुम्हें ऐसा नज़र आता है?'

'हाँ, एक दिन ऐसा होगा...ऐसा होगा और लोग गलियों से गुज़रते हुए एक-दूसरे से पूछेंगे—"क्या यह ठीक है? क्या यह सच है?" '

'ज़रा बताओ, क्या तुम कभी बीमार पड़े हो?'

मैं समझ गया कि वो क्या सोच रहा था और मैंने एक मुस्कुराहट के साथ बोलना जारी रखा—

'नहीं...मैं जानता हूँ आप क्या सोच रहे हैं...लेकिन मेरी बात ध्यान से पढ़ें...मैं पागल नहीं हूँ। एक सच है, हाँ...और वो यह है कि ज़िन्दगी हमेशा मेरे लिए असाधारण रूप से खूबसूरत रहेगी। मुझे नहीं पता कि लोग उस प्राण शक्ति को उस तरह महसूस कर पाएँगे या नहीं जैसे मैं महसूस करता हूँ, लेकिन मेरे भीतर एक ख़ुशी है, एक तरह से ख़ुशी भरी बेसुधी।' अचानक मैं बहुत स्पष्टता से अपने पिछले कार्यकलापों के पीछे के मकसद को देखने लगा और मैंने बोलना जारी रखा—

'मैं पथभ्रष्ट या विकारग्रस्त नहीं हूँ, मैं इस विशाल शक्ति के बारे में उत्सुक हूँ जो मेरे भीतर है...'

'बोलते रहो, बोलते रहो...'

'हर चीज़ से मैं हैरान हो जाता हूँ। कभी-कभी मुझे लगता है कि मानो मैं अभी-अभी एक घंटा पहले ही इस पृथ्वी पर आया हूँ और हर चीज़ बिलकुल

नयी-नकोर है बिलकुल ताज़ा-तरीन और खूबसूरत। तब मैं रास्ते के बीच में रुककर लोगों को गले लगा सकता हूँ और उन्हें रोककर पूछ सकता हूँ—"तुम इतने उदास चेहरे लिए क्यों चल रहे हो? ज़िन्दगी खूबसूरत है...खूबसूरत..." क्या आपको ऐसा नहीं लगता?'

'हाँ...'

और यह जानकर कि ज़िन्दगी सुन्दर है, मुझे ख़ुशी होती है, क्योंकि हर चीज़ फूलों से भरी है...कि हमारा अपने घुटनों पर बैठ कर ईश्वर का शुक्रिया करने का मन करता है कि उन्होंने हमें यहाँ जन्म लेने दिया।'

'और क्या तुम भगवान पर विश्वास करते हो?'

'मैं मानता हूँ कि ज़िन्दगी की जो ख़ुशी है, वही ईश्वर है। अगर हमें बस इसका एहसास भर होता! कभी-कभी मुझे लगता है कि मेरी आत्मा फ्लोर्स कैथेड्रल जितनी विशाल है...मैं हँसना चाहता हूँ...बाहर जाकर लोगों को हल्के दोस्ताना मुक्के मारना चाहता हूँ...'

'बोलते रहो...'

'क्या आप ऊबे नहीं अब तक?'

'नहीं, बोलते रहो।'

'बात यह है कि आप लोगों को ये बातें बता नहीं सकते। वे सोचते हैं कि आप पागल हैं, सिरफिरे हैं। और मैं खुद से पूछता हूँ—"मैं उस जीवन का क्या करूँ जो मेरे भीतर है? और मैं इसे किसी को देना चाहूँगा...एक उपहार की तरह...लोगों के करीब जाकर उन्हें बताना चाहूँगा—तुम्हें खुश होना चाहिए! समझे आप? तुम्हें समुद्री लुटेरों वाला खेल खेलना चाहिए...। संगमरमर के शहर बनाना चाहिए...। हँसना चाहिए...तुम्हें आतिशबाजी बनानी चाहिए..."

अर्सेनियो विट्री उठ खड़े हुए और एक मुस्कान के साथ बोले—

'यह सब बहुत अच्छा है लेकिन काम भी तो करना है। मैं तुम्हारी क्या मदद कर सकता हूँ?'

मैंने एक सैकेंड के लिए सोचा फिर कहा—

'देखिये, मैं दक्षिण की तरफ़ जाना चाहता हूँ...नॉयक्वेन की तरफ़, जहाँ बर्फ़ है, पहाड़ हैं...और ऊँचे पहाड़...मैं हमेशा पर्वतों को देखना चाहता था...'

'बहुत अच्छे, मैं कोमोडोरो में नौकरी पाने में तुम्हारी मदद कर सकता हूँ...लेकिन अब जाओ क्योंकि मुझे काम करना है। मैं जल्द ही तुम्हें चिट्ठी लिखूँगा...ओह! और अपनी ख़ुशी को मत खोना, तुम्हारी ख़ुशी बहुत सुन्दर है...'

और उसके हाथ ने मेरे हाथ को मज़बूती से पकड़ कर हिलाया। मैं एक कुर्सी से टकराया और वहाँ से चला आया।

❑❑❑